SAMIR MACHADO DE MACHADO

Quatro Soldados

LIVRO I

MAS PARA TRAZER A ESPADA

gões que, ordens contrariadas, devolve ao inimigo a cabeça do alferes índio, que lhe fora decepada? Não importa. Confessará ao único amigo, um tempo mais tarde, que não lhe moveu só o sentimento da decência, mas também o de culpa por em tamanho mal ter tomado parte. Não sabe ele (mas bem sabemos nós) que a culpa e a responsabilidade atroz nesta injusta guerra, com o tempo e a oportunidade, serão absorvidas pela terra. O que ficará no lugar será a cicatriz inconsciente, que mesmo invisível, estará presente quando cousa mais jovem e vulgar ocupar seu lugar, bater no peito e gritar: "Esta terra tem dono", sem que lhe retire o sono pela dívida contraída desde antes de sua chegada, por último tomando para si a memória daqueles para os quais a espada era desembainhada.

[SAI O CORO.]

SAMIR MACHADO DE MACHADO

Quatro Soldados

ROCCO

Copyright © 2017 *by* Samir Machado de Machado

Design de capa e projeto gráfico
Samir Machado de Machado

Mapa da página 7
Suite du Bresil, tire de la carte de l'Amerique de m.d'Anville,
de Jacques Nicolas Bellin, 1764

Imagem da página 8
Gravura de Hubert-François Gravelot para *Histoire de Tom Jones, ou,
L'enfant trouvé,* de Henry Fielding, traduzida por La Place (Londres-Paris, 1750).

Preparador de originais
RODRIGO ROSP

Direitos desta edição reservados à
EDITORA ROCCO LTDA.
Av. Presidente Wilson, 231 – 8º andar
20030-021 – Rio de Janeiro – RJ
Tel.: (21) 3525-2000 – Fax: (21) 3525-2001
rocco@rocco.com.br
www.rocco.com.br

Printed in Brazil/Impresso no Brasil

CIP-Brasil. Catalogação na fonte.
Sindicato Nacional dos Editores de Livros, RJ.

M134q	Machado, Samir Machado de
	Quatro soldados / Samir Machado de Machado. – 1ª ed. – Rio de Janeiro: Rocco, 2017.
	ISBN 978-85-325-3072-1 (brochura)
	ISBN 978-85-8122-696-5 (e-book)
	1. Ficção brasileira. I. Título.
17-42060	CDD–869.93
	CDU–821.134.3(81)-3

Prevejo que o homem se resignará a cada dia a tarefas mais atrozes, breve só haverá guerreiros e bandidos.
JORGE LUIS BORGES, *O jardim de veredas que se bifurcam*

Como essas mentes frágeis hão de poder julgar? Ai, cada leitor de romances deve ser considerado uma alma em perigo, pois que fez um acordo com o Demo, desperdiçando seu tempo precioso em troca duma excitação mental das mais mesquinhas e ordinárias.
THOMAS PYNCHON, *Mason & Dixon*

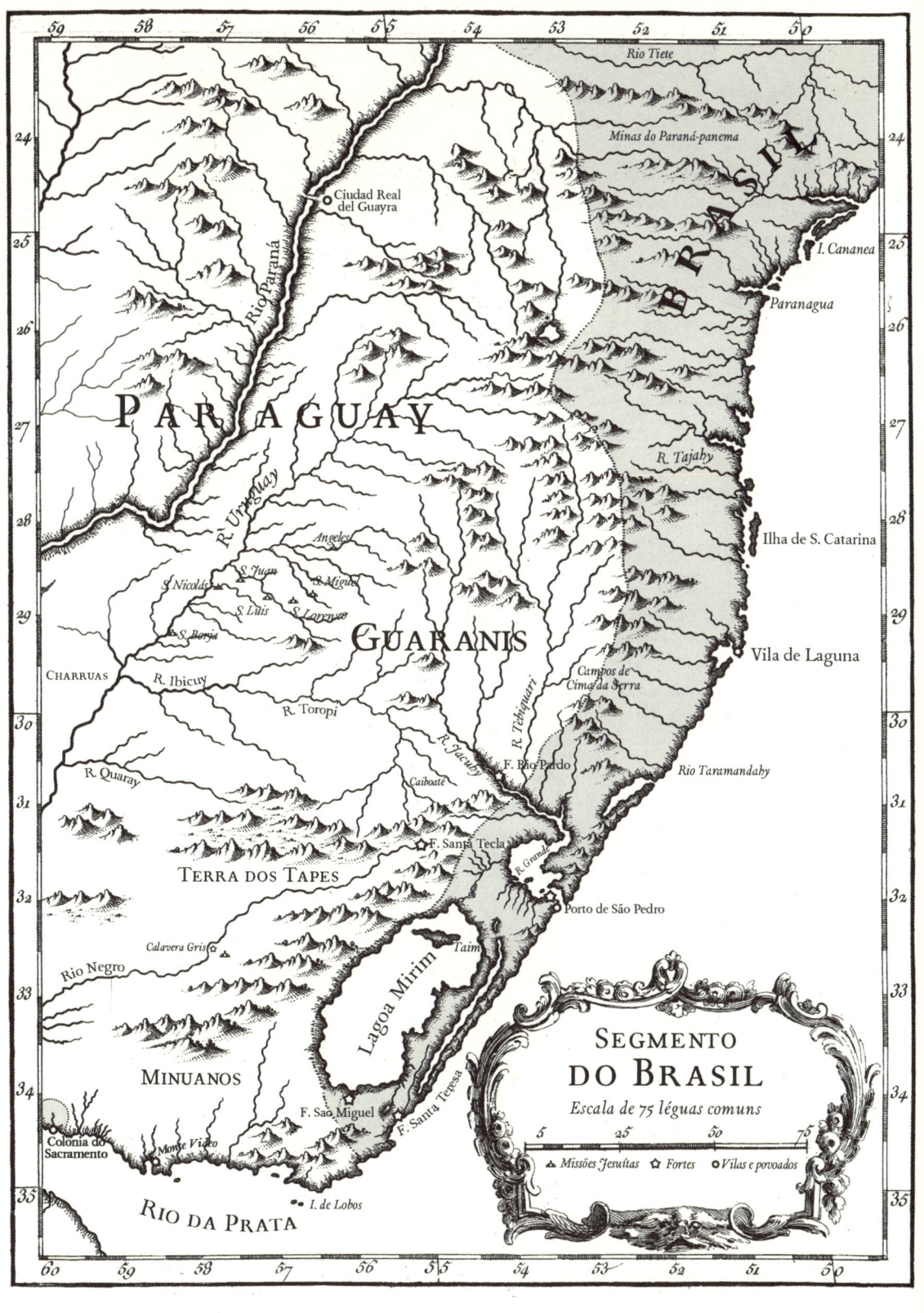

HISTÓRIA VERDADEIRA DE

QUATRO SOLDADOS

do
REGIMÈNTO DE DRAGOENS DE RIO PARDO
e dos
FACTOS ESPANTOZOS, PERIGOS MORTAES
E VALEROSAS ACÇÕES QUE A ELLES
SE SUCCEDERAM NAS
TERRAS DA PROVÍNCIA D'ELREY

EM QUATRO PARTES

Obra util & proveitosa para aquelles que desejaõ
recrear-se & instruir-se a hum tempo nas horas que lhes
ficaõ vagas as ocupações férias da vida.

Traduzida em o noſſo Luſitano Idioma
POR
SAMIR MACHADO DE MACHADO

Impreſſo na caſa Editora Rocco,
da cidade de Saõ Sebastiaõ do Rio de Janeiro, MMXVII
Com todas as licénças neceſſárias

Cegárregas ziniaõ lenientes na mornéz d'aquella tarde, os páſſaros a piar movidos apenas por húa tedioſa inércia, naõ foſſe o vento eſtival a balloiçar folhas em arvores à beira do rio, o ceo d'um azulego oppreſſor a reflectir-ſe em ſuas ágoas puras e limpas que eram também ellas a encarnaçaõ do tédio, dir-ſe-ia que o tempo havia parado, e a terra naõ mais girava. Aquelle reflexo azul ſem nuvens, tal e qual eſpelho celeſte, intimava-os a lavarem-ſe em ſuas ágoas ſubpena de iamais ſentirem-se dignos de comtemplál-o outra vez. Os quatro ſe deſpiraõ e se banharaõ, mas foi o mais moço quem decidiu nadar athé o outro lado do Jacuí, a anunciar que pretendia colher gerivás. Já eſtava fazia algum tempo dedicado à funçam, nu ſob o ceo e o ſol a ſentir a grama nos pés e comendo fructos, ſatisfeito que imaginou dar enveja a Adaõ, quando viu ſahir do meio do matto, tal qual parido por elle ou como ſua parte inſeparavel que de ſûpito ganhaſſe vida, hum

Ìndio. Taõ logo viraõ hum ao outro que de ſuſto gritaram ambos pelos ſeus, e o rapaz correu e ſe atirou às ágoas em quanto ſeus companheiros, do outro lado da margem, gritavam por elle para que apreſſaſſe o nado, e apellavam ao Ìndio em ſua língoa. Ao chegar o rapaz à outra banda, naõ ſem generoſo eſfforço e já todo eſbaforido, entaõ que appareceu lá do outro lado mais hum Ìndio, este a cavallo e portando huma lança, que foi erguida ou como deſafio ou dando a entender que os paſſaria por ſuas armas caſo naõ ſaíſſem dali. E dado o aviſo, ſe foraõ os dous.

De volta ao Forte, devidamente veſtidos e aſſuſtados, rellataram a occurrencia ao capitaõ, que ouviu tudo ſem demonſtrar grande eſpanto e, ao final, diſſe: "Entaõ já começou".

[Carta ao governador Gomes Freire de Andrada.]

LIVRO IV

A VILA DAS CABEÇAS CORTADAS

I.

Já são em excesso os infortúnios e infelicidades que se acumulam nestas páginas, tu me dizes? De fato, mas o que posso fazer? Não fui eu quem escolheu os caminhos percorridos. É um mundo aberto e cada um vai-se por onde bem entende, como crianças a brincar em sua caixa de areia. Chegará o dia em que se poderá, como marcadores de página no tempo e no espaço, retornar aos momentos em que as decisões foram tomadas e, dali, partir-se para outras possibilidades? Não cabe a mim dizer. Tampouco, saio aqui a cantar alegres baladas primaveris para compensar-te. Não é do meu feitio fazer rimas. Contudo, se buscas agora um divertimento leve, posso começar a última destas narrativas em tom de anedota, pois, de fato, é assim que ela começa.

Entra um padre no bordel.

Naturalmente, a primeira cousa que ocorre ao ver-se um clérigo atravessar a passos firmes e decididos o salão de um alcouce, cumprimentar os presentes com aceno de velho conhecido e subir as escadas sem pedir orientações é que o bom homem, afinal, já sabe o caminho. Seria atitude de causar espanto, mas espanto ali não houve nenhum. Sejamos específicos para ressaltar que, no caso, não se tratava de um padre e sim de um frade, do tipo franciscano, da ordem dos capuchinhos, e sua pressa era mui justificada, pois estava mais do que atrasado.

Frei Caetano – assim o conheciam na vila de Laguna – saíra da casa paroquial e fechara as portas da igreja ainda dentro do horário, quando recebeu a mui inesperada visita de um colega de ofício, padre Domingos, o visitador. Um Visitante Apostólico era um enviado do bispo que, a cada três anos, percorria as vilas desprovidas de paróquias para se certificar do bom andamento da fé, oficializar casamentos, realizar batizados e outros quetais próprios aos carolas, como denunciar vizinhos e fazer acusações desprovidas de provas – em suma, representava a Inquisição. Sua última passagem pela vila de Laguna se dera dous meses antes, ocasião em que frei Caetano fora designado para tomar conta da Igreja de Santo Antônio dos Anjos, a única naquele povoado. Não havia nenhum motivo para que regressasse antes que outros três anos mais se passassem, e talvez a vila jamais voltasse a vê-lo outra vez.

Mas ali estava ele, montado em sua mula, e lá foi frei Caetano abrir de novo a igreja ("mas vossa mercê estava de saída?", pergunta Padre Domingos, ao que frei Caetano explica-lhe que ia dar a extrema-unção a um moribundo). Primeiro, instala o mui digno colega num quarto, depois providencia com dona Rita – uma dessas senhoras que, na falta do gênero oposto, devotam à imagem de um homem seminu em agonia a mesma dedicação que dariam ao marido – uma refeição ao padre ("mas e vossa mercê, não janta?", questiona padre Domingos, ao que frei Caetano diz estar sem fome, mas que talvez lhe sirvam algo na casa do moribundo) e, uma vez certificado de que seu hóspede já dispõe do necessário, o frei sai apressado. Mas então padre Domingos o chama outra vez, lembrando que precisa colocar a mula num estábulo e providenciar que seja alimentada. Frei Caetano assume para si a tarefa, sai da igreja, pega a mula pelas rédeas e caminha resmungando consigo mesmo. Vai até o estábulo do Chico Dias e já diz a si mesmo todo satisfeito "agora me vou", quando cruza com Rosa Maria, moça tão apalermada quanto bonita. Estando prestes a casar, questiona o frei todo dia sobre algum detalhe irrelevante acerca da cerimônia – como agora, quando lhe pergunta sobre os santos de cada dia, em busca daquele que seja mais propício à sua futura felicidade conjugal.

Terminado o inquérito, o frei se vê livre para ir ao seu compromisso, e o sol já sumiu e o céu escurece rápido, quando um jovem oficial de dragões a cavalo cruza seu caminho perguntando onde pode hospedar-se e deixar seu animal. Frei Caetano lhe dá indicações de uma pousada próxima ao paço e lhe indica o estábulo do Chico Dias, de onde acabou de vir. O soldado agradece e, livre afinal, o bom frade corre em direção ao puteiro.

Aqui se faz ressalva, visto que frei Caetano é figura que ainda hoje consta da história da vila de Laguna e nela se mantém com reputação imaculada: jamais houve registro de que tenha quebrado o voto de castidade após ser ordenado. Antes disso, teve esposa e filhos, enviuvou cedo, e o conhecimento prévio dos dissabores de uma vida conjugal era algo que lhe concedia maior estima por parte dos homens da vila, geralmente afoitos à Igreja.

Enfim entra no salão da Joana Holandesa, sobe as escadas, atravessa o corredor do segundo piso e bate à porta com os nós dos dedos. Quando entra, se vê em uma sala iluminada por uma boa dezena de lâmpadas a óleo e velas.

Três pessoas – dous homens e uma mulher – encontram-se sentadas ao redor da mesa, cartas à mão, enquanto algumas das moças da casa de pé atrás dos jogadores observam e cochicham. O odor incômodo de fumaça denuncia a passagem recente da escrava com o fumeiro para espantar os insetos ao anoutecer.

– Boa noute e desculpem o atraso – diz Frei Caetano. – Recebi uma visita inesperada, precisei fazer os arranjos necessários para o meu hóspede antes de vir.

Um dos jogadores é um sujeito grande e forte como um cavalo bem alimentado, de maxilar largo, a face emoldurada por cabelos cortados baixos, que se unem por suíças à barba também cortada baixa, o que dá ao seu rosto uma impressão compacta, como um elmo, e seus olhos, sob a luz daquelas inúmeras velas, brilham prateados como os olhos dos animais à noute.

– Senta-te, frei, que preciso de um par – diz o gigante com sua voz grave e vigorosa. – Ensinei o *truco gallo* a esses dous e fui eu quem acabou depenado.

Há uma cadeira vazia e Frei Caetano senta-se. Disposto a não quebrar seu voto de pobreza, jamais embolsa qualquer quantia que venha a ganhar, deixando-as para seu vigoroso amigo, cujo nome ninguém conhece, mas que todos chamam pelo epíteto de Andaluz. Da mesma forma que, em troca, qualquer dívida adquirida na mesa passa a ser coberta pelo sujeito, de modo que, se não ganha, também não perde – sua consciência fica tranquila e mantém seu passatempo para as noutes de quinta e sexta-feira. Não se pode ser muito exigente com o pobre frei, pois é raro que a vila conte com algum vigário, visto que a prebenda é tão pouca que os que vinham ficavam por pouco tempo. Somente um franciscano para contentar-se com tal renda. Além do mais, é uma verdade universalmente aceita que, para aqueles que não se contentam em acordar e trabalhar e dormir e acordar novamente a viver a mesma vida apática de um boi, as cidades pequenas oferecem poucas opções de entretenimento. De certa feita, tentou o Andaluz montar um pequeno espetáculo teatral como forma de trazer alguma novidade à vila, mas sua peça *A freira gradeira* não foi bem recebida nem por frei Caetano nem pela população e, desde então, não há muitos passatempos para as noutes da vila.

– Pois diga, frei, quem é esse colega que chega à cidade assim, de susto? – pergunta o outro homem na mesa, João Rodrigues Prates, o capitão-mor da vila de Laguna, sujeito de físico robusto e boa saúde aos cinquenta e sete anos, vasta bigodeira grisalha e, na condição de provedor da Irmandade do Santíssimo Sacramento, responsável pela manutenção da igreja, sempre sequioso de saber quem se hospeda ali às suas custas.

Frei Caetano coloca-os a par da visita inesperada enquanto observa o capitão-mor dar as cartas. A notícia causa surpresa entre os presentes. Ninguém esperava ver padre Domingos outra vez na vida, não porque dele desgostassem (e a maioria desgostava), mas que já estava ele passado dos sessenta, e aquelas longas viagens são cousa para padres mais jovens.

O Andaluz pega suas cartas, as olha com o máximo cuidado em não trair nenhuma expressão na face e faz votos a frei Caetano de que a presença do visitador não implique terem que suportar sermões mais longos, com enormes arengas sobre os bons costumes, a boa moral, não fornicar com as índias e todas essas cousas.

— Meu caro, já faz muito tempo que me abstenho de julgar — diz o frei. — Se todos querem ir ao inferno, que posso fazer? Se esta terra tivesse vocação para a castidade, teria mantido o santo nome de Vera Cruz, e não o dum pau abrasado e vermelho.

A mulher, que até então se mantinha em silêncio, intromete-se no assunto.

— Não me importaria se fosse reforçada a proibição de se deitarem com as índias — diz. Embora todos na vila de Laguna e arredores a conheçam por Joana Holandesa, seu nome real é Johanna De Vroom, sendo o falecido marido um funcionário da Companhia das Índias Ocidentais de grande fortuna, mas que teve a infelicidade de falecer de mal súbito ao surpreender sua então jovem esposa na cama com outro. Com a honra em ruínas, mas os bolsos cheios, Johanna mudou-se para o Brasil. Como foi parar em Laguna não se sabe ao certo. Mas se bons lupanares já são raros em toda a colônia, é um luxo para um vilarejo em declínio ter um estabelecimento de tal calibre instalado nas proximidades. E enquanto durou a Comissão Demarcadora da Fronteira, e Laguna se viu como ponto de passagem para diversos cientistas, não houve engenheiros portugueses, geógrafos austríacos, astrônomos franceses, cartógrafos italianos ou matemáticos franceses que não tenham conhecido a casa de Joana Holandesa. Joana agora já bate na casa dos cinquenta anos e é, sob muitos aspectos, um mulherão: alta e vistosa, sem que lhe sobrem gorduras nem que as faltem, tem a beleza conservada em hábitos saudáveis como banhar-se em leite e manter amantes jovens. Sempre bem-informada das últimas modas na Europa, tem tal bom gosto para roupas que, como é notório, nenhuma mulher de boa família na vila admite inspirar-se em Joana, mas todas, invariavelmente, a copiam. Conta-se que, logo em seus primeiros dias em Laguna, saiu às compras usando um conspícuo chapéu de plumas de pavão sobre uma deslumbrante peruca, o ponto máximo de requinte sendo um periquito-namorado empalhado no topo. Na volta do mercado, talvez movido por solidariedade com seus pares, ou confundindo o colega empalhado com um que ainda estivesse vivo, um sabiá-laranjeira atracou-se ao chapéu de Joana. Fosse uma única vez, seria apenas uma boa anedota, mas noutra ocasião um quero-quero investiu novamente contra seu chapéu, e de nada adiantou dizerem à recém-chegada que era típico daquele pássaro ser agressivo. Duas vezes já era demais. Convenceu-se de que o problema era com ela, não faltando quem visse no ocorrido uma espécie de reação natural daquela vila à chegada de uma mulher tão mulheril. Ou, como dizia o Andaluz, desprovido de sutilezas, tais ataques são o equivalente em metáfora a uma ereção civil. Ainda que Joana tema outra investida ornítica toda vez que coloca os pés fora de casa, não deixa de sair e exibir pela vila o seu bom gosto em perucas, vestidos e chapéus.

 Nessa noute, usa um vestido rosa de brocado com padrões florais de lírios e rosas – a última moda de Paris de uns cinco anos antes, cousa para usar-se em casa – aberto na parte frontal para um corpete, cor de centáurea-azul, que combina com os laços nos cotovelos, do mesmo tom. Usa meias brancas e calça pontudas, mules de saltos curvos que, pernas cruzadas e cartas no colo, fica baloiçando de tempos em tempos. Nesta terra, há que se aproveitar do inverno para poder vestir as roupas melhores.

 – Essas bugras – continua – não se valorizam, deitam-se em troca de qualquer mimo, isso faz mal aos negócios. Quem vai pagar às minhas meninas pelo que outras dão de graça?

 Todas as moças que acompanham o jogo ao redor da mesa concordam, indignadas, chacoalhando as cabeças em gesto positivo – Rita Caleche (loira), Bete Bonete (morena) e Fernanda Terramoto (mulata) –, exceto Gracinha Sacopenapá, que, sendo índia, fica ofendida.

 – Deixa as coitadas, Joana – retruca o Andaluz. O gesto de esticar o braço e tocar no de Joana enquanto fala, num modo sempre teatral, como se a acalmasse, é um dos muitos indicativos a alimentarem os boatos de ser ele seu amante. – Depois do que fizeram com os índios, faltam-lhes homens, e quem as pode culpar? Ao menos, fiquei sabendo que Osório tomou três flechaços. Pena que não morreu, mas vaso ruim não quebra. Truco.

– Quero – diz o capitão-mor, formando dupla com a Holandesa. – Retruco.

– Quero – responde frei Caetano. – Vale quatro.

Frei Caetano ergue os olhos para investigar as faces de seus oponentes. Quando vê o brilho nos de Andaluz, lembra-se de perguntar-lhe algo que, dês que o conhecera, atiça sua curiosidade: como se manifestara aquela sua estranha particularidade ocular?

– É de nascença – explica o Andaluz. – Mama percebeu que eu me demorava demais a abrir os olhos e chorava sempre que o sol batia no rosto. Quando me viu abri-lo na primeira noute, tomou um susto. O pai chamou o nosso rab... ahn, médico, que logo identificou em mim essa peculiaridade que, embora rara, é antiga e não de todo incomum. Em dias de muito sol, uso viseiras da mais fina pele de coelho, tingidas de negro, e meus olhos são tão sensíveis que vejo através delas mais ou menos, creio, como os senhores enxergam numa noute clara. Mas à noute, quando não preciso delas, vejo como se fosse dia.

– E vossa mercê nasceu na sexta-feira santa? – pergunta o capitão-mor.

– Não acredites nas superstições. Não vejo oiro através de paredes e, infelizmente, não vejo por baixo das roupas de ninguém – a última frase, diz com o rosto virado para as moças, com um sorriso gaiato que, em troca, gera risinhos provocantes.

– Certa vez, conheci um menino albino – diz frei Caetano, numa tentativa desastrada de compartilhar histórias peculiares como forma de solidariedade. – Era um bom garoto, mas as outras crianças o evitavam.

– Uma vez – diz o capitão-mor –, vi uma vaca de duas cabeças. As outras vacas a evitavam.

– Bem, a mim ninguém evita, eu é que evito aos outros – o Andaluz, irritado, encerrando o assunto.

A conversa logo enreda para política. O Andaluz lembra o que se diz agora do rei, que, após o terramoto, Sua Majestade tem tanto medo de que lhe caiam as paredes na cabeça que só dorme em tendas do lado de fora do palácio. Já frei Caetano comenta o quanto as cousas vão mal para o visitante apostólico e seus colegas jesuítas, pois agora quem manda no reino é o Conde de Oeiras, e esse não tem nenhuma simpatia pela Companhia de Jesus.

— Que tempos para se viver! — sentencia o capitão-mor com a frase que sempre solta ao final de assuntos sobre os quais não tem paciência para se inteirar.

A música vinda de baixo para, e sobe o inconfundível barulho de briga — o virar de cadeiras, vozes masculinas se impondo uma à outra como galos de rinha, o gritinho em coro das mulheres da casa. Passos apressados sobem a escada de madeira. Surge à porta um menino negro e magrelo de doze anos que, recém-alforriado por sua antiga dona, agora trabalha na casa ajudando em pequenos serviços.

— Deu briga, dona Joana — diz Sabiá. — Acho que é melhor o capitão descer.

2.

O JOVEM SOLDADO COM o braço apoiado numa tipoia atravessa o chão poeirento da rua principal. Quinze minutos, talvez vinte. É o tempo que leva, após deixar sua égua no estábulo que lhe indicou um frade apressado, para alugar um quarto numa pensão próxima e voltar apenas para ver se o animal está bem, se certificar de que foi alimentado.

Para sua surpresa, encontra a baia vazia. Indignado, procura em volta do estábulo na esperança de encontrá-lo solto à volta – não é possível que esteja muito longe –, mas nada. O sol já se pôs e a cidade escurece rápido. Bate com força à porta do tal Chico Dias, mas ninguém lhe responde. Está para arrombar-lhe a porta e entrar casa adentro quando a vizinha pergunta o que ocorre, que barulheira é essa. Meu cavalo sumiu, explica, e não encontro o dono do estábulo. Ih, diz a mulher, a essa hora, já deve ter ido ao puteiro da velha Jussara, melhor ir procurar pelo capitão-mor. Resignado, o soldado atravessa as ruas de Laguna a ver as luzes de lampiões e velas acesas dentro das casas e as famílias que se recolhem ao fim de mais uma quinta-feira, rostos anônimos com suas vidas anônimas observando-o pelas janelas, e odeia a todos de forma igualitária. Pessoas são-lhe como gado, presas a vidas repetitivas até o eventual dia do abate, escondendo-se no conforto de suas casas – cousa que ele, por sua vez, nunca possuiu, sempre acostumado ao céu aberto, ao vento, à possibilidade de ser abordado por qualquer lado. Ele as inveja, embora lhe pareça absurdo que alguém possa sentir-se mais seguro do mundo apenas por cercar-se de um teto e de quatro paredes. Ambientes fechados, para ele, significam não ter para onde fugir.

O capitão-mor não está. Não sabem dizer se foi para a fazenda, com a família, ou se é noute de jogo. Se for o caso de estar no jogo, basta ir até o alcouce da Joana Holandesa. O braço direito apoiado na tipoia lateja. Irritado, grunhe algo indefinível entre um agradecimento pela informação e os desejos de mandar todos às putas-que-os--pariram, que pelo visto ali havia muitas. Faz o caminho de volta vindo pelo ancoradoiro, dobra à esquerda de um casarão negro e, no fim da ruela, encontra a casa que lhe indicaram, a ouvir o som de conversas e risos. As tábuas de madeira na varanda estalam ao pisar, despertando o velho sonolento que se senta na cadeira ao lado da porta de entrada, sobrancelhas peludas e grisalhas unindo-se no forçar das vistas para ver quem é. O soldado tira o chapéu tricorne e pergunta se essa é a casa da Joana Holandesa. O velho responde em silêncio, baloiçando a cabeça. O soldado fez menção de entrar.

– Paga-se na entrada – diz o velho.
– Só estou à procura do capitão-mor.
– Tudo bem. Mas paga-se na entrada.
– E quanto é? – resmunga o soldado, já metendo a mão na bolsa.
– Mil e seiscentos réis.
– Quê!?
– É o valor da menor consumição, mas lhe dá direito a duas garrafas de clarete.

O soldado o ignora e entra no casarão mesmo assim. Ali dentro, no salão principal, a noute se arrasta. Uma jovem loira, não mais do que uns vinte anos, a bocejar num canto ocupada em entreter um estancieiro, vira a cabeça em sua direção ao vê-lo entrar; movimento repetido pelo velho estancieiro, que há pouco conversava com um mercador de tecidos da região – este tem ao seu lado uma mulata de olhar sinuoso e felino que, ao ver o soldado entrar, fica mesmerizada por sua aparência. Os três músicos sentados no canto esquerdo, violino, viola e flauta, param de tocar – é como se o tempo ficasse suspenso por um segundo e, então, voltam todos a ignorá-lo.

Numa mesa a um canto, três homens sentados – dous deles, soldados –, disputam uma partida de fanorona. O terceiro, um pescador que sabe-se lá onde conseguiu dinheiro para entrar ali, apenas observa. Como sempre diz a Holandesa, ali o preço faz jus ao serviço, e há quem junte economias de um mês inteiro apenas para, vez que outra, frequentar o casarão.

Bem sabe ele que essa reação não foi causada somente por seu uniforme de oficial de dragões, mas também por sua aparência. Como já se disse antes, a presença do belo, àqueles que se acostumaram com a desarmonia vigente de uma vida surrada, pode tanto ser um alívio quanto um desconforto, um desaforo aos que são desprovidos de encanto. E um belo rapaz não alvoroça somente o sexo oposto, mas desperta também os instintos naturais de competição entre seus pares. Mas de volta ao rapaz: é belo, é alto e esguio, os cabelos louros e lisos presos num rabo de cavalo muito longo, que chega quase até as costas, os olhos de um azul claríssimo, a tez muito clara e os traços tão equilibrados e simétricos que o excesso de perfeição em seu rosto torna-o frio e assexuado como o olhar de uma estátua, vazia de vida. Fica parado de pé no meio do salão até que sua presença vai se tornando cada vez mais enervante, como se Adônis houvesse descido no meio da sala.

– Boa noute – fala ele, finalmente, a ninguém em particular e a todos em geral. – Procuro pelo capitão-mor, João Prates. Disseram-me que ele está aqui.

Os homens na mesa de jogo o ignoram, voltando a atenção ao carteado. O comerciante e o estancieiro fazem o mesmo e voltam a conversar. O rapaz loiro olha em volta e vê passar por ele o menino negro que serve as bebidas, segura-o pelo ombro e repete a pergunta. O capitão está lá em cima, responde o menino, quer que eu o chame? Mas o rapaz loiro não diz nada, pois os homens na mesa de jogo cochicham entre si algo que faz mulheres próximas trocarem risinhos.

O soldado loiro aproxima-se da mesa e pergunta, num tom educado de timbre monótono, se é dele que estão a cochichar. O pescador o encara com ar apalermado e murmura aos outros algo quase inaudível. Teria escutado bem?, insiste o soldado loiro, ouviu menção à sua pessoa, ouviu chamarem-no de fanchono? Os três jogadores continuam a ignorá-lo.

Finge que vai dar as costas, mas gira nos calcanhares e chuta a cadeira onde está sentado o pescador, que cai de costas no chão. Suave como um gato, avança outro passo e coloca a bota sobre o pescoço, pressionando a garganta com o tacão. Os dous soldados se levantam, mas o rapaz, com seu braço livre, já tem sacada a garrucha, que aponta para eles lembrando que só tem um tiro e, sendo eles dous, o segundo que avançar talvez tenha alguma chance, mas o primeiro definitivamente morre naquela noute.

– Portanto, decidam logo os dous qual vai morrer primeiro, pois o tempo é curto, e a noute, longa.

Como esperado, nenhum dos dous se move, e o soldado loiro volta sua atenção para o pescador no chão, encarando-o com seus olhos frios de estátua.

– Qual seu nome? – pergunta.

– Francisco. Francisco dos Anjos.

– Vossa mercê tem cara de mestiço, Francisco – diz. – Não sei se de preto ou de índio, mas, para mim, já faz de vossa mercê metade animal. Mas se a outra metade for galega, para mim não está muito longe não. Sabe o que vou fazer, Francisco? Vou pisar com mais força até quebrar-lhe o pescoço e fazer com que morra afogado no próprio sangue. Depois, vou descobrir onde mora, vou até sua casa, vou violar sua mulher na frente dos seus filhos e degolar seus filhos na frente de sua mulher e, por fim, vou enforcar o seu cão na soleira da porta. E as pessoas dirão que foi uma cousa tola da sua parte rir pelas costas de um oficial de dragões. Agora, em consideração à metade branca do seu sangue, vou dar-lhe uma chance, em troca de um simples e cortês pedido de desculpas.

– Pe-perdão, senhor – gagueja o homem. E repete, com mais ênfase: – Desculpe.

O rapaz loiro afasta-se, ainda apontando a garrucha aos soldados, e grita:

– Agora, me ouçam, bando de galegos indolentes, gentalha de putas mestiças! Não vou sair daqui enquanto não me disserem onde está o capitão-mor! Avisem-no que o estou esperando!

Em resposta, um o-que-está-a-acontecer-aqui? é pronunciado entre o ranger dos degraus da escada que desce paralela ao salão, mas oculta por uma parede, e tão cedo põe os pés no chão ao ver o soldado loiro parado de arma em punho, o capitão-mor estanca em silêncio. Joana Holandesa chega logo em seguida e para ao lado do capitão, também ela compartilha da impressão ambígua que suas meninas sentiram ao vê-lo entrar, dividida entre a fascinação por aquela beleza e o medo ao reconhecer algo maligno na harmonia fria de anjo.

– Abaixe essa arma – diz o capitão-mor, tentando tomar para si o comando da situação. Então, percebe as dragonas no uniforme do rapaz. – O que aconteceu aqui, tenente?

– Capitão, foi cometido um crime contra a minha propriedade – diz o rapaz. – Estou a serviço do tenente-coronel Osório e exijo uma compensação pela minha perda.

– Pois bem, continue – pede-lhe o capitão-mor.

O rapaz começa a explicar sobre o roubo de sua égua, que deixou há pouco tempo no estábulo local, quando um grito vem de longe na noute, trazido pelo vento. Homens e mulheres no salão vão às janelas olhar para a rua, ansiosos. Joana chama seu menino de recados e pede-lhe que vá ver o que acontece, enquanto o rapaz continua o relato do desaparecimento de sua égua.

De sua parte, o capitão-mor se diz chocado com o roubo. Não é comum que haja crimes assim na vila, e garante-lhe que, se não encontrarem a égua no dia seguinte, ele próprio se encarregará de entregar um animal novo ao tenente para que possa voltar a Rio Pardo. O jovem, porém, mantém-se firme: não vai embora enquanto não encontrarem quem lho roubou a égua, e lança acusações contra o tal Chico Dias que desapareceu, mesmo com o capitão-mor lhe garantindo que esse é sujeito honesto e que sua ausência em casa certamente traz uma explicação razoável. Mas o rapaz insiste: não descansará antes de ver o responsável devidamente punido.

Os passos pesados que descem devagar pela escada de madeira provocam silêncio – os habituais da casa sabem quem vem lá, quem sempre desce quando há confusão para impor a ordem ali dentro. Como disse, a escada é paralela ao salão e separada deste por uma parede, de modo que não se pode ver quem vem antes da pessoa colocar os pés no corredor que liga o salão à cozinha nos fundos da casa. É nessa passagem que surge o homem descomunal que todos conhecem como Andaluz, os olhos tapados por viseiras de coiro como um cego, mas sempre a movimentar-se com uma habilidade sinuosa de quem enxerga muito bem. O silêncio instala-se no salão no instante em que os dous se encaram e assim permanece até o Andaluz, num gesto largo e súbito, esticar os braços à frente, como se prestes a cantar uma ária.

– Ora-ora-ora, que o vento nordeste joga cada cousa para cá... vejam só quem veio!

Todos se entreolham um pouco aliviados, mas o soldado loiro pisca, atônito.

– Perdão, mas vossa mercê me conhece?

– Apenas da fama noutras freguesias, meu caro – e avança alguns passos, analisando-o de cima a baixo. – As notícias correm, e tua aparência está em acordo com a descrição que mo fizeram... não creio que haja tantos outros com tal figura por estas bandas, isto cá não é Europa, afinal de contas. E esse teu braço, enfaixado...? Nota-se que é o teu braço mais forte, e eu diria que ou és um grande entusiasta do jogo de peteca, ou o utilizas muito para retesar a corda do arco. Melhor dizer que *usava*, não? Vais ter que encontrar uma nova alcunha, pois Índio Branco já não te cabe mais.

Todos no salão – exceto, claro, o Andaluz – recuam um passo e, depois, mais outro; pudessem atravessar as paredes em silêncio o fariam, conforme pressentem a iminência de algo.

– Não sei do que vossa mercê está falando – responde, frio. – Meu nome é Silvério.

– Não duvido. Afinal, somos todos homens de muitos nomes, não é mesmo? Alguns, só ouvimos pelas costas.

– O que diabos vossa mercê quer dizer com isso?

O Andaluz aproxima-se do rapaz e murmura algo que só os dous escutam:

– Quis dizer que já tem um galo neste galinheiro, soldado. É bom baixar a crista.

Silvério o encara, ainda que não saiba exatamente onde deva direcionar o olhar naquela face vendada. O Andaluz sorri em deboche e está pronto para dizer-lhe algo mais, quando o burburinho na rua lhes chama a atenção.

Saindo à varanda do sobrado na noute escura, vê-se a luz de candeeiros brilhando detrás das treliças de janelas fechadas nas casas em volta, todos ainda acordados, homens e mulheres nas portas de suas moradas sem coragem de avançar muitos passos na rua. Algo realmente ruim aconteceu, e quando o menino Sabiá volta, todo esbaforido – e, ao ver-se naquele raro momento em que é o centro das atenções de tanta gente, mantém-se em silêncio um pouco além do que o necessário para recuperar o fôlego –, anuncia, dramático:

– Mataram alguém, dona Holandesa. E dentro da igreja!

3.

O GRUPO – FORMADO PELO PESCADOR, os dous soldados, o estancieiro, o comerciante, o frei, as meretrizes, o capitão-mor, o Andaluz e o soldado Silvério – sai em comitiva rumo à igreja, alguns portam tochas ou lanternas a óleo, o pescador, por motivo que se ignora, achou por bem levar um ancinho, e quem os vê os toma por turba de linchamento. Joana quer ir também, mas para na varanda da casa, primeiro a olhar para o céu a pensar se haverá algum pássaro noturno por perto, e segundo a concluir que sujará as lindas mules naquele chão de terra, e manda o menino buscar suas botas, calça-as e vai correndo atrás do outros segurando as barras do vestido na tentativa vã de não lhe sujar as bordas.

Quando se aproxima da Igreja Matriz, vê dona Rita, uma mulher baixa e estufada como um barril, em estado histérico abraçada ao pobre frei Caetano, enchendo-o com o cheiro forte de cebolas descascadas. Assim como a Holandesa, dona Rita também enviuvou cedo, porém, ao contrário da meretríssima, com ela o tempo e a sorte não fizeram a mesma gentileza. É cousa do diabo, murmura a devota senhora em voz rouca de choro, horrível-horrível-horrível. Ocupado em acalmá-la, o frei pede ao capitão-mor que entre na igreja e esclareça aos demais o ocorrido. O capitão-mor hesita, mas o Andaluz põe a mão sobre seu ombro e prontifica-se a acompanhá-lo – e, sem ser convidado, o soldado Silvério anuncia que vai junto também.

Entram os três na igreja e atravessam a nave vazia e silenciosa, a escutar apenas o eco abafado do burburinho do povo no lado de fora. Cruzam a porta próxima ao altar que leva à casa paroquial, chegam em frente ao quarto que está com a porta aberta e o capitão-mor, de lamparina na mão, entra primeiro, mas grita de susto quando a luz ilumina o corpo e sai do quarto apavorado fazendo o sinal da cruz. O Andaluz, que dispensa lamparinas, estica o pescoço para olhar dentro do quarto e, num tom algo jocoso, algo resignado, comenta:

– Bem, ao menos já sabemos agora o que houve com a tua égua.

Mal escuta isso, Silvério se adianta, toma a lamparina das mãos do capitão-mor e empurra o Andaluz de lado para abrir passagem. Filhos duma puta!, grita.

Passos e uma luz vindo da nave da igreja se aproximam pelo corredor, logo é frei Caetano que se junta ao grupo a perguntar-lhes: então, senhores, o que aconteceu? Entram todos juntos agora e, exceto pelo Andaluz, fazem o sinal da cruz por ato reflexo ao ver a cena.

Sentado sobre a cama, as costas apoiadas contra a parede, nu e morto, pernas estendidas sobre o colchão e os braços caídos ao longo do tórax com as palmas das mãos viradas para cima, está o corpo de um homem com a cabeça de um cavalo. Diferente dos outros três, o Andaluz aproxima-se do cadáver sem medo e observa com atenção a junção da cabeça ao tronco, costurada habilmente. Só depois nota que há uma bíblia aberta virada sobre a barriga do morto e que suas unhas foram todas arrancadas.

– É ela – diz Silvério, a voz trêmula, confirmando a identidade de sua égua. Abre a boca para dizer algo mais, mas silencia. Vira o rosto para que não lhe vejam os olhos marejados.

Saem todos do quarto e, de pé no corredor, o Andaluz pergunta a frei Caetano se padre Domingos chegou sozinho à vila.

– Sim, e montado em uma mula – confirma o frei. – Chegou agitado e, pensando bem, parecia assustado, mas não foi algo que na ocasião se fez notar. Disse estar muito cansado da viagem e que pretendia dormir logo. Mas pediu-me que lhe fizesse a gentileza de providenciar-lhe uma refeição antes. Dona Rita mora aqui perto, é muito devota e está sempre disposta a ajudar quando necessário, imaginei que já deveria ter uma panela ao fogo com algo para servir. Padre Domingos ficou com a chave do quarto e creio que o trancou por dentro. Mas dona Rita me disse agora há pouco que a porta estava aberta quando o encontrou. Portanto, ele mesmo a abriu.

– E estamos todos pressupondo que seja, de fato, padre Domingos? – questiona o Andaluz.

– Ora, e quem mais seria? – irrita-se o capitão-mor.

– Não faço ideia, mas alguém pode atestar que esse seja o corpo de padre Domingos? Frei, o que senhor acha disso?

Frei Caetano enrubesce e, constrangido, comenta que nunca viu o visitante-apostólico sem seus trajes para poder dizer que o reconhece naquele corpo decapitado.

– Isso com certeza foi o trabalho de um louco – diz o capitão-mor.

– É uma possibilidade – o Andaluz comenta. – Mas, ao mesmo tempo, deve haver bastante gente nesta vila que queira ver o visitador morto.

Frei Caetano e o capitão-mor não gostam do comentário e pedem-lhe que explique. Ora, comenta, é-lhe bastante claro que o retorno do visitante apostólico não seria exatamente um momento de grande euforia para a vila. De sua última visita, quantos vieram denunciar ao padre o adultério de vizinhos? Havia a cunhada do alfaiate, que o acusara de estar possuindo sua irmã pelo vaso traseiro. E aqueloutro comerciante, que a escrava acusou de heresia por só copular colocando um crucifixo por debaixo das almofadas? E aqueles dous rapazes que estavam a...

– Vossa mercê já se fez entender! – irritou-se frei Caetano. – Mas matar é uma cousa. Isto que nós vimos, qual o sentido disto? Quem o fez, certamente estava possuído pelo diabo!

– O senhor falou em mula – interrompe Silvério. – Onde ela foi deixada?

– No estábulo do Chico Dias, o mesmo local onde vossa mercê deixou sua égua.

Silvério absorve a notícia devagar, a mão coçando a bochecha no ato de vasculhar sua memória até transformá-la numa certeza muito clara: sim, havia uma mula quando foi ao estábulo pela primeira vez. Porém, quando foi buscar a égua e deu por sua falta, não havia mais nenhum outro animal lá.

Saem os quatro da igreja, sob os olhares espantados e ansiosos do povaréu. Onde está o Chico Dias, pergunta o capitão-mor à multidão, e alguém lhe responde que o viu no bordel da velha Jussara, do outro lado da cidade, bêbado como de costume. O capitão-mor manda que se vá buscá-lo, enquanto outro procure pela mula do padre no estábulo. Enquanto isso, a choldraboldra formada pelo povo discute entre si e faz burburinho, conforme se espalha a notícia de que alguém foi morto.

– Mas mataram quem? – pergunta o povo.
– Mataram o padre – responde um.
– O frei Caetano!?
– Mas como, ô azêmola, se frei Caetano está ali de pé, bem vivo.
– Mataram foi o padre visitador! – outra explica.
– Mas ué, ele já voltou?
– O capitão disse que lhe cortaram os bagos.
– Não foram os bagos, foi a cabeça – corrige alguém.

Logo se espalha que se está à procura também da mula do padre, e não tarda para que alguém afirme que foi da mula que cortaram a cabeça. É o demônio que está à solta na vila de Laguna!, exalta-se dona Rita, e logo começa a arenga: bem que minhas galinhas estavam estranhas hoje, alguém diz, meus cães passaram a tarde inteira a latir sem motivo, fala outro, e já todos têm seus pequenos sinais particulares de presciência para relatar, iguais aos de todos os dias, mas agora adquirindo um novo significado frente à novidade, tal é a carência de divertimentos na vila.

O capitão-mor insiste para que todos voltem às suas casas, mas logo chega um de seus soldados, aquele que foi mandado ao estábulo, e avisa: a mula do padre sumiu. É o bastante para deixar o povo com os ânimos mais exaltados.

— Todo mundo embora! — ordena o capitão-mor, erguendo os braços num gesto largo, cujo efeito é somente o de causar ainda mais pânico. — Tranquem-se em suas casas e não saiam antes do sol nascer! Se virem alguma cousa que não pareça deste mundo, encolham-se no chão, fechem os olhos e escondam as unhas!

O povo se dispersa assustado, mas, a esta altura, a notícia se espalha de vizinho para vizinho, e a vila inteira está acordada e nervosa, as gelosias fechadas nas janelas das casas, deixando vazar a luz dos candeeiros em torno dos quais se reúnem as famílias, espalhando os boatos cada vez mais confusos da morte do padre visitador. Restam na rua apenas o capitão-mor, o frei, o Andaluz e o soldado Silvério, a caminhar por aleias vazias.

— Era só o que nos faltava — resmunga o capitão-mor. — Esta vila ficar mal-assombrada!

— Ora, por favor! — indigna-se o Andaluz. — Isto são histórias para assustar crianças.

— Não há outra explicação possível — insiste o capitão-mor —, pois uma cousa tão horrenda não pode ser concebível, não concorda comigo, frei?

— Não concordo nem discordo, mas, por via das dúvidas, vou passar a noute hospedado na casa de dona Rita. Não quero dormir na casa paroquial com aquela cousa equinocéfala por perto. De qualquer jeito, estão todos amedrontados dentro de casa, e não há quem possa me ajudar a tirar o corpo de lá a esta hora da noute.

— Ora, senhores! — protesta o Andaluz. — Vamos usar dum pouco de raciocínio lógico, vivemos em plena era das luzes! Não vamos confundir a verdade com o plausível, e sim formar nossos princípios com base em observações racionais. É uma questão elementar: há ali na igreja um homem morto, visto que é inegavelmente um homem, ao qual teve colocada, no lugar de sua cabeça, a de um cavalo. Uma égua, para ser mais preciso. Isto é tudo o que sabemos, mas podemos ter certeza de que quem o fez estava contando com a superstição do povo para espalhar o pânico e encobrir seu crime. De resto, uma mula foi roubada, há uma égua sem cabeça pelas redondezas, e um homem foi morto esta noute, sendo que está sem a sua cabeça e é preciso encontrá-la para atestar se, de fato, é o nosso visitante apostólico. Tão cedo o dia clareie, mais vestígios surgirão para que formemos uma ideia lógica dos fatos.

— Independentemente de quem a tenha matado, eu exijo uma compensação — irrita-se Silvério.

— Tudo no seu devido tempo, rapaz — o capitão-mor desconversa. — Vossa mercê tem tanta certeza assim de que é tudo obra de um criminoso?

— Ou isso ou a égua do soldado Silvério aqui saiu para pastar com tanta celeridade que se esqueceu da cabeça — continua o Andaluz. — Acreditem, eu já vi muita cousa no mundo, mas nada que não pudesse ser explicado pelas leis da Ciência. Quem decapitou a égua matou também o padre Domingos. De qualquer modo, me resta uma dúvida: como se mata uma égua em silêncio? Teríamos escutado os gritos do animal. Talvez a mula esteja morta também. Não estranharia se topássemos com uma cabeça de mula solta por aí.

Aliviado pela confiança do Andaluz em descartar qualquer hipótese sobrenatural, o capitão-mor volta sua atenção para seu imponente colega de carteado com uma proposta:

— Meu caro Andaluz, vossa mercê que é um homem inteligente...

— Capitão, obrigado, mas não é hora para elogios.

— Quero dizer, já que o povo o toma por um homem inteligente e ilustrado...

— Ora, que isto para mim é novidade, a maioria quando me vê deste tamanho todo me julga estúpido. Grande e burro é o padrão, já me disseram. Confesso que tal imagem até vem a calhar, sempre que esperam pouco de ti, tu podes pegar o outro desprevenido... mas chega de tanta deferência, capitão. Diz logo o que tu pretendes.

— Ora, vossa mercê tem gosto por estes assuntos mórbidos — diz o capitão-mor. — Assim como conhece bem as superstições da gente simples, e poderia fazer algo de útil por esta vila, que tem sido tão condescendente com a sua presença por aqui, e resolver este problema para nós. Se tal crime é obra do Homem, descubra qual homem.

O Andaluz empolga-se com a ideia. E tanto melhor, ocorre-lhe, que o povo esteja assustado em suas casas e os mortos ainda repousem no local em que morreram naquela noute, pois as respostas se escondem sempre nos detalhes.

— É uma ótima proposta, capitão. Será como solucionar um pequeno jogo de charadas. Como Édipo e a esfinge, mas sem pôr minha mãe no meio — olha a lua cheia e a rua vazia. — Que, por sinal, já dizia, *la kama es una buena coza, si no se durme, se arrepoza*, e por ora seria bom que os senhores fossem todos dormir e deixassem isto cá comigo.

— Eu o acompanho — anuncia Silvério. — Até descobrir quem matou minha égua.

— Ora, pois muito bem — o Andaluz, empolgado. — Se estamos todos a postos, feito galgos inquietos esperando o sinal de largada, o jogo já começou!

— Que é um galgo, homem? Do que está falando?

— É um tipo de cão — explica frei Caetano.

— Está nos chamando de cães? — irrita-se Silvério.

— Não, é Shakespeare — explica o Andaluz.

— Hein? Do *quê* me chamou? — Silvério, enfurecido.

— Arre, homem! Esquece isso e vamos logo.

E voltam os dous sozinhos para dentro da igreja vazia. Enquanto o soldado Silvério se detém a procurar onde frei Caetano largou a lanterna a óleo, o Andaluz entra no quarto daquele curioso cadáver, puxa uma cadeira e senta-se bem no centro do cômodo. Quando Silvério volta de lanterna em mãos, porém, a cadeira está vazia. Não dá atenção para isso e ocupa-se em observar o morto, os olhos opacos de sua égua e a língua mole pendendo da boca. Silvério inspira devagar e solta um longo suspiro resignado, baloiçando a cabeça. Só percebe a presença do Andaluz quando ele surge atrás de si, e o susto o faz gritar.

— Por Deus, que se fizer isso outra vez, o degolo!

Mas o outro ignora a ameaça.

— O que tu vieste fazer nesta vila?

— Vim cuidar de assuntos para o tenente-coronel Osório — desconversa. — Que não lhe dizem respeito, aliás.

– Então, vou repetir a pergunta até que me dês uma resposta: o que vieste fazer nesta vila?

– Já lhe respondi.

– Não, não respondeu. Há dezenas de soldados que Osório poderia despachar para resolver seus assuntos. Mas mandou um matador.

– Eu, matador? Como vossa mercê mesmo pode ver – aponta com o queixo para o braço direito enfaixado –, estou um pouco incapacitado para exercer essa função.

– Vamos colocar as cousas em perspectiva: o padre chegou à vila no fim da tarde, assustado e azafamado, e deixou a mula dele na estrebaria. Tu chegaste pouco depois, logo atrás do padre, eu diria, e viste que o padre estava na vila, pois viste a mula dele na estrebaria do Chico Sá.

– Já lhe disse que não vi mula nenhuma...

– Que seja. Mas, à noute, aparece este homem morto aqui, e tem a cabeça da tua égua no lugar da dele. E a mula sumiu. Parece-me que há uma conexão lógica entre vossas mercês.

– Até onde sei, o padre bem pode estar vivo e em fuga – diz Silvério. – E eu estou a pé.

– Ou padre Domingos está bem aqui na nossa frente, morto e decapitado, e tu, tendo prejudicado a ti mesmo ao matar tua égua, te livras de qualquer suspeita.

– Isso é ridículo. Eu nunca mataria minha própria égua para depois ficar empacado nesta vila, cercado por essa gentaça.

– Mas se tu tivesses matado o padre, por que o farias?

Silvério sorriu.

– Talvez o falecido tenha feito inimigos poderosos.

Ou talvez, especula o Andaluz, o visitante apostólico, no exercer de suas funções em sua passagem por Rio Pardo ou Porto dos Casais, tenha trazido à tona segredos de alcova inconvenientes.

– Eu não faço perguntas – diz Silvério. – Talvez o bom padre tenha quebrado algum de seus votos, digamos. Isso é tudo o que sei. Se o de castidade ou o do segredo de confissão, não saberia dizer. Mas, supondo que alguém tenha me contratado para abreviar a distância entre o velho menor e o Velho Maior, eu agora teria que devolver o dinheiro.

Mas o Andaluz não se dá por satisfeito. Quem quer que seja o morto e quem quer que o tenha assassinado, qual o sentido dessa encenação? Por que não simplesmente cortar-lhe a garganta? Por que a cabeça de um cavalo, e não a de um porco, um boi, um cão...?

– Talvez tenha sido o trabalho dum louco.

– Não necessariamente. Alguém que é capaz de matar uma criança indefesa poderia muito bem fazer algo assim – e o encara de modo inquisitorial.

Silvério comprime olhos e lábios, maquinando uma dúvida que agora finalmente se revela.

– Eu nunca matei uma criança. Não que não seja capaz – assume, em tom de desafio e bravata. – Apenas nunca tive a necessidade.

O Andaluz o observa em silêncio – curiosa situação onde, de todos os suspeitos, o matador profissional é o mais improvável – e depois faz um gesto largo indicando o quarto onde se encontram, pedindo que Silvério observe tudo o que há ali com atenção, e por que cada cousa está no lugar em que está. É um cômodo de poucos móveis. Perto da porta, há uma mesinha de madeira sobre a qual repousa uma bandeja de madeira e, nela, um prato de sopa de cebolas já fria. A primeira pergunta que devem fazer, lembra o Andaluz, é: se o padre está nu, onde estão suas roupas? Penduradas num cabide de chifre, perto do aparador, retiradas e dobradas com cuidado.

– A segunda pergunta que devemos fazer – continua o Andaluz – é: o que está faltando aqui?

Silvério olha em volta, confuso. Como pode saber o que falta, se não tem como saber tudo o que havia no cômodo?

– Falta sangue – diz o Andaluz. – Como tu matas alguém lhe cortando a cabeça sem que haja sangue por todo lado? Aliás, como este aqui foi morto? Ninguém o escutou gritar?

Silvério aproxima-se do corpo e observa que não há marcas nem feridas.

– Já estava morto quando lhe cortaram a cabeça – conclui.

– Sim. Mas ainda havia um pouco de sangue que escorreu pelo peito após a costura – aponta o Andaluz.

Aproxima-se do cadáver equinocéfalo e, com cuidado, levanta a Bíblia que leva no colo, aberta no livro de Jeremias, onde uma pequena mancha escarlate marca o entorno do verso 8:6 – "Firmaram-se na falsidade e recusam-se a converter-se. Prestei atenção e ouvi: eles não falam assim. Ninguém se arrepende de sua maldade dizendo: 'o que foi que eu fiz?'. Todos retornam seu caminho, como um cavalo que se lança ao combate". Ora, que escolha agressiva, comenta o Andaluz.

– Ah, claro! – conclui. – Se aqui há uma cabeça de cavalo, então há um cavalo sem cabeça.

– Égua...

– Que seja. Mas o que é um cavalo sem cabeça?

– Um bicho morto.

– O motivo do crime! Mas apenas se este aqui for mesmo padre Domingos.

– Não estou compreendendo.

– Não precisa. Vamos à estrebaria do Chico Dias.

Saem da igreja, atravessam a praça central, virando à direita, e passam por quatro ou cinco conjuntos de casas até chegarem ao estábulo. Entram. Ali, não há muito que precisem descobrir, diz o Andaluz, uma vez que já sabem que não foi assombração o que matou o padre e nem, por consequência, roubou a égua. Há marcas de pegadas no chão, mas nenhum sangue. O animal não foi decapitado ali.

– Já vimos tudo o que era preciso por hoje – conclui o Andaluz, e saem os dous da estrebaria.

Despede-se de Silvério com certo alívio em ver-se livre da companhia algo agourenta do rapaz pálido e caminha tranquilo de volta ao sobrado da Joana Holandesa – não sem dar uma boa olhada em volta pelas ruas escuras e vazias e pelos becos sombrios entre as casas.

Quando chega ao sobrado, a noute já acabou, tudo está vazio, só o velho porteiro continua sentado na varanda, meio dormindo, alheio a tudo. O salão está às escuras, velas e candeeiros já apagados, as moças recolhidas às suas camas. Não haverá serviço nessa noute. Cruza o salão e descalça as botas para subir em silêncio – não quer acordar ninguém e muito menos ficar dando explicações aos curiosos. Não consegue evitar de ranger um ou dous degraus, e logo surge Joana, parada no topo da escada. Não conseguia dormir de tanta preocupação, diz-lhe, pois o Andaluz demorava para voltar, mesmo sabendo ser ele um animal de hábitos noturnos. Além do mais, há a questão de continuar sua educação sobre a história da colônia e as relações luso-holandesas – ela quer saber como terminaram, afinal, as Invasões Holandesas.

O Andaluz sorri e, como sempre, propõe-lhe uma demonstração prática, Joana representando a cidade de Recife, ele no papel de Felipe Camarão, a penetrar as terras dos Países Baixos e reconquistando cada território até que cheguem à capitulação, ao que a Holandesa já suspira: *Mijn God!*

4.

Amanhece. O Andaluz acorda com um bocejo – quer continuar dormindo, mas tem a mente agitada, e vira-se na cama para se descobrir sozinho sobre os lençóis. A janela, em consideração à sua sensibilidade, está fechada. Levanta-se, despeja a água do gomil numa bacia de prata e lava o rosto. Seca-se com uma toalhinha deixada ao lado e põe sua venda nos olhos.

Na mesa da cozinha, como sempre, é o último a fazer o desjejum. Contenta-se com uma fatia de pão e uma fruta, quando Sabiá passa correndo para avisar-lhe que frei Caetano está ali à sua espera no salão principal. O Andaluz pede que chame o frei para que se sente com ele na mesa da cozinha. Bete Bonete, ocupada em assar um bolo, circula em volta cantarolando.

Frei Caetano senta-se à mesa e o põe a par de tudo o que já aconteceu bem cedo naquela manhã: o corpo foi removido, aguardariam mais um pouco até decidir se o enterrariam como sendo padre Domingos, mas é algo que não pode demorar muito, pois é cousa incômoda a todos. Já Chico Dias esteve tão bêbado que não se lembra sequer de ter alugado espaço em seu estábulo nem para o padre, nem para o soldado Silvério.

Aproveitando-lhe a presença, o Andaluz faz-lhe diversas perguntas, interrogando-o sem que o frei disso se aperceba, querendo saber a que altura do dia chegou o visitante apostólico, que horas eram quando o viu pela última vez – era, afinal, o último a tê-lo visto com vida, não era? –, e conclui que, entre a chegada e a morte, passou cerca de uma hora e meia.

– E este rapaz, o soldado – pergunta frei Caetano. – Que lhe parece?

– Não fosse um soldado, seria um belo inquisidor. Tu sabes como são, aquela postura rígida, sempre disposto a condenar ao invés de compreender. E tu, o que pensas dele?

O frei não tem tempo de responder, pois Sabiá entra na cozinha no mesmo instante, a avisar que também o moço branco da noute anterior está ali na frente, no salão, à procura do Andaluz. Frei Caetano se levanta e anuncia que já vai indo, não é salutar à sua reputação que seja visto com frequência naquela casa tão reputada; afinal, não há motivo para dar o que falar mais do que já se fala nas pequenas cidades, onde os assuntos são escassos, mas o tempo abunda.

Silvério comenta que, mesmo com seus assuntos em Laguna já estando resolvidos – o capitão-mor lhe prometeu uma nova égua, e precisa regressar a Rio Pardo –, por respeito à sua própria honra ofendida e à do animal que tanta companhia lhe deu, não pode ir embora antes de encontrar o culpado por aquela ofensa, não se pode deixar tais assuntos pendentes. Quer tomar parte ativa na investigação da morte do visitante apostólico.

– Vossa mercê está convencido de que não foi cousa dum abantesma? – insiste. – O povo já fala na mula...

– Tudo o que existe nasce de ovo ou barriga. E se nasce, pode ser morto. Agora, se me dás licença... – o Andaluz bate com as palmas na mesa e se ergue – eu, como bom leitor de Thévenot, vou tomar meu banho de toda manhã e praticar um pouco o nado, já dizia minha boa mãe que *la limpyeza es media rikeza*.

– Vou com vossa mercê – anuncia Silvério.

Ainda que a presença esfíngica do rapaz lhe seja tão incômoda quanto parece ser aos outros, sua curiosidade por vezes impulsiva o faz consentir. Contudo, antes de sair da casa pela porta dos fundos, para na cozinha para comer mais uma fatia de pão e perguntar para Bete Bonete se o bolo já está pronto – vai demorar, ela anuncia, e ele desiste de esperar.

– Tu falaste em abantesmas – o Andaluz retoma a conversa com Silvério. – Mesmo que houvesse assombrações como *la mula anima*, mesmo que fosse possível gente virar bicho ou bicho virar gente, só aconteceria por motivo de natureza ou alguma doença peculiar. Para o povo, tudo o que não compreendem se torna cousa do demônio. E além do mais, nunca vi bicho ou homem que vivesse sem a cabeça.

Abre a porta para o quintal dos fundos do sobrado, a tempo de deixar que passe correndo uma galinha recém-decapitada, a se debater e espirrar sangue para todo lado por seu pescoço vazio até bater-se contra a perna da mesa e cair morta, ainda em convulsões. Bete Bonete grita de nojo, e o menino Sabiá vem logo atrás, nas mãos o machado ainda sujo de sangue e a pedir desculpas pela falta em não ter amarrado os pés da ave.

– Frango, hoje? – estranha o Andaluz. – Teremos noute de festa e eu não sei?

– É dona Holandesa que acordou com uma enxaqueca forte e pediu canja – explica Sabiá.

Fica o grandalhão imóvel por algum tempo a coçar o queixo pensativo, Silvério pergunta-lhe se está tudo bem, mas, dando-se por satisfeito, o Andaluz retoma o passo sem aviso. Atravessa o jardim dos fundos assustando uma galinha empoleirada no galho baixo da árvore do quintal, pula a mureta de pedra que os separa dos fundos da casa vizinha – um cão vem latindo furioso, mas, ao reconhecer o Andaluz, deita-se de costas a pedir brincadeiras, e o Andaluz se detém para coçar-lhe a barriga. Sem nenhuma explicação ou pedido de licença, entra na outra casa e atravessa-a, passando pela porta da frente e saindo na rua de trás – a tudo Silvério o segue, confuso. O Andaluz não diz uma palavra, cruzando a rua em direção ao morro, até o momento em que o vento traz o cheiro de cebolas que precede dona Rita.

Ao vê-lo, a religiosa senhora cospe no chão e se põe a gritar:

– Demônio imundo! Desgraçado! Filho duma meretriz sifilítica!

– *Me cago en tuyas tetas para que tus niños chupem mierda!* – responde o Andaluz.

– Morra afogado! Cretino! Desgraça de gente!

– *Veta a la verga!* E bom dia para a senhora também! – e, voltando-se para Silvério: – Aperta o passo, acho que ela foi buscar o trabuco.

Silvério espera que uma boa distância se coloque entre eles e a velha carola antes de perguntar o que é isso, de onde que uma senhora tão religiosa tira um linguajar tão chulo.

– Ah, é exclusivo para mim, entre as minhas muitas exclusividades nesta vila – explica o Andaluz. – Ela crê que desvirginei sua filha, rá-rá. Não a culpo por isso, eu também pensava, mas eis que, na hora da verdade, outros já haviam desbravado aquela vereda com mais antecedência.

– Pelo visto, gentalha desavergonhada e sem decência é o que não falta por aqui.

– Por experiência própria, digo que há mais decência entre os desavergonhados. Ou menos hipocrisia, não crês? Ora, que homem se conhece que tenha casado virgem? Não entendo por que se impor o mesmo fardo às damas, se uma vez casados, cada um faz o que bem entende. Além do mais, há mais cousas definidoras do caráter de uma pessoa do que saber com quem ela se deita – a essa altura, os dous já sobem o morro que separa a vila do mar, e Silvério murmura algo para si mesmo que o Andaluz não escuta, mas percebe o tom de condenação. – Imagino que estou chocando tuas sensibilidades.

– Sou familiarizado com o pecado – responde Silvério. – Se algo me choca, é a alegria daqueles que se contentam em ir ao inferno.

– Ah, as velhas obsessões com o inferno. É um absurdo do ponto de vista lógico, sabia? Não há sentido na ideia de uma punição infinita quando, em termos racionais, não existe crime infinito. O único verdadeiro inferno, creio, é a vergonha de si mesmo. E a vergonha é sempre algo imposto pelos outros, não concordas? Sem vergonha, sem inferno. O que é diferente de louvar uma postura indecente. Mas o que é ser indecente? Um bom amigo me disse recentemente que decência não é uma questão de como nos comportamos, mas de como lidamos com os outros. Estou te incomodando com minha conversa?

– A Bíblia diz que o inferno existe, não é preciso prova maior. Se está escrito, é a Verdade. E cada palavra ali é incontestável. O inferno aguarda quem não a segue.

– Vejo que és um especialista no assunto.

– É claro que sou. É o único livro que deve e merece ser lido. E, afinal, Satã está em mim.

O Andaluz estanca sua caminhada morro acima e vira-se para o rapaz. Silvério mantém na face a mesma indiferença de sempre, e disse aquilo não com a intenção de chocá-lo, mas como quem faz uma mera constatação de um fato irrevogável, uma ideia com a qual está em paz. Dali, o Andaluz conclui tudo o que precisa entender sobre aquele rapaz.

Cruzam o morro e descem pelo outro lado até darem na praia voltada para o Atlântico e, no caminho, o Andaluz ainda tenta puxar conversa mais uma ou duas vezes sobre assuntos banais e variados, aos quais Silvério responde com o mesmo tom formal, como se lesse o que aprendeu duma cartilha de regras pré-estabelecidas para o convívio social, frases decoradas em tom professoral por uma criança, que agora as repete para exprimir o que sente não por serem tais sentimentos naturais a si, mas porque acredita ser consenso de que é assim que deve se portar, é isso o que se deve sentir. Aos olhos do Andaluz, o rapaz se mostra cada vez mais interessante, mas permanecem em silêncio.

Chegam então à beira do mar; o Andaluz primeiro tira as botas, depois desabotoa camisa e calções e despe-se sem maiores cerimônias ou pudores, exibindo seu corpo triangular e musculoso de gladiador. Silvério enrubesce e vira o rosto. O Andaluz o convida a despir-se também e entrar no mar, mas o rapaz diz que vai esperar ali na areia da praia. Ora, não sejas tímido, diz-lhe o Andaluz, e, em tom de galhofa, comenta que já viu a nudez de moças e rapazes mais atraentes, além do mais, um banho de mar gelado é sempre uma boa forma de começar a manhã, e o hábito diário de praticar o nado é excelente para a saúde. Silvério, mesmo assim, prefere permanecer sentado na areia.

E lá se põe a nadar o Andaluz, dando braçadas dum lado ao outro. Ora some, ora retorna à vista, e o mar parece calmo e convidativo sim, mas Silvério incomoda-se com aquele sol, que, sabe bem, o deixa todo vermelho em pouco tempo. A certo momento, ergue-se impaciente procurando o Andaluz com o olhar, pensa em gritar-lhe que vai voltar para a vila e esperá-lo por lá. Mas então o próprio Andaluz sai do mar e vem em sua direção, o rosto iluminado pela animação quase infantil de uma nova ideia.

— Já te ocorreu imaginar o que mantém a vida no corpo da galinha? — diz, e vira-se para o sol para secar o corpo. — Mesmo quando ela já tem a cabeça arrancada?

— É que a vida mantém-se no coração... agora, vista-se, homem! — Silvério, muito convicto e impaciente para que retornem. — E o que lhe trouxe essa ideia agora?

O Andaluz não responde: está com o rosto virado para o sul, para onde o mar e a lagoa se unem não muito longe dali, e onde agora um navio cruza o estreito canal. Olha só quem vem lá!, anuncia empolgado. Espera por aquele navio há várias semanas. Veste os calções e recolhe o resto das roupas debaixo dos braços, indo pelo caminho de volta à vila, cruzando o morro. Empolgado, explica ao rapaz que sempre nutriu grande interesse pelos estudos das ciências naturais e, sempre que possível, tenta ter acesso às obras mais recentes de estudiosos ingleses, franceses e russos, principalmente de americanos como Franklin, mas se já é difícil encontrar livros à disposição, fazê-los chegar a esta terra é ainda mais — vêm de navio, e a viagem demora. Se tem um dom, é o de fazer amigos nas mais diversas posições sociais e nos mais longínquos rincões dos quais já foi expulso, aprisionado ou degredado em seus longos vinte e seis anos, de modo que não lhe faltam contatos dos quais possa cobrar ou oferecer favores.

— Vai ser preciso que eu me contradiga agora: talvez um corpo possa, sim, viver sem a cabeça, e talvez uma cabeça possa viver sem um corpo, mas não vou poder provar essa teoria sem alguma ajuda.

— Isso vai servir para encontrarmos quem matou minha égua?

— Que égua? Ah, sim, verdade, o padre, essa cousa toda. Não, não vejo como.

— Então, qual o sentido disso?

— E que mais é preciso além da vontade de se ter mais conhecimento?

— Arre, e que utilidade tem saber-se algo que não possui aplicação prática? E vossa mercê vai voltar para a vila assim? É indecente!

— Ora, não fique todo alvoroçado... — seca o peito, os ombros e o braço com a camisa e depois veste a casaca.

Refazem o caminho de volta, não sem antes parar em uma casa onde o Andaluz pede um pouco de água para lavar os pés da areia da praia e então poder calçar suas botas.

É já quase meio-dia e, no cemitério da Irmandade do Santíssimo Sacramento, logo atrás da igreja, frei Caetano enterra o corpo descabeçado. O Andaluz sugere a Silvério que acompanhe o enterro e tome nota mental de todos os presentes para ver se alguém ali lhe parece mais ou menos suspeito — uma desculpa para poder livrar-se do rapaz. Separam-se, e tão leve e faceiro se sente o Andaluz que assovia no caminho até o cais.

Ali já está, ancorado e preparando-se para desembarcar sua carga, o *Cavalo Marinho*, embarcação mercante de bandeira volante, em geral inglesa, a depender da necessidade e de quem venha lá no horizonte. Não chega a ser um problema que El-Rey tenha proibido as naus estrangeiras de fazer comércio em portos brasileiros, pois as leis marítimas internacionais lhes permitem atracar quando houver necessidades de reparos ou casos de doenças; é assim que, todo dia, por toda a extensa costa da colônia, naus estrangeiras convenientemente necessitam de reparos o tempo todo; e se El-Rey restringe tal comércio apenas aos itens mais essenciais à manutenção da nau, ora, passa aqui uns tostões na mão do meirinho, que ele olhará para o outro lado e jurará sob o túmulo da mãe que não viu ocorrer comércio algum.

Trocam-se cordialidades, o Andaluz é um velho conhecido daqueles lobos do mar. Uma bolsa tilintando suas moedas troca de mãos, e o Andaluz volta à casa da Holandesa carregando dous enormes e pesados sacos nos ombros e uma carta selada com a marca de M. Ao entrar, avisa as moças que há navio recém-chegado no porto.

— Meninas, aprumem-se, chegou navio! — grita a Holandesa, provocando uma lufa-lufa de passinhos agitados dum lado ao outro. — Mandem o Sabiá preparar a charrete!

Enquanto as moças organizam seus esforços mercantis, o Andaluz sobe ao seu quarto, larga a encomenda sobre a cômoda, fecha as rótulas de treliça da janela até o quarto mergulhar no escuro, tira as viseiras de coiro, volta sua atenção para os embrulhos e os abre. Do primeiro, tira dous pacotilhos e os cheira, deliciado com o aroma de cacau moído com favas de bainilha; junto há um papelinho com instruções manuscritas dum boticário, cópia da notória receita do senhor Sloane para o preparo da bebida da moda – não é que seja um glutão, mas o pecado da gula é seu segundo favorito, que a ele acomete não em quantidades, mas em qualidades, um apreço por tudo o que é raro e diferente. Outro pacotinho vem cheio de amêndoas confeitadas, coloca uma na boca e a degusta devagar, enquanto abre o lacre de cera da carta remetida por "M. de Londres para A. em Laguna" – o hábito familiar e cauteloso entre seus irmãos de se dirigem somente pelas iniciais. Recebe notícias de que sua irmã R. casou-se novamente, agora com um gentio, o que deve estar fazendo a mãe deles executar rotações inteiras no túmulo, uma primazia, alfineta M., que até então fora do Andaluz, mesmo que contasse com a condescendência destinada aos caçulas (revira os olhos ao ler isso); observa que as amêndoas que seguem com o pacote foram uma lembrança que R. pedira para lhe enviar, não suas. A carta continua relatando os acontecimentos recentes na Europa relativos à sua gente e termina com uma longa lista dos livros que lhe foram remetidos nos sacos, além daqueles que não foi possível adquirir. Uma boa dúzia são calhamaços encomendados na região, outros tantos são para si próprio, como as últimas obras de Smollett e o quinto e anônimo volume de *O tesoiro dos sóis doirados*, e completa-se a remessa com alguns jornais ingleses e almanaques americanos daquele ano para sua distração e um bom número de cópias do *Lunário perpétuo*, que sempre tem boa procura para revender. Aos poucos, porém, é tomado pela frustração: nada ainda de chegar-lhe um novo exemplar da sua amada *Enciclopédia*.

Caminha pelo quarto a esmo, procurando pela prancha de madeira e papel para escrever uma carta. Atravessada no meio do quarto há uma rede, que usa para sentar-se quando quer escrever. De leituras e encomendas, há livros empilhados por todo canto. Finalmente encontra papel com um suspiro de alívio, verifica outra vez os itens recebidos, põe outra amêndoa açucarada na boca e senta-se na rede, uma perna para cada lado, descalça as botas, e redige.

Caro Licurgo,
Eſcrevo para dar conta do lívro que m'o encomendáſte. Tratava-ſe, como lo diſſe, de huma traducçaõ ao portuguèz do Hamlet de Shakeſpeare feita por Lucas Fernández, conforme posta em ſcèna com hum elenco de eſcrávos a bordo da náo Dragaõ Vermelho, à coſta de Serra Leoa, máis de hum ſéculo atrás. Mo enformaraõ de que naõ ſe tem ſciència de tal traducçaõ impréſſa, de modo que aquelle exemplar de que m'o fallaſte era muy raro, ſe naõ o único, e ſe foi queimádo, temo que fora perdido para ſemple. Eſta que t'o envio é a traducçaõ ao francéz feita por La Place, agora que noſſa amiga franceza já te enſina sua língoa, a leitura naõ te ſerá grande deſafío. E por falar na própria, mande minha lembránça à Thérèſe, diga a ella que pretendo viſitál-a ainda este ánno. Naõ é da minha natureza ficar tanto tempo parado num meſmo lugar.
   Agradeço os commentários feitos ſobre a calidáde dos eſcritos que lo enviei, tanto as críticas ſincéras quanto os elogîos condeſcendentes, já havia tempos que deſejava pôr no papel o epiſódio que m'o narraſte e o outro que compartilhamos. Compreendo teus commentários ſobre as pequenas álteraçoens que fiz aos fáctos, mas eu naõ as chamaria de álteraçoens, e ſim de "complemèntos". Naõ he que eu tenha apréço eſpecial por elementos phantaſioſos (confeſſo que os tenho), mas he que ſem eles as páginas ſe tornaõ inſipidas, racionais em demaſia, naõ crês? Sei o que m'o dirá: logo eu, me opondo à Razaõ? Mas faço minha as idéas de Miguel Ângelo: a introducçaõ de tais chimeras ao texto naõ ſó diverte e entretém os ſentidos, mas tambèm captiva a attençaõ do leitor que deſeja imaginar couſas inclaſſificáveis e impoſſíveis, e creyo que compreender os deſejos deſte leitor demonſtra da minha parte hum mayor respeito à Razaõ do qui ſe reproduziſſe mais do cotidiano ordinário e realiſta. E aqui te coloco huma queſtaõ: aquelles que acreditam em bruxaria crèem ſer poſſível alterár o mundo real utilizando-ſe de feitíços, e o que ſaõ feitiços ſi naõ apenas palavras pronunciadas? Palavras! Se he no uſo dellas que ſe altera o mundo real, os únicos verdadeiramente capazes de executar magias ſaõ aquelles que eſcrevem

eſtórias. Afinal, muito do que hoje tomamos por phantaſias de épocas paſſadas já foi conſiderado facto, e que diferença faz afinal? Quantas verdades que hoje cremos logo ſeraõ illuminadas por novas idéas e tranſmutadas, tal chumbo em oiro, em uma viſaõ diferente da actual? O mundo muda quando mudamos o modo como lo vemos, como mo diſſe? Creio que eh por iſto que ſe queima mais livros do que peſſoas.

 Concordo com teus commentários acerca da terceira hiſtória, que em nada ſe parece com as primeiras duas, penſei em ſeparál-a e publicar em panfleto à parte, mas agora meſmo, em quanto eſcrevo, ocorre hum facto novo, cujo deſenlace ainda aguardo, mas que, quando ſomar aos outros, naõ poderei mais chamar o conjunto de Hiſtória de três soldados. Dos detalhes, te o coloco a par em correſpondência futura, mas em reſume, compartilho que conheci aquelle tal Índio Branco de que mo falaſte em tua ultima carta, o que teve hum encontro pouco fortuito com teu irmaõ. Pela deſcripçaõ que mo fizeſte, o imaginava mais velho, creio agora que, ſe naõ tiver a mesma idade que tu, naõ há mais que hum ou dous annos de diferença. Apeſar do que mo diſſeſte, prefiro julgar os outros em meus próprios termos. T'o digo que o ſogeito naõ é de todo deſagradável para hum potencial infantecida, porém lhe falta ſenſo de humòr em abſoluto, e o acho hum tanto obtúſo. Há nele huma cegueira pelas poſſibilidades do mundo naõ muito differente da que havia em ti meſmo, porém no caso delle tal cegueira vem enduzèda por um calviniſmo cruel que me tira a paciência. Contudo, há algo de intereſſante nelle, algo de contradictorio, qui mo intriga, pois ſe para alguns é naturál ſerem o que ſaõ, para outros é neceſſário interpretár hum papel, e creyo que eſtá a interpretar hum. Sei bem como é viver fingindo-ſe ſer outra couſa, ſempre a evitar os commentários alheos e a foguèira. Confórme o decorrèr dos factos nos próximos dias, pretendo incluir mais hum capítulo neſſa narrativa, que t'o enviarei em cópia para que também a julgues.

 Ah, ſim. De deſertòr para deſertór, ainda que comprehenda teus motivos, expreſſos em tua última carta, lamento tua deciſam em retornar do Rio de Janeiro para eſta terra e ao exercito. As vezes me ocorre que, aſſim como tu, eu também tenha amigos influentes que poſſam me livrar de huma que outra accuſaçaõ incômoda, mas ficar à

márgem da ley naõ ſó já me eh hum áveto, como as vezes tenho dúvidas ſi as companhias do lado de dentro della naõ ſaõ peióres que as do lado de fora. Se voltares antes de outubro, he provável que eu ainda eſteja aqui. Convidol-e desde já para um almoço, e t'o prometo que deſta vez as deſpèſas feraõ por minha conta,
Deixo aqui um abráço.
A.

Ora, assim sinto-me nu, não me leias dessa forma ou enrubesço. Havia prometido não me revelar. Menti. A certo momento, torna-se não apenas inevitável, mas necessário, que se tome certa distância dos fatos para melhor colocá-los em perspectiva à hora de narrá-los e, no mais, referir-se a si próprio na terceira pessoa vira um hábito. Mas por favor, esquece-me, leitor. Ignora-me, eu te peço, e continuemos este nosso passatempo, que já agora se aproxima do fim.

Pois ali estou eu, ou ali está o Andaluz, a escrever sua carta, quando escuta baterem à sua porta. Cobre os olhos com as viseiras de coiro de coelho e a atende. É a mulata Adele Fátima, que vem lhe avisar, toda maliciosa, que o moço airoso da noute anterior está ali embaixo à sua procura.

– Tem sempre um moço bonito à sua volta... por que não o apresenta para mim? Este daí tem um rosto tão *perfeito*!

– Meu anjo, já disse Voltaire que o abuso da graça é a afetação, e o abuso do sublime, o absurdo. Toda perfeição é um defeito. Além do mais, este que está aí não sabe apreciar a cor do ébano – enrola o dedo numa mecha do volumoso cabelo negro. – Sem falar que, convenhamos, teu preço é mui alto para o real valor da mercadoria, está passando do ponto...

– Ai, desaforo! – protesta ela, mãos na cintura fingindo indignação. – Nunca reclamou!

– Porque nunca tive que pagar – responde, gaiato, acariciando-lhe o queixo, e dá-lhe um beijo na maçã do rosto.

– Mas vossa mercê não presta mesmo – ri ela, e afasta-lhe a mão com um leve tapa. – Chega. Agora, o que digo ao lindote ali embaixo?

— Que já vou descer — diz o Andaluz, que volta ao quarto, dobra e sela a carta com um pouco de cera derretida e a guarda na cômoda junto com outros papéis. Fecha a porta atrás de si e desce.

Silvério está parado no centro da sala em seu impecável uniforme azul e amarelo de dragão e com uma das mãos nas costas, à sua espera, como se fosse retirá-lo para dançar. Sabiá está ao seu lado, agitado como sempre, metido na libré escarlate com que a Holandesa lhe presenteou, enquanto as outras moças da casa se reúnem no sofá, acuadas, observando insistentemente o soldado.

— O moleque diz ter encontrado minha égua — anuncia Silvério. — Ainda não fui olhar, mas quero que vossa mercê vá junto, já que tem bom olho para os detalhes. Mo diga se houver algo fora do comum.

Sabiá está um pouco assustado. Ao ser questionado sobre como encontrou o corpo da égua morta, diz que viu dous urubus voando em círculos num matagal, mas Silvério desconfia da história da mesma forma como parece desconfiar de tudo. O Andaluz coloca a mão no ombro do menino e diz-lhe que está tudo bem, irá com eles ver o corpo do animal. Sabiá tem treze anos, é velho demais para ser seu filho; mas sempre lhe ocorre que, cedo ou tarde, acabará cruzando o caminho de algum que seja seu e, na dúvida, tem um carinho paternal por todo bastardo que encontra.

A tarde desvanece, o céu a se apagar em nuvens laranja e rosa contra o fundo azul, como leite na água. Sabiá leva os dous até um matagal no morro, no lado voltado para a lagoa. Porta um archote para iluminar o caminho, pois o entardecer já é mais sombra que luz. Aponta para o céu, para um bando de urubus voando em círculos, como para provar que não mentia.

Mal sobem alguns passos no morro, encontram o corpo da égua numa clareira, sem a cabeça e coberto de moscas. Silvério grita e agita os braços para expulsar as aves carniceiras. Sabiá aponta para dous baldes de madeira cobertos por panos. Não teve coragem de levantá-los e ver o que havia dentro. O Andaluz agacha-se em frente ao primeiro, Silvério e Sabiá às suas costas, e puxa o pano: os três erguem-se rápido ao serem encarados por um par de olhos baços.

— Creio que frei Caetano já pode completar o enterro, agora. Mas esse caixão será pequeno.

Dentro do balde, está a cabeça decepada de padre Domingos.

E próximo da clareira, vindo do meio das árvores, escutam um azurrar. É inverno, o sol já se põe sempre mais cedo que o esperado e, nas sombras, não é possível distinguir o que os três supõem ser a mula do padre. Silvério, por via das dúvidas, saca a pistola e a prepara.

— Deixem que vou buscá-la — anuncia, e Sabiá vai junto atrás.

O Andaluz agacha-se novamente frente aos baldes e levanta o pano que cobre o segundo: ali dentro há apenas uma pasta negra e viscosa, de cheiro pouco agradável. Coça o queixo, perdido em pensamentos. Aquele cheiro, mistura de azeite e enxofre, lhe é familiar.

Quanto à mula, é somente um vulto negro e agitado, que tenta recuar ante a aproximação de Silvério, mas está presa a uma corda amarrada a um tronco. Silvério guarda a pistola e a desamarra: segurando com firmeza em sua única mão livre, aproxima-se devagar do animal quase no mesmo instante que o Andaluz, que, após finalmente associar o cheiro daquela mistura caseira à sua utilização prática, ergue-se dum salto e, ao ver Sabiá próximo do animal com o archote aceso, grita:

— Saiam de perto! Saiam de perto da mula!

Movido por sua natureza arredia, Silvério vira-se brusco ao ouvir o grito, e seu movimento derruba o garoto no chão. O archote, ao cair, assusta o animal, que começa a coicear e acerta uma patada em Silvério, derrubando-o. O animal salta por cima da tocha caída, algumas fagulhas atingem-lhe a barriga, e um clarão toma conta do mato.

Poucas imagens seriam mais dignas de ilustrar um catálogo de horrores do que aquela: com o susto, o animal empina o corpo, erguendo as patas dianteiras no mesmo instante em que é envolto por uma bola de chamas, e então sai em disparada correndo e zurrando.

Silvério se recompõe, volta célere para o Andaluz junto com o menino Sabiá, que vem logo atrás, lívido de pavor. Perguntam-lhe o que aconteceu, pois eles próprios não compreendem. O Andaluz ergue o segundo balde, mostrando a mistura oleosa da pasta de pólvora. O animal, conforme corre, deixa atrás de si um rastro de fogo que segue na direção da vila.

5.

O BARROCO É A ESTÉTICA para se ilustrar o caos. Em vez de recorrer a uma gama de alegorias e metáforas, concluí que uma xilogravura seria o melhor modo de mostrar ao meu leitor o que ocorreu na vila nas horas seguintes. Encomendei a um amigo gravurista, entreguei-lhe as mais detalhadas orientações, pedi que utilizasse de chiaroscuro para acentuar a dramaticidade dos elementos, mas a ilustração nunca veio e o alombado sumiu com meu dinheiro, então me resta te passar aqui a descrição que lhe fiz e pedir que use de imaginação para visualizá-la.

No centro da imagem, está a mula, o corpo em chamas, seu movimento capturado de um instante do galope louco que efetuou ao atravessar a rua principal da vila. As chamas que emanam de seu corpo ordenam as sombras de toda a composição, toda a luz parte dela, pois o sol já se punha. No canto direito e em toda a base da gravura, há pessoas atirando-se por detrás dos muros e para dentro de quintais em pânico. No canto esquerdo, vê-se o capitão-mor João Prates, sentado na pequena varanda de sua casa na vila, ocupado em esvaziar um garrafão de vinho que lhe haviam trazido da fazenda. Por suas feições inchadas, percebe-se que já está bastante ébrio, e há espanto em seus olhos, pois não sabe se aquilo que vê é real ou provocado pela bebida. No canto inferior esquerdo, há um homem, o pescador do segundo capítulo, encolhido no chão com os punhos fechados, escondendo os olhos e as unhas. Acima das casas, vê-se a igreja, numa licença poética em relação à geografia da vila, onde pessoas correm desesperadas para dentro em busca de expiação por seus pecados, e frei Caetano, tão apavorado quanto elas, segura a porta para que entrem. Na janela de uma das casas, vê-se dona Rita gritando para a filha Luiza e as vizinhas, ao lado de sua cabeça desenrola-se um pergaminho onde se lê: "É a cumacanga!". Em outra janela, está Joana Holandesa cercada por suas meninas, todas observando a cena com horror, exceto Adele Fátima, da qual só vemos os contornos em uma outra janela do canto, ocupada que está em atender um cliente, o capitão do Cavalo Marinho, alheia ao caos à sua volta. Mais ao fundo, atrás das casas, está o porto, e o Cavalo Marinho ainda ancorado, acima deles o céu da primeira hora da noute e, no topo da ilustração, dous anjinhos de sexos indefinidos e cabelos encaracolados sobrevoam a composição, segurando um em cada ponta a faixa onde se lê: "Vila de Santo Antônio dos Anjos da Laguna, sexta-feira, treze de agosto de mil setecentos e cinquenta e seis."

Voltando para a vila, o Andaluz, Silvério e o menino Sabiá atravessam a rua principal ao som do bater de gelosias, velas sendo acesas dentro de casas, vozes em oração, burburinhos assustados – ninguém viu para onde o animal correu, há quem diga ter escutado a mula conjurar ameaças e maldições contra a vila, e alguns acreditam que ela esteja por ali ainda, à espreita, esperando o momento oportuno para voltar. João Prates, o capitão-mor, vem ao encontro dos dous, cabelos e bigode desgrenhados, muito agitado e as bochechas coradas pelo vinho.

– Onde vossa mercê estava, seu São Tomé incrédulo, numa hora dessas? Do jeito que as cousas andam, daqui a pouco vamos receber um tribunal inteiro do Santo Ofício!

Andaluz e Silvério tentam acalmá-lo. Explicam-lhe o que haviam encontrado – ainda que, a pedido do Andaluz, omitam a descoberta da cabeça do padre até que seja o momento oportuno. O capitão-mor está preocupado: os recém-chegados marinheiros do Cavalo Marinho, quando partirem da vila, podem espalhar notícias que só lhes trarão prejuízos – quem irá aportar numa vila assombrada? Motivado por esse temor, manda o ordenança despachar seus soldados para proibir que qualquer embarcação parta do cais de Laguna antes que todo o caso da mula e do padre-sem-cabeça seja resolvido. Será que agora entende o Andaluz a gravidade daquela situação?, continua o capitão-mor: dês que abriram o maldito Caminho dos Conventos, que os tirou da rota para o sul, a cidade foi diminuindo. A chegada de colonos vindos dos Açores injetou novo ânimo, mas o governo já não lhe dava recursos para cumprir com as promessas feitas aos colonos. Quem iria querer viver ali sem estímulos, ainda mais se a terra fosse, ainda por cima, amaldiçoada? Era a própria existência da vila que estava em risco!

– Calma, capitão – diz o Andaluz, colocando as duas mãos sobre os ombros de João Prates. – Eu tenho uma solução. Vou construir um mecanismo que pode nos trazer a resposta para nossos problemas. Só preciso que tu me emprestes este jarro de vidro folheado a prata que usas para guardar o vinho bom, que não serves às visitas. E vou precisar de um copo de vidro também.

O capitão-mor pisca, incrédulo, tentando assimilar aquele pedido inusitado.

– Que facécia! Que diabos vossa mercê quer fazer com meus vidros? Sabe o quanto me custou trazer essas peças para cá? Por que não me pede logo as joias de minha mulher?

– Cuidarei como se fossem as minhas joias de família, capitão.

– É bom que cuide, se vossa mercê as quebrar, ou me consegue outras iguais ou vou eu mesmo lhe mandar às galés!

Silvério pergunta-lhe se o assunto tem a ver com aquilo que discutiram na praia pela manhã. O capitão-mor quer saber do que se trata, e o Andaluz explica-lhe: pretende encontrar uma forma mecânica de provar-lhes que, ainda que por meios artificiais, uma cabeça ou um corpo podem viver separados um do outro. Se funcionar, poderão facilmente deduzir a identidade do assassino de padre Domingos – embora não tenha esclarecido aos dous como.

O capitão-mor reage: ideia mais que absurda! Se o governador-geral descobre que ele autorizou uma cousa dessas, manda queimar todos na fogueira com mulher e filhos!

– Bobagem, capitão, a fogueira está fora de moda hoje em dia, ainda mais nestas terras – garante o Andaluz. – No máximo, nos marcam a ferro em brasa, dão uns açoites e botam nas galés em viagem só de ida para a África. Pode acreditar, minha gente tem experiência com isso. Será um instrumento tão natural quanto uma roda de fiar, uma catapulta ou um trabuquete.

João Prates coça o bigode e conclui: tempos extremos requerem medidas extremas; aprova a proposta, mas, se alguém acusar a engenhoca de ser cousa demoníaca, será ele mesmo a colocar-lhe o garrote no pescoço. Bate com as mãos nas coxas e dá o assunto por encerrado, dizendo-lhes: que tempos para se viver!

O Andaluz despede-se de todos e volta para a casa da Holandesa, trancando-se sozinho em seu quarto ao longo da noute e se dedicando à leitura dos estudos do senhor Franklin sobre o fluido elétrico. Pede para não ser incomodado, o que, como de esperado, não ocorre.

Com os marinheiros impedidos de zarpar, a noute é movimentada na casa da Holandesa, onde se cria uma azáfama formada por eles, mais alguns soldados e moradores locais. Trocam-se chistes, pilhérias e palra-se sobre tudo, especialmente sobre a mula. Os músicos tocam baladas agitadas, há dança, bebe-se e canta-se e, a certo momento, precisam chamar o Andaluz para apartar uma discussão cujos argumentos já resultam numa troca de socos e pontapés. Irritado, ele desce, pega os dous pelos pescoços – Adele Fátima corre para abrir as persianas – e os defenestra. Poderia tê-los atirado pela porta, que inclusive estava aberta, mas a janela possui a vantagem de ter do outro lado um chão de terra batida, que, frente à chuva fina que começa já a cair naquela noute, converte-se em lama – além de ser um gesto infinitamente mais teatral, bem ao gosto do Andaluz por movimentos exagerados, impondo o devido respeito aos presentes.

O décimo quarto dia do mês de agosto amanhece na forma dum sábado nublado, o chuvisco da noute anterior ameaçando voltar mais forte e o clima, a esfriar outra vez. Nas casas, durante o desjejum, só se fala sobre a mula – pois alguém, afinal, encontrou o cadáver carbonizado do bicho, mas estava em tal estado que muitos alegam que nem se poderia dizer que era uma mula, sequer que fosse cousa deste mundo.

O carpinteiro e o ferreiro entregam na casa da Holandesa equipamentos que foram encomendados pelo Andaluz ainda no dia anterior: uma roca de fiar com pequenas adaptações e um prego com o mesmo comprimento do garrafão de vidro, mas com uma cabeça redonda, "do tamanho de um colhão". Quando Silvério chega ao alcouce à procura do sujeito, avisam-lhe que o Andaluz não quer ser incomodado – não saiu do quarto desde o amanhecer, nem mesmo para seu banho de mar matutino –, limitou-se a solicitar que lhe levassem pão, leite e açúcar. Ignorando o pedido, Silvério sobe as escadas sorrateiro e entra no quarto do Andaluz.

O cômodo está todo escuro e fechado, tomado por um cheiro doce e agradável de baunilha. Seus olhos custam a se adaptar à parca luminosidade e, com um susto, percebe o outro par de olhos a observá-lo na escuridão com um brilho argentado.

– O que queres aqui? – pergunta o Andaluz, ríspido. Está sentado na rede, no canto afastado da cama e da cômoda, com uma perna para cada lado, um grosso livro aberto no colo e, sobre a mesinha, uma xícara. Sua voz, naturalmente cava, não tem o tom geralmente gaiato: é áspera e dura, desprovida de qualquer sinuosidade.

– Apenas ver como está o andamento das cousas – desconversa Silvério, observando o cômodo, as encomendas pelo chão, alguns objetos pessoais espalhados sobre uma mesa. – Sei que o meu brio com relação ao animal que me foi tirado pode lhe parecer excessivo, mas aquela égua me foi dada de presente por bons serviços prestados. Foi a primeira cousa que ganhei na vida, e era um animal valioso. Para um homem a pé, talvez isso não faça sentido, mas, para um soldado de dragões, a morte dum cavalo é um ato que merece despique, uma compensação só não me basta. Por isso, se vossa mercê souber de algo de antemão, seria um favor generosamente retribuído se mo dissesse.

– Não sei o que pretendes, mas não pago para ver. Vai embora. Não está pronto ainda.

Silvério permanece imóvel, tentando acostumar os olhos ao escuro do quarto.

– Eu não sei enfeitar as palavras como vossa mercê, eu apenas sei dizer o que vejo – continua. – Acredito que tudo na vida se divide em dous: Deus e o diabo, o certo e o errado, o bom e o ruim – Silvério olha a cômoda ao seu lado, com três livros empilhados e um pião. Pega o pião na mão e o observa com desinteresse: – E uma vez que se ultrapassa essas barreiras, que se percebe que se está, definitivamente, no lado ruim, a princípio é libertador. Depois que se vê as cousas que eu vi, e que se faz as cousas que eu fiz, ou o diabo me receberá de braços abertos, ou fugirá de mim. Eu estou além da indiferença. Vossa mercê pode olhar para mim, me cumprimentar, podemos falar a mesma língua e posso conversar das mesmas trivialidades, e pode pensar que eu sou como vossa mercê, que, ao menos em essência, somos parecidos, pois compartilhamos todos da mesma origem como homens, mas isso não é verdade. Quando olha para mim, o que vê é apenas uma imagem, é como um disfarce. Acredite, não há nada por dentro. Eu sou imune a qualquer cousa que me pareça um sentimento. Eu não nutro nenhuma esperança em relação ao mundo e não desejo nada de bom para ninguém. Não vou ter remorso em fazer o que acreditar que for preciso. E não vou hesitar em fazer – ergue o pião, mostrando-o para o Andaluz. – Que raios é isso? Algum instrumento de bruxaria?

O Andaluz toma-lhe o brinquedo das mãos – está agora muito perto, de pé nas sombras sem que Silvério percebesse sua aproximação.

– Sim, se tocares nele, te faz cair o prepúcio – responde, irritado. – Aliás, tu és órfão, não és?

– Quê? Como que... o que isso tem a ver...?

– Como tu mesmo disse, tenho bom olho para os detalhes – lembra o Andaluz. – Basta-me um punhado de palavras aqui e ali e, então, tudo parece fazer sentido. Disseste que aquela égua foi a primeira cousa que ganhaste na vida, o que significa que nunca teve dinheiro para comprá-la. E tu és letrado, o que deve ter te ajudado na vida, mas que também denota dinheiro para estudos. De onde um garoto sem um vintém no bolso conseguiu pagar por seus estudos e se tornar oficial de cavalaria de dragões? E uma educação, pelo que vejo, estritamente religiosa... "o único livro que merece e deve ser lido", foi o que mo disseste. Um seminário, com certeza, cousa cara de se pagar, mas mesmo assim, és novo ainda, então com que tenra idade terias entrado nesse seminário? Mas não era um seminário, não é mesmo? Era um orfanato. E pelo teu sotaque, posso supor que era na região das Minas. Estou certo?

– Vila Rica, sim – admite Silvério, a contragosto.

– Mas não és português. Posso dizer isso pelo desprezo com que te diriges aos "galegos", e uma cousa é certa, essa tua tez branca de abantesma não é o tipo de louridão que se vê nos portugueses do norte. Prússia? Russia? Áustria? Bem, sendo órfão, é possível que nem tu mesmo o saibas, mas sendo a entrada de estrangeiros nesta colônia vetada senão a uma classe específica, não é difícil de se pressupor. Filho de padre, não?

Silvério fica mudo.

– É curioso que, com todo o desprezo que se tem aqui pela gente de cor, no orfanato de uma terra de pardos, um menino tão branco como tu devia ser uma exceção, e bem sei como os meninos são cruéis, na infância, com aqueles que se destacam como diferentes. Os padres, então, sabem ser mais cruéis ainda.

– Não. Rigorosos, sim, mas cruéis, nunca – interrompe Silvério. – Ter rigor no cumprimento da Lei de Deus jamais pode ser considerado uma crueldade. Eles são justos.

– Oh, sim, grande rigor, grande justiça. E também falaste em disfarce como quem vive a se fingir de outro por medo, mas do quê? Da fogueira, da forca? E vejo que, ao mesmo tempo tu os admira, e imagino que até mesmo considerou a possibilidade de te tornares padre também? É claro que sim. Mas, por algum motivo, desistiu e optou pelo exército. Por que a espada ao invés da cruz? O que te fez desistir e te acreditar condenado a ir para o inferno? Porque crês que "Satã está em ti"? O que fizeste de tão irremissível? Deixe-me ver, de que mais se acusa os padres jesuítas, do que se sabe mas não se fala, a tal ponto que, na Europa, "jesuíta" é sinônimo? Ah, sim, sei bem que fama é esta. Dizem que é até fato trivial entre os alunos destes pátios, entre mestres e discípulos, como Sócrates e Alcebíadas, suponho. Já escreveu frei Adso de Melk que, depois de certo tempo de clausura, é até compreensível que para alguns qualquer rapazola mais imberbe e delicado já sirva de substituto a... ora! Me ocorre agora que foi assim que juntaste o dinheiro para ser oficial, estou certo? Só não sei se por agradecimento, ou por chantagens...

– Basta! – protesta Silvério, o rosto vermelho e inchado. – Chega dessa frioleira. Essa conversa não tem razão de existir.

– Ah, tem sim. Tu entras aqui, no meu quarto, e vens me falar das tuas crenças, achando que isso pode me intimidar? Pelo que me tomas, seu moleque? Eu também tenho crenças. Acredito na Arte, na Música e na Literatura e, acima de todas elas, na Razão. Não fiquei grande assim só de remar nas galés, eu tenho um bom uso para estes braços. Não penses que minha sofisticação me inibe, de alguma forma, de um comportamento violento. Um homem refinado é refinado também na crueldade. Entras aqui e tentas me intimidar com tergiversações? O que te faz pensar que tu és uma ameaça para mim? Eu sei tudo o que preciso saber sobre ti, e tu não sabes merda nenhuma sobre mim! Não entendes? Estes olhos, tenho isso desde o dia em que nasci. Eu posso ver à noute, mas eu nunca vi a noute, e que medo pode existir para alguém que nunca viu a escuridão? Entende uma cousa: eu estou sempre em vantagem. E agora que já nos apresentamos devidamente, faz o favor de ir embora.

Silvério coloca a mão sobre o cabo do sabre.

– Ainda assim, fiz-lhe uma proposta – insiste.

– Quando eu souber de algo, decidirei o que fazer. Por enquanto, não sei de nada que faça alguma diferença. Agora, sai do meu quarto.

Contrariado, Silvério sai. O Andaluz continua trancado pelo resto da manhã e só aparece depois do almoço, quando o tempo já está ventoso e ouvem-se trovoadas distantes.

A tarde fria já está em sua metade quando pede para chamarem o capitão-mor, frei Caetano, a Holandesa e o soldado Silvério. Os quatro convidados ficam de pé em seu quarto, a rede foi recolhida, a cama empurrada a um canto e, sobre o aparador, há um equipamento que o Andaluz garante que irá pôr à prova se um corpo ou uma cabeça podem ou não manter a vida independent um do outro.

Começa explicando a existência dos cinco tipos de eletricidades: a corrente, a animal, a térmica, a magnética e, por último, a estática. A roda de fiar fará o copo de vidro girar, produzindo eletricidade estática. É aí que entra o jarro de vidro: segundo leu, um holandês de Leyden inventou um modo de engarrafar o fluido elétrico. Basta fazer uma ponte entre o copo, que, após tanto girar, estará carregado de energia eletrostática, com a prata que folheia o jarro, através dum bastão de metal.

– O senhor Franklin diz que a eletricidade fica na prata, e não na água – lembra, embora ninguém saiba do que está falando. – Em todo caso, vou usar as duas cousas. Todo mundo riu quando ele fez a sugestão de que raios eram constituídos de eletricidade, e precisou que aquele russo se explodisse para provar isso.

– Se estou entendendo bem – diz o capitão-mor –, vossa mercê está dizendo que vai engarrafar um raio? E quer que acreditemos nisso?

– Pois duvidas?

O Andaluz o convida a tocar na ponta redonda do prego que cravou na rolha da garrafa. O capitão o faz e grita de susto ao tomar um choque. Sua peruca fica toda desalinhada, os fios, rijos para todo lado. Os demais, por via das dúvidas, recuam todos um passo, exceto Silvério que, indiferente àquela comoção toda, mantém a mesma expressão cética.

– Não é espantoso? – insiste o Andaluz, admirado.

– Que isso tudo importa afinal? – resmunga Silvério. – Onde isso se encaixa com o problema da morte do padre?

– Ah, sim, é mesmo. Quase esqueço, temos isso ainda para resolver. Lembra-te do que te disse anteontem, na igreja? – pergunta a Silvério. – Que, se o morto fosse mesmo padre Domingos, então um cavalo sem cabeça é a explicação do motivo do crime. Entendam, senhores, que, dês que cheguei a esta terra, admiro a variedade das crendices populares daqui, mas algumas são em comum também de onde venho, como é o caso agora. Pois se dizem elas que a mulher que se deita com um padre vira mula, o que acontece com o padre que rompe seu voto de castidade? É curioso que a contraparte da lenda não seja tão lembrada, mas é simples: o padre vira um cavalo-sem-cabeça.

E, para espanto de três dos quatro presentes, tira de dentro de um balde a cabeça de padre Domingos. Joana Holandesa revira os olhos e desmaia, a tempo do capitão-mor segurá-la nos braços. Onde estava? Como a encontrou? O Andaluz os contextualiza sobre o ocorrido no entardecer anterior enquanto larga a cabeça sobre uma bandeja à vista de todos. Do lóbulo de cada orelha, pendem correntes que se unem numa argola.

– Que brincadeira de mau gosto é essa? – grita frei Caetano.

A Holandesa, recuperada, lembra que tem roupa para recolher e já vem lá uma tempestade, não pode ficar para ver aquilo, é muito forte para sua sensibilidade, mas mesmo assim não sai do aposento. Indignados, frei Caetano e o capitão-mor João Prates ameaçam o Andaluz, mas o soldado Silvério, na crença e no interesse de que aquele circo todo revelará o assassino de sua égua, os intimida.

– Senhoras, senhores – anuncia, solene, o Andaluz. – Segurem as perucas.

Gira a roda de fiar, avisando que recarregará o jarro. Um trovão reverbera, distante. O Andaluz pega a argola das correntes e larga-as sobre o prego. Outro trovão, agora mais perto.

E a cabeça abre os olhos.

– Jesus, Maria e José! – diz frei Caetano. – Está vivo! Está vivo!

O Andaluz pede que alguém continue girando a roca, Silvério se oferece, e o grandalhão aproxima-se da cabeça, estalando os dedos e baloiçando a mão no ar para ver se os olhos do padre o acompanham.

As órbitas movem-se na direção dos dedos. A boca abre e fecha devagar, vencendo com dificuldade o *rigor mortis* da pele borrachenta, tão pálida e acinzentada que parece menos um homem e mais um boneco, como se a eletricidade estivesse a mover pequenos mecanismos que fizessem seus olhos e boca se animarem. A cabeça olha para um lado, depois para o outro, abre e fecha a boca mais uma vez. Um baque pesado retumba: Joana desmaiou outra vez.

– Seu nigromante herético! – berra frei Caetano, acudindo a cafetina, espalhando água por seu rosto na tentativa de animá-la. – O que pensa que está a fazer?

– Que forma melhor de descobrir o autor de um assassinato, frei, do que perguntar ao próprio morto quem o matou? – diz o Andaluz. Olha para Joana caída nos braços do frei e aconselha: – Melhor que a tirem daqui, isto não é cousa para mulher ver, no final das contas. Capitão, podes sair também, se achares necessário.

– O que vossa mercê pretende fazer?

– Perguntar ao padre quem o matou.

– Pois fico.

Frei Caetano leva Joana para fora do quarto, grita para que as meninas venham ajudá-lo a colocá-la numa cama, e fecham a porta. Sozinhos com a cabeça do padre, o capitão-mor fala:

– Padre, o senhor pode me ouvir? Diga-nos, padre, quem o matou?

A cabeça abre e fecha a boca, mas nada diz.

– Como esperam que ele fale, se não tem pulmões? – resmunga Silvério. – Venha aqui e fique vossa mercê a girar esta porcaria, deixem que eu o interrogue – afasta os dous e fica defronte à cabeça. – Escute aqui, velho devasso, vossa mercê é só uma cabeça, portanto vai fazer o que eu disser. Vou lhe perguntar cousas, se a resposta for sim, pisque uma vez, se for não, pisque duas vezes. Entendeu?

Os olhos giram, a boca abre e fecha, espremendo os lábios numa expressão cômica de resignação, e as pálpebras baixam e levantam-se uma vez.

– Muito bem. Vossa mercê foi morto por um animal ou por uma pessoa?

— Não, não, tu estás perguntando errado! – diz o Andaluz. – Uma cousa de cada vez.

— Muito bem – retoma Silvério. – Foi um animal que o matou?

A cabeça pisca duas vezes. Então, foi gente? Pisca uma vez. Era aparição? Duas vezes. Era gente de carne e osso? Uma vez. Homem? Duas. Então, era mulher? Uma. Era moça ou era velha? Os olhos giram irritados, Silvério reformula a pergunta. Era moça? Pisca duas vezes. Então, era velha? Uma.

A essas alturas, já está com os cabelos espetados de tanta energia eletrostática. O Andaluz sugere que parem com a experiência. Silvério pede para fazer uma última pergunta.

— Padre, vossa mercê cometeu algum pecado contra a carne nesta vila?

A cabeça pisca uma vez. Então, fecha os olhos, abre a boca e uma baba escura principia a escorrer-lhe dos lábios. O Andaluz dá por encerrado o experimento e guarda a cabeça no balde. Chamam Frei Caetano de volta e contam-lhe o resultado do interrogatório.

— Temo que a presença de um visitador apostólico tenha o efeito de despertar o pior nas pessoas – diz frei Caetano. – Certamente, padre Domingos ouviu acusações graves de desvios da fé, e sabe Deus o quê, no desespero provocado pelo medo de ser excomungada, poderia ter feito uma mulher nessa situação? A culpa disso é sua, Andaluz.

— Eu!? – indigna-se. – Como, sob qualquer hipótese, isso poderia ser culpa minha, frei?

— Seus livros, sempre os seus livros! Sei muito bem que está a vender livros proibidos pela Igreja e pelo Rei. E eis os resultados! Agora, entende por que se proíbem essas leituras que vossa mercê vive a encomendar de contrabando? A mente da mulher é frágil e influenciável, e não faltam jovens, quase sempre mulheres, levadas além da razão por essas narrativas irresponsáveis que...

— Esta conversa é absurda! – o Andaluz eleva o tom de voz. – Primeiro, a cabeça piscou claramente ao responder que a assassina não é uma jovem! E, segundo, que, se há um livro que matou e enlouqueceu mais gente que qualquer outro até hoje, então a Bíblia certamente que...

– Senhores – interrompe Silvério. – Não é hora para este tipo de discussão.

E, lembrando-se de algo que o próprio Andaluz sugeriu desde o começo, o soldado pergunta a frei Caetano se há um registro de todas as denúncias feitas na vila ao visitante apostólico. Frei Caetano fica feliz em responder que sim, há, pois ele, zeloso pela harmonia da comunidade, entrou em acordo com padre Domingos que não havia necessidade de se enviar aquelas denúncias a lugar algum. Ora, conclui Silvério, pois agora possuem indícios da identidade da criminosa, e um livro com diversos motivos que podem levá-los à culpada.

Frei Caetano vai até a igreja, busca os papéis onde se anotaram as denúncias e entrega-os ao Andaluz, alertando-o de que confia em sua discrição, e nada daquilo deve sair da vila.

– A boa notícia, frei, é que, se foi uma velha que matou o padre, podemos eliminar as suspeitas tanto das moças quanto a daqueles dous rapazes que...

– Não é cousa que se diga em voz alta! – interrompe frei Caetano. – Mas sim, sim, faça o que for preciso. E que não passe do dia de hoje!

O Andaluz folheia os papéis, lendo-os por alto.

– Eita, não é à toa que minha peça não encontrou público. As janelas dos vizinhos têm oferecido espetáculos bem mais atraentes.

6.

SABIÁ CORRE POR TODA A VILA levando o recado àquelas cujas presenças são solicitadas pelo capitão-mor naquele sobradinho azul de dous pisos, a meio caminho do cais e da igreja. Alvoroço! O que é para ser uma solicitação discreta transforma-se em evento: na casa daquela grande puta!? Que vergonha! Que falta de bom senso! Como será a decoração? E a qualidade da mobília?

A primeira da lista é, não sem surpresa, Jussara, que, antes da chegada de Joana Holandesa à vila, era dona do único prostíbulo da cidade. De todas as acusações que poderiam lhe fazer, foi denunciada ao visitante apostólico por ser vista, em dia de tempestade, a dançar sob a chuva, mais alegre do que se convém mesmo a uma prostituta, dizendo "bendito seja o caralho de meu senhor Jesus Cristo que agora mija sobre mim".

Atônito, o Andaluz pergunta se ela realmente disse aquilo.

– Ah, foi um dia feliz. E a chuva é cousa boa.

Estão o Andaluz e o soldado Silvério numa das alcovas do sobrado de Joana Holandesa, cada um em uma poltrona, uma mesinha de leitura os separando da cadeira estofada onde se sentam as suspeitas.

– E o que padre Domingos lhe disse? – pergunta o Andaluz.

– Que Deus não mija, pois mijar é cousa do Homem e não de Deus.

– Só isso?

– Só isso, graças a Deus.

O Andaluz e Silvério se entreolham. Não lhes parece motivo o bastante para querer matar alguém, e a mandam embora. No salão do prostíbulo, estão diversas senhoras da comunidade, a maioria acompanhada dos maridos, estes a fingir que entram ali pela primeira vez, e comentam entre si daquela enorme pintura a retratar Joana no auge da juventude ainda na Holanda, enquanto Sabiá caminha de um lado ao outro oferecendo refrescos – meio vintém o cálice de vinho –, enquanto Adele Fátima, em seu melhor vestido, circula impetuosamente pelo salão a puxar conversa mesmo quando a ignoram, até que, por fim, senta-se em frente ao cravo e toca uma melodia, a exibida.

A segunda a entrar na alcova e dar seu testemunho é Isabel de Maia, esposa do comerciante Antônio de Maia. Os escritos dizem que sua escrava acusara o marido de Isabel de praticar a cópula tendo um crucifixo debaixo da cama.

– Isto é verdade, dona Isabel?

– Expliquei ao padre, somos cristãos-novos e meu marido é muito devoto. Às vezes, se excede um pouco e nos causou esse constrangimento, mas posso lhe garantir que não havia intenção da parte dele de ofender a Nosso Senhor.

O Andaluz tamborila os dedos sobre o tampo da mesa e coça o queixo.

– Sim, compreendo. Mas diga ao seu marido que o excesso desperta tanta atenção quanto a ausência. E mantenha a escrava fora de casa do pôr do sol de sexta ao pôr do sol de sábado, a senhora sabe... para evitar mexericos.

Isabel pisca o olho direito e sorri de modo cúmplice.

– A escrava eu já vendi. Mas obrigado pelo conselho.

Suspiram ambos frustrados, e ocorre-lhes que talvez não cheguem a lugar algum com aquilo.

Logo em seguida, entra na alcova um rapaz – o filho do padeiro, um jovem de quinze anos, ombros e braços fortes de sovar pão, a tez doirada ao calor do forno, e os olhos claros parcialmente escondidos debaixo dos cabelos amarelo-escuros, da cor do trigo.

– Quem é este? O que faz aqui? – Silvério, irritado.

– Disseram que eu deveria vir – o rapaz murmura, constrangido.

Senta-se na cadeira e passa a mão no rosto, nervoso, olha primeiro para o Andaluz e depois para Silvério. Há uma certa semelhança entre os dous, o garoto como um reflexo mais jovem e inseguro do soldado, embora sua louridão seja mais do tipo português nortenho, com um bronzeado saudável, ao contrário da palidez teutônica de Silvério. É um jovem bonito também, e os dous trocam um curioso olhar, uma espécie de identificação anônima como espias em terras estrangeiras que são treinados a identificar outros espias. O Andaluz tenta fazer com que o menino fique mais à vontade.

– Fui eu quem pediu que te chamassem – explica. – Gonçalo, não é? Já te vi uma vez.

– Este é um dos...? – Silvério conclui em silêncio, e tem-se uma transformação curiosa: primeiro, vai ficando nervoso, o rosto vermelho, depois se agita na cadeira e, por fim, estoura: – Ora, que nos interessa saber algo desse fanchono de merda?

O Andaluz o ignora. Folheia as anotações de padre Domingos, mas não lê a acusação. Pergunta apenas que fim levou o outro rapaz citado no texto. Foi embora, murmura Gonçalo, era grumete de um navio mercante, mal sabia falar duas ou três palavras em português, e provavelmente nunca o veria outra vez.

– Ah, verá sim – grunhe Silvério entre os dentes. – No sétimo círculo do inferno, no deserto do abominável, onde chove chamas sobre todos os malditos...

– Meu Deus, já chega! – grita o Andaluz. – Cala a boca ou sai.

Mas Silvério não sai. O Andaluz continua. Quer saber o que padre Domingos disse ao garoto na ocasião, já que a acusação não foi levada adiante. Gonçalo gagueja, coçando uma das cicatrizes de queimadura no braço, como num tique nervoso.

– O castigo de Deus, punições para os vícios contra as ordens da natureza – diz o garoto. – Falou de Sodoma e Gomorra, me fez ler o trecho... disse que a punição de praxe seria me tirarem tudo o que eu tenho. Mas eu não tenho nada para me tirarem. E uma pena em chibatadas, que, no meu caso, podiam ser feitas em particular.

– Em particular?

– Meu pai cuidou disso – o garoto volta a coçar o braço, ansioso.

O Andaluz suspira, a irritação lhe traz dores de cabeça, e pressiona o septo entre o polegar e o indicador na esperança de aliviá-la. Ergue a mão e pede que pare de falar. Vira-se para Silvério, tentando tirar alguma conclusão de sua expressão raivosa. Como estão à meia-luz, tira a viseira de coiro para que o garoto lhe veja os olhos.

– Eu te chamei aqui porque, depois de ler essa acusação, me ocorreu que poderia te dizer algo de útil. Para de olhar para baixo e olha para mim – sorri para acalmá-lo. – Pois bem, eu já viajei muito, por quase tantos reinos quanto são os dedos nas minhas mãos, e conheço gente de toda espécie. Em Paris, houve um em especial, a trabalhar como aprendiz no ateliê de um certo pintor cujo nome não vem ao caso, que me disse o seguinte: chamar um desejo de inatural é uma contradição sem sentido, pois os desejos são impulsos que fazem parte do que nos faz humanos, e são, por consequência, parte da Natureza. Se tu o sufocares, estarás perdendo aquilo que te faz humano. Estás me entendendo? Quanto a Sodoma e Gomorra, e falo isso como alguém que leu os textos no original em hebraico e não na tradução da tradução, as cidades não foram condenadas pelos pecados da promiscuidade ou de qualquer sorte de perversão, até porque, convenhamos, naquela região perder as pregas é uma forma de punição aplicada até hoje. Não, o castigo das cidades da planície foi por faltarem com a hospitalidade devida aos estrangeiros, por serem indiferentes ao que lhes é diferente, e para os povos errantes, nada é mais sagrado que a lei da hospitalidade. Eu mesmo sei como é estar em lugares onde todas as portas te são fechadas. Presta atenção, menino: quando um lugar te der as costas, tu não cede, não olhe para trás, não hesite. Segue em frente e *deixe que queimem*.

– Essa é a cousa mais absurda que eu já... – Silvério, inconveniente.

O Andaluz vira-se para ele: vais me contradizer, noviço? Silvério se cala, emburrado. O rapaz funga, sorri de modo desajeitado, agradece por aquelas palavras e pergunta se já pode ir embora. Ainda não, diz o Andaluz, para irritação de Silvério.

– Há um navio no porto, e ficará lá por mais um dia ou dous. Fala com o imediato, ele sabe um pouco de português, e pergunta se precisam de tripulação. Sempre precisam. E, então, tu vais descobrir que o mundo é maior, com mais gente e mais possibilidades que um vilarejo perdido no meio do nada tem a oferecer. E há outros grumetes, com certeza. Deus sabe o quanto.

O garoto sai, e Silvério então estoura: qual o sentido daquela imensa perda de tempo? O Andaluz se limita a responder que tem muitos vícios, um deles é ajudar outros que são exclusos, independente da razão de sua exclusão e – diz isso encarando Silvério – mesmo quando não querem ser ajudados.

Então, pega o livro de registro de acusações e o folheia, queixando-se de que não há ali nenhuma queixa minimamente interessante ou herética de verdade – apenas páginas e páginas de bisbilhotice entre vizinhos e desafetos. Chamam a próxima da lista, é dona Paula de Siqueira, viúva de um estancieiro, mãe de três filhas chegando à idade de casar, e ela própria cliente fiel do Andaluz. A acusação: fora denunciada por ler para família e amigos o *Diana* de Montemayor, livro proibido pela Coroa – e, segundo o caderninho, o leu tanto que praticamente decorou o livro.

– Como está vossa mercê, rapaz? – cumprimenta dona Paula, vestido para noute de festa, sentando-se sem que precisassem convidá-la para tal, muito segura de si. – Vi que há um navio no cais, terão chegado minhas encomendas?

Dona Paula havia lhe requisitado a tradução de Galland para *As mil e uma noutes*. Não é obra proibida, mas o Andaluz tem meios de fazê-la chegar mais rápido às mãos de sua cliente do que se ela tivesse feito uso dos canais oficiais.

– O livro chegou sim, está lá em cima no meu quarto, pedirei que o menino o entregue em tua casa antes do anoutecer.

– Oh, graças a Deus por esses seus piratas, ou eu ficaria mais uma temporada sem ter o que ler. Pois bem, meu querido – o tom de dona Paula é maternal e autoritário, sempre um ponto fraco para lidar com o Andaluz. – Não sei que motivo me traz aqui, mas sempre quis entrar nesta casa e ver como eram os gostos dessa dama tão conhecida de todos. Creio que mandarei carta à minha irmã em Salvador. Mesmo estando às bordas do mundo, nossa Laguna já tem cortesãs que devem fazer jus às mais refinadas das grandes cidades. Mas vamos direto ao ponto, ouvi dizer que sou suspeita de matar padres e atear fogo em mulas, é isso mesmo?

– Jamais, dona Paula – garante o Andaluz. – É uma mera formalidade.

– É verdade o que dizem, que, no lugar da cabeça, o bom padre tinha a de um cavalo?

– Mexericos de alcoviteiras. Alguém anda lendo muito Ovídio.

Silvério pigarreia, interrompendo a conversa furada, e lê a acusação anotada no diário.

– É tudo verdade – diz dona Paula. – E respondi ao padre que não via razão em proibir o livro, pelo contrário, tenho muito gosto em lê-lo e só não o leio mais por já tê-lo decorado.

– E o que padre Domingos lhe respondeu?

– Pediu para falar com meu marido para alertar-lhe do perigo de minhas leituras.

– E o que seu marido disse? – pergunta Silvério.

– Nada, oras. Sou viúva.

O Andaluz chacoalha a cabeça. Pede-lhe desculpas pelo tempo tomado e a dispensa. Aproveitando a ocasião, dona Paula pergunta-lhe o que havia de novidades que poderia encomendar no próximo navio, se já tinha em mãos seu habitual catálogo de pedidos. O Andaluz, como bom vendedor, saca do bolso da casaca uma lista anotada num papel, com as últimas aquisições da livraria de seus irmãos em Londres e Lisboa. A velha corre os olhos pela lista e diz: tudo muito interessante, mas onde está aquela *outra* lista, aquela dos livros que realmente interessam? O Andaluz sorri e, do mesmo bolso da casaca, produz outro folheto – o *Rol dos livros que neste reyno se prohibem* – e o entrega a dona Paula. A mulher o lê com atenção, aponta-lhe uma ou duas obras de interesse, pergunta se já lera aquela e se a recomenda. A tudo isso, Silvério revira os olhos entediado.

Quando se despedem, dona Paula comenta, de passagem, que, afinal, ninguém mataria o padre por causa dos mexericos do povo, que no mais todos já sabem mesmo, e tampouco o padre daria maior atenção a isso, ilustrado como era.

– Ora, a cousa que mais faz a gente dessa terra matar é orgulho ferido e honra manchada – lembra dona Paula. – Quando se passa a vida trancada dentro de casa, cosendo e cozinhando, e economizando para dar às filhas um bom dote, eu própria não sei do que seria capaz se alguém fizesse algo que as desonrasse e comprometesse o nome da família. Se vossa mercê, por exemplo, se metesse a besta com as minhas meninas – ela olha para o Andaluz com um sorriso sincero e maternal –, eu própria lhe virava um panelaço d'água fervente nos bagos, menino.

O Andaluz sorri, constrangido.

– Água quente? Que cousa simplória, dona Paula. Eu esperaria algo mais sofisticado para uma senhora do seu nível.

– Tem razão. Acho que eu o envenenaria então. É mais elegante, não acha?

– Com certeza. Mas farejar problemas e fugir de encrenca está no meu sangue há gerações. Eu saberia me manter longe delas, minha senhora.

– Ótimo! – ela sorri e se levanta. – Mande o menino entregar os livros à noute, pois não?

E dito isto, sai da alcova. O Andaluz respira fundo, frustrado com o resultado de seus inquéritos, quando Silvério, que permanecera em silêncio durante toda a entrevista de dona Paula, se levanta de súbito, como que atingido por um raio, uma ideia certeira, e sai determinado da alcova, sem nada dizer. O Andaluz levanta-se e vai logo atrás, pergunta-lhe aonde vai, sem receber resposta, e Silvério sai da casa da Holandesa. Estão todas dispensadas, obrigado por comparecerem, e grita para Adele Fátima ir atrás do capitão-mor e para Sabiá procurar frei Caetano, enquanto ele próprio corre atrás de Silvério.

Silvério cruza a praça central; entretanto, não é para a igreja que se dirige, mas para uma casa próxima, na qual entra sem maior cerimônia. Encontra uma moça costurando na sala, que, ao vê-lo, pergunta assustada quem é, o que quer, mas ele a ignora e dirige-se até a cozinha, de onde exala um forte cheiro de cebolas. Ali, dona Rita assa um bolo de milho.

– Era a sopa, não era? – pergunta, para susto da velha senhora, que deixa cair a fôrma ao vê-lo. – No fundo, vossa mercê me poupou trabalho.

Logo atrás entram o Andaluz, trazendo consigo frei Caetano. Silvério dá um passa para trás, afastando-se deles ao mesmo tempo em que bloqueia a porta para o quintal dos fundos. Acuada, dona Rita pergunta o que está se passando ali, e frei Caetano responde-lhe que ninguém mais, exceto o próprio Silvério, pode explicar.

– Antes, é preciso que um esclarecimento seja feito – anuncia o soldado. – Eu tenho, ou melhor dizendo, eu tinha autorização para matar padre Domingos. Os motivos não possuem nenhuma relação com seu ofício de visitador apostólico, e sim com sua condição de espia da Companhia de Jesus. Parece-me que, durante toda a guerra, ele repassou informações importantes de nossas movimentações para os missioneiros, uma rede completa de mensageiros oculta debaixo do nariz de Gomes Freire. Foi somente há um mês que isto veio à tona, quando padre Domingos terminava seu trabalho visitando Rio Pardo, mas fugiu antes que pudesse ser acusado. Pretendia vir a Laguna e aqui embarcar para Salvador, e de lá para a corte. Era minha função impedir isto. Já quanto a dona Rita...

O capitão-mor chega nesse instante, entra na cozinha esbaforido; ao ver todos posicionados cada qual como uma peça de xadrez pronta a dar o xeque-mate, já anuncia que seus homens estão do lado de fora.

– A senhora foi rápida, admito – continua Silvério. – O que havia na sopa?

– Nada – diz dona Rita. – Não havia nada na sopa. Eu juro. Não matei padre Domingos.

– Tudo bem, não importa. O que me importa, isso sim, é saber da minha égua. Como a matou? Por que logo a minha égua?

Acuada por todos, dona Rita baloiça a cabeça e murmura: não era minha intenção.

— Não planejei matar a égua – diz dona Rita. – Foi uma ideia que surgiu...

— Meu Deus, dona Rita – espanta-se frei Caetano. – Por quê...?

— Eu não o matei! Ele morreu porque Deus decidiu assim! – desespera-se a mulher. – Eu ia cortar a cabeça do padre e da mula, trocar as duas, assim todo mundo saberia, todo mundo diria "aqui está o corpo do padre maldito, aqui está o corpo da mulher virada em mula". E todos saberiam. Todos saberiam o que o safado fez com a minha filha! Mas quando cheguei ao estábulo, encontrei a égua. Era uma ideia muito melhor, não é? Ficava muito mais claro, o cavalo-sem-cabeça. São dessas cousas que o povo sabe, mas não diz; que fala, mas não admite. Então, levei os dous animais. Não se preocupe, foi rápido, nossa, até demais. Eu misturei tanto veneno no açúcar que ela nem teve tempo de babar e já caiu morta.

— Espere! – diz Silvério. – Mas... e padre Domingos?

— Ah, eu não o matei! Eu nunca matei um homem na minha vida, e bicho não tem alma, então, não há pecado! Tudo o que eu fiz foi chegar para ele com dous copos de vinho e dizer: eu sei o que vossa mercê fez com minha filha, padre, sei porque ela me contou tudo e eu jurei que, se o visse outra vez aqui, eu tomaria uma providência, e aqui está a providência. Um copo estava envenenado, o outro não. Ele poderia escolher o copo e beber, eu beberia o outro, na frente dele. Se Deus assim quisesse, ele poderia ser poupado e eu seria punida. Mas se ele se recusasse a beber, eu ia contar para todo mundo, eu escreveria para o bispo, eu faria um escândalo que toda Laguna saberia! E então ele bebeu. E aqui eu estou, e lá está ele. Foi a escolha Dele.

— Então a senhora saiu, pegou minha égua, a matou, cortou a cabeça e voltou para a igreja – continua Silvério. – E preparou aquela cena que nós todos aqui vimos. Para que todos soubessem o que o padre havia feito e que, ora, provavelmente sempre fizera. Ah, e o Andaluz ali pensou que desvirginava a menina, agora sabe quem chegou antes na putinha...

— Cale essa sua boca! – dona Rita puxa uma faca de destrinchar frango e aponta-lhe a lâmina. – Quem pensa que é para falar assim da minha filha? Quem vossas mercês pensam que são para julgar?

Vossa mercê, capitão? Eu o vejo entrar na casa da Joana Holandesa toda semana! O que a sua esposa pensa disso? Ou vossa mercê, seu aborto duma puta? – refere-se, claro, ao Andaluz. – Vossas mercês se deitam com as bugras, com as escravas, com as putas, largam filhos bastardos por todos os cantos, tomam o que podem e, quando não podem, tomam à força! Gastam tudo o que têm com jogo e meretrizes até não sobrar dinheiro para pagar um claustro para as filhas, que as proteja deste mundo de merda que vossas mercês mesmo fizeram! Se minha filha deitou-se com homens foi por ingênua que é, eu que nunca tive dinheiro para pagar quem a educasse, tivesse essa menina algum miolo, teria ao menos tirado algum proveito disso!

Luiza, que a tudo escuta da sala, põe-se a chorar em silêncio enquanto finge continuar seu bordado – quieta, humilhada e impotente. Ao Andaluz ocorre que deveria pegar a menina e levá-la dali, poupá-la daquilo, mas sabe que precisa ficar. Precisa manter-se de olho em Silvério.

– Eu imagino sua frustração, dona Rita – emenda o soldado loiro. – Um visitador apostólico certamente deve ter renovado as esperanças da senhora de pôr um fim à pouca vergonha dessa gentalha. Certamente, a senhora acreditou que aquele homem, instruído como era, poderia orientar a menina. Mas sabemos como são os padres, não é mesmo?

– Até ele! Até mesmo ele! – soluça dona Rita. – Só fui descobrir muito depois dele ter partido. Jurei para mim mesma que, se o visse de novo, ah, se o visse de novo... não o faria só pagar pelo que fez. Faria com que todos soubessem! Quando frei Caetano me contou anteontem da chegada, minha nossa, não pensei duas vezes. Eu sabia que o homem voltaria, rezei toda noute para que voltasse, para que o dia em que lhe meteria uma faca no pescoço e lhe dissesse: quem está metendo em quem agora? Mas matar é pecado. Eu não iria para o inferno por causa daquele homem. Foi a escolha d'Ele. Poderia ter sido eu ali, morta, e nada disso teria acontecido, mas Deus quis assim. Cortar a cabeça é fácil, já degolei muita galinha. Os animais, os pobrezinhos, eram os únicos inocentes aqui, mas bicho não tem alma, portanto não há pecado, não é mesmo, frei?

Os quatro homens ficam horrorizados. Frei Caetano afasta-se, vai para a sala e tira Luiza da casa para que não precise ouvir mais daquilo.

– Vossas mercês não entendem – choraminga dona Rita, na cozinha. – Não entendem. Eu precisava mostrar...

– Pelo contrário, eu entendo – diz Silvério, e a calma e a tranquilidade que aparenta pega os outros de surpresa. Com o braço bom aberto num gesto consolatório, aproxima-se de dona Rita e a abraça. – Assim como a senhora, eu vejo o mundo do mesmo modo. Há os bons e há os ruins, e tudo está bem enquanto se sabe onde estão. Todos mereciam. Todos e muito mais. Mas aquilo que a senhora fez com a minha égua, aquilo... foi crueldade.

Afasta-se.

Dona Rita leva a mão à garganta e o sangue escorre-lhe por entre os dedos. Os olhos reviram e ela cai no chão desfalecida. O capitão-mor grita e o Andaluz avança um passo mas ah, não-não-não, ameaça Silvério, o braço direito que até então vinha apoiado na tipoia aponta-lhe uma adaga ensanguentada. Ele faz uma careta: mover o braço ainda lhe dói um pouco.

– Ah, sempre dissimulando... – resmunga o Andaluz.

Com a mão esquerda, Silvério agilmente saca a garrucha e a aponta para os dous. O capitão-mor manda abaixar a arma.

– Não – responde Silvério. – Devo lembrar vossas mercês que estou aqui sob ordens do tenente-coronel Osório. Esta senhora, por outro lado, assassinou um visitante apostólico e seria enforcada de um jeito ou de outro. Parece-me que apenas lhes poupei o trabalho. Capitão! Vossa mercê me prometeu um animal novo, e eu o quero. Agora.

– Dá-lhe um cavalo, capitão – diz o Andaluz. – Se esse é o preço para tu te livrares dele.

Saem todos da casa. Luiza pergunta pela mãe, mas, quando lhes vê a expressão no rosto, fica histérica, grita e chora, frei Caetano a segura. Os vizinhos saem à rua, atraídos pela gritaria.

Silvério aceita o cavalo que lhe trazem e, ao montar nele, ouve do capitão-mor o conselho de não aparecer outra vez em Laguna.

– Nunca visito o mesmo lugar duas vezes – garante Silvério. – A não ser, é claro, que o senhor tenha inimigos com dinheiro.

Ao vê-lo partir, o capitão-mor confessa ao Andaluz que, por mais que aquele rapaz fosse bem-apessoado, lhe dava calafrios, e conversar com ele por vezes fora como travar diálogo com o próprio diabo. O Andaluz ri da comparação. E retruca que sim, certamente o jovem soldado Silvério tem a pretensão de ser visto como tal, mas que, para sua infelicidade, precisa ao final do dia contentar-se em ser somente o que é, e na verdade isso não é lá muita cousa. Com tanta desgraça no mundo, o Diabo, assim como Deus, tem mais com o que se ocupar. Silvério é apenas mais um pretensioso.

Na manhã seguinte, frei Caetano trata de enterrar tanto dona Rita quanto a cabeça de padre Domingos no cemitério da irmandade atrás da igreja. Somente Luiza e o Andaluz comparecem – o capitão-mor João Prates achou por bem divulgar os fatos apenas após o enterro para evitar manifestações desagradáveis de hostilidade à pobre menina. Luiza comenta que irá se mudar para a casa de um tio em Salvador. Eu fui só mais uma, não é mesmo?, pergunta a menina. Pela primeira vez em muito tempo, o Andaluz sente a necessidade de pedir desculpas a alguém. Mas não o faz, é jovem, tem muito a aprender ainda sobre arrependimentos e responsabilidades e limita-se a dizer que é ele quem nunca amou a ninguém em particular, mesmo quando amor lhe fora dedicado, portanto era ele que, ao final das contas, fora somente mais um na vida de outras. Luiza ri (é um alívio fazê-la sorrir, ainda mais no enterro da própria mãe, com quem nunca se deu muito bem, mas que, mesmo assim, ainda era sua mãe), diz-lhe que ele tem muito a aprender sobre as mulheres ainda. Despedem-se sabendo que nunca mais verão um ao outro.

No porto, o Cavalo Marinho parte em viagem, com um tripulante a mais do que quando chegou, e com mais outra história de marinheiros para ser contada pelos portos do mundo, algo que logo se dissolverá e se confundirá com outras muitas histórias, melhores ou piores, de modo que a reputação da cidade permanecerá ausente de manchas por mais alguns anos.

Ao anoutecer daquele domingo, quinze de agosto, frei Caetano outra vez é visto entrando na casa da Joana Holandesa, atravessando a sala e subindo as escadas, batendo na mesma porta onde já se reúnem o capitão-mor, a dona do estabelecimento e o próprio Andaluz, este com os olhos sempre a brilhar sob a luz dos candeeiros, a sala tomada pelo cheiro doce de baunilha e cacau que exala da bebida escura que a Holandesa, dedo mínimo elegantemente erguido, serve de um bule de prata para várias pequenas xícaras – mais uma moda que encomendara para causar inveja às damas de Laguna. Que tempos para se viver!, suspira o capitão-mor, encerrando previamente qualquer discussão sobre os acontecidos dos últimos quatro dias. Ao ver o frei entrar e sentar-se entre eles, o Andaluz pega as cartas e, por pilhéria, as distribui sobre a mesa como uma cigana prestes a ler o futuro, citando a reflexão que lhe foi feita, em uma de suas viagens, pela duquesa de Altina: "o que irá responder este nosso século dezoito quando, com muita pompa, entregar a seu sucessor o conjunto destes seus conhecimentos que julga sem limites, apenas para descobrir que o século dezenove, rindo de seu orgulho, o reputará ainda mais bárbaro do que este julga aqueles que o precederam?" E comenta com os demais, como quem dá ares de estar muito entediado: pois muito bem, senhores e senhoras, o que o futuro nos reserva de interessante para a próxima semana?

Eis o fim da história, mas não é tudo. Há o livro a fechar, a ser larga-do na relva enquanto ele se estica sob um sol morno de fim de inver-no, ouvindo somente os pássaros a piar e as cigarras a zinir e o vento a balouçar os galhos e fazer correr as águas do Rio, enquanto a edição francesa de Hamlet repousa ao seu lado tal qual amante exaurida, e as últimas palavras de Fortinbrás traduzem-se devagar enquanto ecoam na sua mente. Vê a sombra do irmão que se aproxima e diz--lhe: acho que nunca lo agradeci por tudo que mo fizeste, em especial a amizade dedicada, e acho que já é hora. Ao que o capitão, braço enfaixado e ombro dolorido, busca algo no bolso da casaca e o atira no colo do rapaz: um soldadinho de chumbo. Diz que não há o que agradecer, pelo contrário, é ele que, tendo perdido o compasso de suas ilusões há tanto tempo, apega-se ao idealismo dos outros – as-sim como o ferro aguça o ferro, o homem é aguçado pela presença do próximo. São irmãos, afinal, não somente de armas ou em afeto, mas também em metade de seu sangue. Não são ilusões, diz o mais jo-vem, mas não vai adiante em seu argumento, pois há crenças que não se deve verbalizar, mas somente sentir, tanto em si quanto nas páginas lidas. Aquela crença constante de que há um Novo Mundo nascendo, condensando a vontade de existir e deixar marcas que não serão melhores nem piores que as anteriores, mas que serão de uma obstinação tão intensa que separam as novas ideias dos velhos sistemas, de forma tão violenta que cada cousa nova realinha e redefine a realidade, apagando algumas e fazendo aparecer outras, como se sempre estivessem ali antes de serem notadas. Enquanto o que era fato torna-se ficção, evanescendo o mundo antigo em sombras e espectros de sonhos, o que era ficção é sacramentado como fato, mudanças tão bruscas que o continente dos pensamentos humanos racha e provoca tremores, a engolir no vazio de suas fendas aqueles que não seguem seu ritmo. Talvez – e isto também lhe ocorre – pensasse dessa forma somente por ser jovem, mas, mesmo que essa sensação seja menos uma realidade do mundo do que uma realidade interna muito particular sua, isso não a faz menos válida. O mundo é uma abstração caótica constante, interpretá-lo é moldá-lo conforme uma ideia, e é isso que torna a artificialidade da imaginação tão assustadora: no princípio, há sempre o caos, e cada um faz seu céu e sua terra, cada um cria sua própria aurora, pois tudo que pode ser imaginado pode ser concebido. Sim, há um Novo Mundo nascendo, reafirma o rapaz. E será interessante assistir.

Caminha trôpego pela rua com a roupa ensanguentada a ignorar a
casa que desaba sobre seus moradores por um lado e, do outro, o padre que passa correndo em pânico e escuta o choro de uma menina
soterrada em escombros a chamar pela mãe enquanto parentes ca-
vam com as próprias mãos para encontrá-la, outros choram e oram
de joelhos cobertos de pó da cabeça aos pés e ele questiona que mundo é esse onde tais cousas acontecem e quem permite que tais cousas
aconteçam, mas quando ergue a cabeça vê que a poeira sobe ao céu
numa nuvem densa como um pilar escuro a marcar a terra, baixa o
olhar e vê o mesmo padre caído ao chão e morto, o crânio esmagado
pelo tijolo que saltou da parede frontal duma casa de quatro pisos,
parede que ruiu deixando a casa à vista como se fosse de bonecas, os
moradores ainda em camisolas a tentar descer por uma escada que
não há mais, e um a um os quatro pisos desabam moendo sua gente
e pessoas também não há mais e a poeira o cobre, mas continua a
avançar trôpego, sem se importar com nada, pois o horror quando
extremo anestesia até a indiferença e nem mesmo a visão da igreja
com as duas torres desabadas ao chão e a lembrança de que era hora

Coluna olhou para trás. Estavam a uma distância considerável, mas ainda podiam ver no horizonte a claridade das chamas pairando sobre as árvores. Uma brisa gelada soprava de oeste.

Amanheceu. Do entreposto, restaram apenas cinzas e pilhas de pedras quentes, algumas ainda em brasas, impossível cavar ali antes que o chão esfriasse. Os índios encontraram a carcaça carbonizada de um animal terrível que não sabiam precisar qual era, e o túnel por onde a fera parecia se locomover já há muito desabara. O labirinto não existe mais, as paredes de sebe e caniços resumidas a amontoados cinzentos, pontuados pelas colunas de pé que se mantêm erguidas, solitárias, como um esqueleto exposto. Pelo alinhamento, pode-se ter uma ideia das trilhas formadas pelos corredores. Perceberam então que não havia nenhum caminho que levasse ao centro.

desabasse sobre a forja, as paredes ruindo, os espelhos quebrando, as dezenas de sabres e pistolas esmagando e amolecendo entre pedras incandescentes enquanto índios e jesuítas gritavam pelo desespero de ver que tudo se perdia, e nem mesmo podiam correr para os escombros na esperança de salvar algo, pois já agora o labirinto inteiro ardia.

No meio da madrugada, aproximaram-se da Missão, e Coluna foi buscar os cavalos. Voltou com sua égua e Cosme, e mais outros dous que Licurgo nunca vira na vida.

– Não são os nossos esses dous.

– Tem certeza? Não consegui ver bem no escuro, mas a essas alturas não faz muita diferença, não acha?

– É claro que eu tenho certeza. Não são os nossos. Esses cavalos não nos pertencem.

Coluna resmungou e voltou para a Missão montado em sua égua e levando os dous cavalos estranhos. Já Cosme, ao reconhecer Licurgo, soltou um ronco, bateu os cascos e baloiçou a cabeça contra o pescoço do garoto, que conversou com ele até que Coluna retornasse, trazendo os cavalos corretos.

– Se não forem os cavalos certos, que se danem – resmungou o capitão. – Os índios já estão voltando, e não quero reencontrar os padres.

No caminho de volta rumo a Rio Pardo, Licurgo não disse quase nada sobre o tempo em que passou na torre, e o capitão o julgou melancólico.

– Não se abale por cousas como essas. Somos como peixes atravessando um rio – tinha o hábito de, volta e meia, arriscar-se em aforismos. – Por mais que se tente ir de um lado a outro buscando novos caminhos, o rio vai continuar desembocando no mesmo lugar, pois algumas cousas estão além do nosso controle. E no mais a mais, o homem segue lutando para sobreviver como qualquer outro animal, a diferenciar-se apenas por nossas ilusões morais.

– Que sejam ilusões – disse o garoto, rompendo o silêncio. – Mas ainda temos que escolher alguma. E podemos mudá-las. Isso é mais do que qualquer animal pode fazer.

– Temos que ir – resmungou Coluna. – O que está a fazer?

– A cousa mais decente – respondeu o garoto. – Ou me ajude, ou não fique no caminho.

Colocaram o corpo de Astérion sobre a mesa, as mãos cruzadas sobre o peito segurando a espada com a lâmina ao longo do corpo apontando-lhe os pés. A cabeça foi recolocada em seu lugar, e Licurgo espalhou sobre o corpo do óleo usado para limpar as armas. Pediu que Coluna fizesse o mesmo, espalhando o óleo em cada andar. Enquanto abria a forja e, com uma tenaz, pegava a brasa que usou para inflamar o óleo, o capitão usava a pólvora de seus cartuchos para incendiar os quartos e a biblioteca. Em seguida, os dous se reuniram na sala comunal.

– Está tudo pronto? – perguntou Coluna.

– Tudo pronto.

Acenderam o pavio dos barris de pólvora nas fundações da torre, e desceram às pressas pela outra escada, para a gruta, embarcaram na balsa e seguiram o curso da água, que logo desembocou numa afluente do Rio Negro. Saltaram para a margem e caminharam de volta para a missão jesuíta. Durante todo esse tempo, um pouco por superstição e um pouco por respeito, Licurgo tocava com a ponta dos dedos os cabos do par de sabres com que fora presenteado e que trazia consigo embainhados à cintura, um de cada lado. Podia imaginar o corpo do velho espanhol deitado em seu altar fúnebre improvisado, ardendo em chamas em meio aos sabres e armas derretendo ao calor, podia imaginar a biblioteca e os livros que leu ou que nunca mais leria, cada página sendo lambida pelas chamas e enegrecendo até virar cinzas; a cozinha, a cama, os lençóis. Aquela fora sua casa nas últimas semanas, mas parecia ter sido a vida toda.

Os dous cruzaram um córrego, desceram um barranco e subiram por outro, até chegarem a uma área descampada onde podiam ver, por sobre a linha de árvores a formar um muro negro contra a noute, o lume das chamas clareando o céu escuro.

O estrondo da explosão acordou a mata na madrugada, fogo e fumaça iluminando a terra: o som dos depósitos de pólvora finalmente estourando, arrebatando as fundações da torre e fazendo com que

Cansadas da ambiguidade que dissolve a justeza e a constância. Cansadas de tentar compreender o que me é incompreensível. Eu só quero que acabe. Apenas lhe peço uma única cousa: antes ter meu trabalho derretido que nas mãos do vulgo, dar-me-ia a honra de saber-lhe o nome?

– Antônio Coluna.

– Ah, enfim. Sólida e constante, algo que não pode ser movido num mundo que não pode ser parado. *En guardia*.

Desembainhou a espada e a ergueu apontando na direção de Coluna, pronto ao combate por mera formalidade – estava no meio de uma escadaria, em posição de desvantagem. Fechou os olhos por um instante, baixando um pouco a guarda, depois os abriu e avançou o corpo num grito, o último espocar numa chama que já se julgava extinta. Coluna respondeu num único movimento, rápido, elegante e brutal.

O corpo de Astérion caiu sobre os degraus enquanto a cabeça rolou escada abaixo até parar aos pés de Licurgo.

– Não sei o que ocorria aqui – disse Coluna, descendo as escadas e tendo o cuidado de não pisar sobre o sangue que escorria pelos degraus –, mas haverá tempo para me explicar depois. Há muita cousa ocorrendo lá fora, um tabuleiro enorme de peças em movimento, e nós somos apenas peões. Haverá guerra.

Coluna explicou-lhe que, tão logo Licurgo partira para o sul, o tenente-coronel mandou um mensageiro buscar informações com os espanhóis sobre Calavera Gris. Descobrira que o entreposto possuíra uma forja em outros tempos, que poderia estar reativada, e se estava habitado ou não, os castelhanos não sabiam ou não quiseram dizer, mas não agradou à Osório a ideia de um depósito de armas oculto, tão perto dos guaranis. Assim como as missões jesuítas não tinham espaço nos planos dos reis ibéricos, aquela forja não tinha espaço no cada vez mais complexo quadro local.

Licurgo escutou tudo isso em silêncio e, então, se agachou e pegou a cabeça do velho com as duas mãos e a pôs sobre a mesa. Depois, foi até o corpo e o arrastou, puxando-o pela gola, até o centro da forja.

te familiar, como uma lembrança de algo que não sabia se sonhado ou vivenciado.

Astérion virou-se para vê-lo.

– *Ah. Yo estaba esperando por ti.*

Coluna, que olhava surpreso para Licurgo, notou então o velho logo abaixo dele na escadaria e franziu o cenho.

– Já nos conhecemos?

– É claro que sim, desde o nascimento – disse o velho. – Duas pessoas podem nascer e viver uma vida inteira sem perceber isso. Fazem escolhas e mais escolhas, talvez até mesmo cruzem-se sem se notar ao longo do caminho e, então, todas as escolhas convergem numa única direção. Em que ano vossa mercê nasceu?

– Que importância tem isto?

– Faça-me a cortesia de responder.

– Em trinta e três.

– Então, vossa mercê andou vinte e um anos pelo mundo até aqui, com o seu próprio quinhão de alegrias e sofrimentos, e eu com os meus, e todos esses anos vossa mercê pensou ser o filho de seu pai e sua mãe, até o dia em que entrou aqui e descobriu que já existia muito antes de nascer, que eu já o havia criado aqui – apontou para a própria cabeça – há muito tempo, pois, ao entrar aqui, vossa mercê deixou de ser parte da sua história e se tornou parte da minha, deixou de ser o homem que era para se tornar o homem que é.

– E que homem é esse?

– Aquele que veio para me matar.

Coluna ficou em silêncio. Puderam ouvir o grito de índios e jesuítas vindo do lado de fora, a claridade das chamas já a surgir nas janelas da forja.

– Sim, de fato – concordou, erguendo o sabre na mão.

– Não! – protestou Licurgo – Isso não é...

– Cale-se! – gritou Astérion. – Estou cansado, e esse não é mais o meu mundo. Vossas mercês que nasceram nesta era de névoas podem ver cousas que aqueles como eu, nascidos em tempo de luz e treva, jamais compreenderiam mesmo que estivessem bem à frente. Tinha razão quando disse, menino, que tenho as pernas cansadas.

O céu a oeste se tornou rosado; depois, as últimas cores se apagaram, tornando-se escuro e azul para logo em seguida ficar somente escuro.

– Então, veio a varíola – continuou o velho, fechando o lado oeste com persianas. – A poucos dias da festa. Os pôneis e a charrete acabaram tendo seu uso, no fim das contas, mas como féretro. Que mais há para um homem na vida depois disso? Títulos, honras, propriedades, de que me serviriam? Estou melhor aqui.

Licurgo ia dizer alguma cousa, quando percebeu o brilho alaranjado que surgiu multiplicado nos espelhos. Tanto ele quanto Astérion voltaram-se no mesmo instante para a abertura no lado leste da torre. O cheiro de queimado veio logo em seguida. Astérion sorriu.

– É chegada a hora então. Já era sem tempo.

O lume ergueu-se mais alto, alargando-se ao longo da sebe. Os círculos mais externos iriam queimar primeiro antes das chamas se espalharem nos mais internos, o que lhes daria tempo. Desceram as escadas. No caminho, Astérion explicou-lhe que havia um barril de pólvora em cada andar, em armários ocultos entre os arcos de sustentação, que, se estourassem, derrubariam a torre sobre a forja como um tampão, ao mesmo tempo em que fechariam a passagem para a gruta, de modo que daria tempo de fugir pela balsa até o Rio Negro. Mas antes precisava se certificar de que ninguém tomaria posse de sua obra: jogaria todo seu trabalho na fornalha para que derretesse, que a prata, o oiro e as joias não lhe eram de nenhuma importância exceto como decorativos, preocupava-lhe que não sobrasse nenhum gume afiado ou espoleta utilizável, importava-lhe que nada do que criara fosse utilizável para outro. Licurgo, por ser mais novo e mais ágil, desceu à frente, passou pelo salão comunal da base da torre, atravessou a porta da forja, desceu os degraus de pedra até as mesas repletas de armamentos e abriu a portinhola da fornalha.

– Tem certeza de que não quer guardar um ou...? – mas não terminou a frase. Olhava não para Astérion, que vinha logo atrás de si, mas para a entrada, ao alto. Para o homem parado à porta no topo da escadaria com o sabre desembainhado e que lhe parecia terrivelmen-

A espada na mão de um rei pode matar mais que na mão de um soldado, dissera-lhe Astérion num desses jantares, garantindo que estava ao lado do rei (qual?, pensou Licurgo) em Almansa (onde?) quando este deu a ordem para queimarem Xátiva (quem?). Contudo, algo por fim emergiu de tal caótica fluência de histórias embaraçadas. E isso foi o que ocorreu na última noute que Licurgo passaria dentro do entreposto de Calavera Gris.

Não tendo encontrado o velho em lugar algum, subira até o topo da torre, à sala dos espelhos. Lá percebeu todas as cortinas abertas, e Astérion sentado numa poltrona voltada para o leste, onde o céu já escurecia, enquanto o salão era tomado pela luz alaranjada do poente às suas costas, refletido nos três espelhos de modo que o salão inteiro tornara-se laranja.

– Alguém entrou no meu labirinto hoje – anunciou o velho. – Não sei quem é, e não sei onde está, mas sei que está por aí, em algum lugar.

Licurgo não disse nada. Deu-lhe as costas, virando-se para o pôr do sol, que trazia o frio da noute que se erguia atrás de si e já estava em toda parte.

– O senhor já me falou de muitas pessoas, mas nunca de sua esposa – disse, enfim.

– Nunca tive uma – resmungou o velho. – Não por falta de tentativa minha.

– O que houve?

– Ela não me quis. Preferiu o outro. O poeta.

– E quem é aquela na pintura? Pensei que...

O velho ergueu-se da poltrona e moveu uma manivela que girou os três espelhos ao mesmo tempo. O salão tornou-se bruscamente mais escuro e frio, os espelhos refletindo apenas a noute.

– Pôneis – disse Astérion. – Alvos como o leite, numa linda charrete em miniatura, mandei fazer ao tamanho dela. Isabel era o nome da menina. Aqueles na pintura são meu irmão e minha cunhada, que morreram num incêndio. Criei a menina como se fosse minha filha. Os pôneis seriam o meu presente no seu nono aniversário.

-lhe, dava muita importância àquelas discussões. Farto de ser menosprezado por Astérion, ergueu-se da poltrona estofada.

– Quando eu era pequeno, quando queria brincar com meu irmão pela casa, meu pai me dizia: "Por que os dous correm sem parar, por que não ficam quietos como eu fico?". Eu não sabia o que dizer na época, mas agora sei: corro porque quero correr, e não vou deixar de correr só porque alguém já perdeu a força nas pernas. O senhor só não consegue compreender o que há de bom nesses livros, pois já não tem aquilo que o faria gostar deles! Afinal, por que esses livros estão aqui, em primeiro lugar? Vossa mercê não sabe o que é essa cousa que perdeu, mas sabe que a perdeu, e está determinado a privar os outros disso para aliviar sua irritação! Vossa mercê pode querer privar-se da própria humanidade, mas não pode privar outros dela, pois é quando a Virtude falha que um homem prova se há maior nobreza na sua alma do que nas forças que o esmagam!

Astérion ficou vermelho de indignação.

– Pois estes aqui vão para a fornalha agora mesmo!

Pegou a pilha de livros nos braços, correu os olhos pelas prateleiras e acrescentou mais uns tantos volumes e saiu da biblioteca resmungando sobre o quanto errara em deixar o garoto à mercê daquelas atrocidades. Desceu até a forja e atirou-os ao fogo onde moldava suas espadas. Licurgo foi logo atrás, observando-o emburrado.

– Não há o que se lamentar, menino – disse Astérion, ao vê-lo entrar na forja. – De todo modo, são livros mui recentes, e não há necessidade de se ler obras escritas há tão pouco tempo se vossa mercê ainda não esgotou os clássicos. Pode voltar, a biblioteca está mais segura agora.

A essa altura, seria normal para qualquer um se perguntar quem era, afinal, o velho Astérion, mas, em verdade, talvez Licurgo nunca viesse a sabê-lo por completo. Durante os jantares o espanhol discursava sempre num tom paternal e condescendente de avô, a citar nomes e lugares dos quais Licurgo nunca ouvira falar. Tendo os ouvidos do rapaz à disposição, tornava-os reféns de histórias que tinham começo, mas nem sempre chegavam ao fim. Acabava-se desviando para outras e, em alguns casos, se repetia, com nomes trocando de lugar.

ferida mortalmente por *descrições*, por conversas grosseiras, por diálogos rudes? Não é à toa que Aristóteles não previu o Romance nem na sua *Poética* nem na *Retórica*. Não são arte, são lixo produzido por um qualquer, agora que escrever tornou-se uma profissão mecânica.

– Mas o que sabe vossa mercê do mundo, trancado aqui dentro? A vida é assim. Não se trata de mostrar apenas o lado feio das cousas, ou seria só um idealismo ao inverso, mas de mostrar todas as experiências do Homem, boas e ruins, e deixar ao leitor que decida por si só. Vossa mercê, acreditando ser mais hábil do que outros em distinguir tais caminhos, nada mais é que uma versão velha de Narciso, julgando o próprio reflexo como parâmetro do mundo. Não acredito que nada do que tenha sido feito em sua época não esteja sendo feito melhor agora.

– O que eu sei do mundo? Digo-lhe o que sei: uma ficção é uma farsa, não é concebível que reflita a realidade. É uma incompatibilidade lógica. E a farsa só é aceitável enquanto admite-se como tal, do contrário, é apenas o trabalho de um... um... farsante, destinada a iludir e enganar! Desespera-me que não veja isso! Não se pode confundir uma cousa com a outra.

– E quanto à diversão? Não se pode ler apenas pelo passatempo?

– Meu caro, se não deve o Homem fornicar exceto para se reproduzir, tampouco deve ler senão com o intuito de elevar-se intelectualmente. Tudo que é feito pelo prazer, sem objetivo definido, deve ser abominado.

– Ainda assim, dou minha preferência a eles às chatices que vossa mercê insiste que eu leia.

Astérion inflou o peito, o orgulho ferido, apontou-lhe o dedo.

– Se vossa mercê é um exemplo que reflete o conjunto, então temo pelas próximas gerações. Eu lhe ofereço um manjar, mas se contenta com sobras.

Licurgo olhou o céu poente pela janela, já era quase noute lá fora, exceto por um leve rubor rosado acima da linha das árvores, e ali estava ele, hóspede e prisioneiro numa torre perdida no fim do mundo, a discutir livros com um velho meio enlouquecido que, parecia-

— Que mal há? Que mal... ora! — o velho bufou, olhando para a mesa ao lado de Licurgo, onde se empilhavam as leituras a que o rapaz vinha se dedicando em segredo. — Há muitos males criados pelo Homem, contudo nenhum se iguala em vilezas a estes romances de ficção! Essas leituras... não bastasse estarem cheias de rudezas e pecados, são obras de dissimulação, tentando a todo momento convencer o leitor de que são fatos, e não fábulas! Incutem na mente o desejo de trilhar caminhos corrompidos, fazem abandonar os livros da santa e reta doutrina e extraem dessas obras mentirosas maus hábitos e vícios, certamente uma má influência do teatro, que, a cada época, torna-se uma arte menor feita apenas para agradar a gente inculta do povo! E as ambiguidades? Até mesmo o verdadeiro sentido das palavras é distorcido, dão-lhes significados ocultos e inversos à Verdade! Ah, por Deus, vossa mercê leu este aqui? — folheava o primeiro da pilha sobre a mesa, aquela mesma encadernação anônima da qual o garoto arrancara uma página alguns dias antes.

— Mas esse? — defendeu o garoto, ofendido. — O que há de mal nesse?

— Ora, por favor... não há nenhum senso estético nas palavras, a linguagem é exagerada, está cheio de passagens irrelevantes, e o autor fica a colocar pensamentos aleatórios na boca do primeiro personagem que está à disposição. É um livro ruim sob qualquer hipótese.

— Ninguém cometeria um crime apenas por ter lido sobre um. Conhecer o caminho e trilhá-lo são cousas bem diferentes, e não se pode responder pelos insanos do mundo.

— Não é preciso que sejam postos em prática — insistiu Astérion. — Só a leitura de tais atos já é o bastante para inflamar os desejos e excitar os sentidos. Obras que tratam crimes como meras fraquezas humanas! A castidade se tornando um fricote fútil, a sedução justificada como um *ato de amor*! Isso sem pôr na conta que corrompem gêneros nobres de escrita, como a História e a Geografia, ora inventando narrativas sobre fatos passados, ora criando lugares e povos imaginários, fazendo com que os jovens não saibam mais distinguir o que é verdadeiro do que é ficção. Já imaginou a Epopeia e a Tragédia amolecidas por histórias de amor? O que será da Eloquência,

4.

Astérion, temperamental, puxou-lhe o calhamaço:

— Como esse lixo veio parar nas suas mãos?

¿*Que pasa?*, assustou-se Licurgo, e logo agora que estava chegando a uma parte tão boa da história!

Astérion se ausentara a maior parte do dia; Licurgo, não o encontrando na forja e não ousando descer até a gruta por medo de encontrar a fera, ficou na biblioteca, lendo e lendo sem parar nem para uma refeição, sem ver que o tempo passava e que já se aproximava a hora em que o velho tradicionalmente subia até a biblioteca e o chamava para o jantar. Era a ocasião em que Licurgo, ao ouvir-lhe os passos na escada, largava o livro que lia e abria sobre o colo alguma obra qualquer, dentre as que o espanhol lhe recomendava com insistência. Mas, naquela tarde, esquecera-se de sua presença, e o velho o pegou em flagrante com um exemplar do *Gil Blás de Santilhana* de Lesage. O velho fechou o livro numa batida macia e continuou:

— Não, não, não... não permitirei que vossa mercê se deixe confundir por obras como essa. Jogarei na fornalha imediatamente!

— Mas que tanto mal há com este livro? Estava até divertido...

palavras impressas em papel, um mundo abstrato de pensamentos que lhe falavam à alma mais do que qualquer homilia jamais fizera.

Assim foi que, em uma biblioteca perdida, sentado em uma confortável cadeira, iluminado pela luz de um candeeiro, encontrou esperança. Mas então rasgou a página, guardou-a para si e pôs o livro de volta na prateleira sem ao menos terminar de lê-lo. Ah, esses jovens...

Quem ſe reſignaria a ſupportar gemendo o peſo de huma vida importuna, ſe naõ foſſe o receio de alguma couſa alem da morte, eſſe ignoto paiz, do qual iámais viajante regreſſou? Eis o que entibia e perturba a noſſa vontade; eis o que nos faz antes ſupportar as noſſas dores preſentes do que procurar outras que naõ conhecemos. Aſſim a conſciência faz de todos nós cobardes; aſſim a brilhante côr da reſoluçaõ ſe torna pallida e lívida pela penumbra da reflexaõ, e baſta eſta conſideraçam para deſviar o curſo das emprezas de maior eſcopo, e fazer-lhes perder até o nome de acçaõ.

Algo naquelas palavras falou-lhe ao espírito. Ainda não refletira sobre a ocasião em que, confrontado com a morte, preferiu disparar contra si do que contra o animal que o atacava. Por que desistir sem lutar? Ocorria-lhe agora que o ato originara-se da sensação de não ser possuidor de grandes méritos dignos de preservar. Por um acaso seu nome significava algo, ou fora a ele atribuído algum feito digno de nota? Não havia nele o permanente sentimento de culpa pela morte da mãe, por ter-se mantido vivo quando o irmão morria? E estivesse no lugar de seu pai, não o teria deixado para trás também, ele que, afinal, não fazia diferença alguma para ninguém? Ainda que ter ingressado nos dragões, ser um oficial de cavalaria, fosse algo que lhe dava um propósito pelo qual erguer-se no dia seguinte, tal propósito era mecânico, algo com que se identificava cada vez menos. Entretanto, e nisso aquelas palavras o confortavam, quem poderia dizer o que havia do outro lado? Não acreditava no inferno. Já o paraíso lhe parecia improvável, pois, sem sofrimentos a servirem de contraste, que alívio poderia trazer uma felicidade tediosa e infinita? Claro, sempre guardara tais pensamentos para si, mas agora, frente àquela página, percebia algo novo: que estar disposto a enfrentar o incógnito dava-lhe forças para confrontar o conhecido. Não era, afinal, um covarde, pelo contrário: perdera o medo da morte. Pois tinha o coração no lugar direito. E ele, cuja frágil noção de pertencimento fizera com que tantas vezes se sentisse quase nulo, tinha agora a certeza de fazer parte de algo, uma confraria silenciosa de ideias compartilhadas por

as partes tediosas para depois retornar a elas quando sentia falta de algo, e assim dando conta de um livro inteiro em duas noutes ou menos.

Certa noute, Astérion perguntou-lhe de sua vida pregressa, e Licurgo contou-lhe sobre o irmão, Sacramento e a entrada no exército. Horrorizou-se o espanhol ao saber que o rapaz nunca tivera um preceptor que cuidasse de sua educação, e os jantares tornaram-se pequenas aulas sobre cosmografia, história e os costumes dos povos. Falava dos deveres da Moral, da Virtude e da Civilidade e sugeria livros de sua biblioteca que Licurgo deveria ler para complementar suas lições, como o *Aventuras de Telêmaco* de Fénelon. Licurgo até tentou, achou chatíssimo, e logo abandonou o livro, preferindo outras obras que apeteciam mais ao seu interesse por leituras vibrantes cheias de aventuras, perigos mortais e afins, cousas cheias de velhacarias como *La vida de Ginès de Pasamonte*, peças de teatro violentas e trágicas como *A tragédia do emissário*.

Assim, Licurgo dava vazão ao gosto natural que os rapazes desenvolvem por histórias repletas de mortes sempre violentas – ora desnecessárias, a temperar os relatos com certos ares de veracidade cruel – ou ações e magias inverossímeis.

Foi no folhear dessas tragédias teatrais que acabou por encontrar um livro que, soubesse ele a raridade do calhamaço, o folhearia com mais cuidado. Não o leu. Tivesse o feito, sua impaciência juvenil talvez descobrisse ainda mais do que encontrou, mas dou-me por satisfeito que, no folhear, tenha se deparado com o seguinte trecho:

Morrer, dormir, dormir, ſonhar talvez; terribel irreſoluçam. Sabemos nós porventura que ſonhos teremos, com o ſomno da morte, depois de expulſarmos de nós huma exiſtencia agitada? Daí-nos huma pauſa: é eſte penſamento que torna taõ longa a vida do infeliz! Quem ouſaria ſupportar os flagellos e eſcárneos do mundo, as injurias do oppreſſor, as affrontas do orgulhoſo, as áncias de hum amor deſprezado, as lentezas da ley, a inſolencia dos imperantes, e o deſprezo que o indigno inflige ao mêrito paciente, quando baſta a ponta de huma lâmina para alcançar o deſcanço eterno?

– Não vou mentir – continuou Astérion. – Estou velho, e sozinho neste lugar há tanto tempo que questiono minha sanidade. Não seria de todo mal ter com quem conversar. Mas caso lhe ocorra alguma outra vez me atacar pelas costas, é bom que lembre que eu já degolava seus compatriotas antes mesmo do franganito cobarde que vossa mercê é viesse a esse mundo.

Licurgo lambeu o sangue que agora já chegava aos lábios. Ergueu-se sozinho, ajeitou a camisa, afastou os cabelos dos olhos e o sangue do rosto com as costas da mão. E, com muita formalidade, pediu perdão por sua impertinência, fez uma leve mesura e o cumprimentou.

Naquela tarde, assistiu a Astérion trabalhar nos detalhes da guarda de um sabre qualquer. No dia seguinte, o velho achou por bem ensiná-lo a usar melhor o presente recém-recebido, não apenas aprender a empunhar o sabre pelos preceitos da verdadeira destreza de Carranza e Narváez, mas também a levar em conta a influência do vento ao fazer mira com a pistola e a recarregar mais rápido sua arma – e se havia rancor no coração de Licurgo pela humilhação de seu tratamento inicial, não demonstrou. Pode-se dizer que, entre as muitas cousas das quais estava cansado, sua autopiedade era uma, e estava decidido a construir para si mesmo uma nova identidade a partir dali.

Porém, as lições de esgrima não eram cousa que lhe tomassem um dia inteiro e vendo-se entediado, Licurgo pediu-lhe permissão para utilizar-se da biblioteca. Se, no primeiro dia, o tempo de leitura era-lhe ocupação das horas vagas, logo passou a se tornar o objetivo principal. Tinha ao seu alcance os melhores calhamaços, encadernados em capas de coiro já bastante envelhecidas, contrabandeados ao longo de anos. A maioria dos livros estava em espanhol, língua que Licurgo dominava, mas alguns estavam em francês, que desconhecia, que tentou ler em voz alta, imaginando um significado pela semelhança do som e compondo uma história imaginada, talvez até mais interessante que a impressa. Sua mente fervilhava. Já em sua própria língua, lia rápido e de modo oblíquo, por vezes pulando

– Ora, menino. Sempre fui da opinião de que ser condenado por um padre significa que temos algo que ele quer, e ele já perdeu as esperanças de que lhe seja entregue de boa vontade. Ao que me parece, tudo isto foi arranjado para fazer com que enviassem alguém para me matar – deu-lhe as costas, voltando sua atenção para uma pistola sobre a mesa, desmontada. – O que ainda está em tempo de fazer, se quiser ajudar os jesuítas. Vossa mercê tem dous sabres em mãos, eu não tenho nenhum.

– Não tenho a intenção de fazer isto.

– Como eu disse, é fraco e cobarde – retrucou Astérion.

– Por que me ofende? – irritou-se. – Não lhe fiz nenhum mal afinal de contas.

– Constatar sua cobardia não é ofensa, é o simples estabelecer dos fatos – continuou Astérion, de costas. – Todos os portugueses são cobardes, e os nascidos nesta terra, ainda mais. Suas mães deveriam morrer de vergonha por tê-los parido!

Astérion moveu-se rápido para o lado – uma agilidade surpreendente para alguém de sua idade – ao pressentir o golpe desferido pelo rapaz, que acabou atingindo a mesa. Licurgo havia pegado a primeira espada que estava à mão, e a lâmina prendeu-se à madeira. Bastou ao velho golpeá-lo com força nas pernas para fazê-lo cair de joelhos e bater com o rosto na quina da mesa, abrindo um corte, e depois a dor na ferida no peito se encarregou de deixá-lo fora de combate. Sentado no chão, o rapaz cobriu o rosto ensanguentado com as mãos e começou a chorar. O velho pegou um estilete, agachou-se e pressionou a adaga contra a garganta do garoto.

– Vejo em vossa mercê o potencial para ser mais do que é, criança, mas digo-lhe por experiência que ser voluntarioso não basta para fazer-se um bom soldado. Ter iniciativa é um bom ponto de partida que a muitos falta, mas apenas útil quando condicionada pela razão e pela habilidade. Em outros tempos, já teria lhe cortado a garganta, mas, já que Portugal e Espanha agora são aliados, lhe dou algum crédito.

Estendeu-lhe a mão. Licurgo o observou sentado, costas contra o pé da mesa, de rosto inchado e vermelho e o cabelo caído sobre a face enquanto o sangue escorria-lhe pelo nariz.

prender ao pulso. Nas guardas em forma de cruz ao estilo mameluco, feitas em latão, acrescentara minúsculos e intrincados rococós tendo um trevo de quatro folhas gravado ao centro. A lâmina, feita com aço de damasco, tinha uma curvatura regular, mais europeia que persa, o que permitia a estocada, e no *forte* de cada espada – a parte da lâmina mais próxima do guarda-mão –, banhada a oiro, uma inscrição em latim: *fidelis* e *verax*, fiel e verdadeiro.

– "Ele julga e combate com justiça" – completou o velho, entregando-lhe um par de bainhas em madeira cobertas em coiro granulado no centro e oiro na ponta.

– Os jesuítas... padre Bernardo – espantou-se Licurgo – sabem que vossa mercê está aqui?

Óbvio que sabiam, disse o velho. Estava ali fazia anos, debaixo das barbas dos portugueses. Tinha grande simpatia pelos índios missioneiros, mais do que pelos jesuítas, que na sua opinião já eram um império à parte, um estado teocrático feito à revelia do Vaticano. Isso nunca impediu os espanhóis, ao longo das décadas, de convocar os índios para os auxiliarem em infindáveis e malsucedidas investidas contra a Colônia de Sacramento. Enquanto pôde, Astérion os ajudou, fazendo-lhes armas. Nada disso importou ao rei da Espanha: agora, como se fossem mercadoria sem valor, os índios deveriam abandonar suas terras, em sete povoados magníficos, em troca de um ventoso e bolorento enclave à beira do Prata. Os tempos estavam loucos, Sua Majestade Católica esquecera-se de seu dever com seus súditos, mas quem era ele, Astérion, isolado nos confins da América, para questionar um mundo louco? Preferiu se trancar em sua torre, parou de aceitar encomendas, podia agora dedicar-se para cada peça tanto tempo quanto achasse necessário. Quanto aos inoportunos, fossem índios, jesuítas ou mesmo seus conterrâneos, suas portas estavam abertas, ainda que delas não saíssem com vida.

– Mas se padre Bernardo já sabe que o senhor está aqui, por que a encenação, por que dizer que a torre é habitada pelo diabo, chamá-lo de herege?

Astérion sorriu.

Sobre as mesas, Astérion mostrou-lhe seu trabalho – o olhar animado por uma nova chama de entusiasmo, ficando claro ao garoto que era a primeira vez em muitos anos que o velho tinha para quem exibir sua faina. Havia ali espadas, floretes, espadins, adagas, punhais, maças e lanças, e também armas de pederneira como pistolas, carabinas e arcabuzes. Uma rapieira tinha no guarda-mão um tal entrelaçamento de flores, instrumentos musicais, bandeiras e brasões de armas esculpidos em oiro que parecia digna de um rei. Licurgo ignorou o pedido de Astérion, era impossível não tocá-las, não correr os dedos e sentir o relevo dos desenhos e o frio do metal. Precisava tocar o aço para percebê-lo real. Achou uma espada de caça de punho de madeira coberto em veludo rubro, o pomo em forma de cabeça de leão, enquanto que a guarda era decorada com discos de madrepérola com sabujos e cervos, envoltas em folhas de acanto em oiro. Uma maça cuja ponteira era uma bola de aço com espinhos, entre os quais estavam esculpidas figuras celestiais; ponteiras de lanças em forma de machados simulavam o bico de pássaros, uma schiavona veneziana de dous gumes cuja guarda em prata consistia no entrelaçamento de espadas menores, que, por sua vez, possuíam o desenho de espadas ainda menores. Para quem eram todas aquelas armas? Para ninguém, Astérion explicou que as fazia pelo prazer de moldar o aço e desenhar seus detalhes, não raro derretia algumas das espadas e as fazia de novo, com novas ideias para seus desenhos e detalhes, e preferia vê-las destruídas a serem utilizadas pela grei.

– Tome, fique com estas. São um presente. Valem mais do que lhe pagariam os jesuítas.

Entregou a Licurgo um par de sabres de cavalaria. Eram leves, feitos para oficiais de dragões, com uma curvatura mais sutil e menos acentuada que o habitual rabo de galo fornecido aos oficiais inferiores e praças. Explicou-lhe que, nas Índias, as chamariam *shamshir*, na Europa, o vulgo inculto as confundia com a cimitarra. Muito boas para cortar, não tanto para perfurar, aquelas criadas por Astérion tinham punho de madeira negra de ébano envolto em pequenina corrente de prata, de cuja ponta curva pendia uma dragona rubra para

segunda demonstração como tal. O animal, a ignorar abstrações humanas de pendor religioso, avançou contra ele como qualquer besta o faria, pronto ao bote. A voz de comando de Astérion, porém – e jamais vira-se alguém gritar *pare!* em tom mais majestático e firme que ele – fez o animal parar, sentar-se nos quartos traseiros e virar a cabeça para seu amo à espera de novo comando. O garoto trocou um olhar de desafio com o velho, mas não disse nada. Astérion apontou a jaula e o animal retornou ao seu cativeiro. Depois indicou as escadas e mandou Licurgo subir à sua frente.

De volta à sala comunal, Astérion explicou-lhe que, nos tempos em que ainda aceitava encomendas, era por aquela balsa subterrânea que escoava sua produção. Orgulhava-se em dizer que o fruto de seu labor era empunhado por fidalgos bem-nascidos em todo o Vice-Reino do Peru. Agora, convidava-o a entrar pela terceira porta, aquela que ligava a torre ao pavilhão anexo e cujo umbral tinha sobre si a escultura de uma caveira com a inscrição Mazmorra de Calavera Gris.

– Cuidado para não cair – alertou o velho, ao passarem pela porta.

Foi um bom aviso, pois nem dous passos e Licurgo teria se esborrachado no piso a quatro varas abaixo deles. Visto de fora, o pavilhão parecia menor do que realmente era, ainda mais por estar sobre um terreno em declive. Astérion explicou-lhe que o entreposto outrora fora usado como calabouço, mas isso ainda no começo do século, logo que devolveram Sacramento aos portugueses e precisavam defender jesuítas e guaranis dos ataques dos charruas. Pouco antes de Astérion chegar, a construção fora transformada no que era atualmente: uma forja.

– Não toque em nada – pediu o velho, enquanto desciam os altos degraus esculpidos em pedra (como havia escadas naquele lugar!) de uma escadaria sem corrimãos que descia até o chão da forja – e cuide para não cair – repetiu, pois Licurgo descia distraído, impressionado com o teto do pavilhão, onde uma trama de madeira na forma de uma estrela de catorze pontas espalhava-se e entrecruzava-se, criando um complexo padrão geométrico a sustentar as telhas.

– Nem mesmo o rei de Espanha.

Descem ao piso térreo, uma sala comunal de três portas e uma sala contígua a servir de cozinha e despensa. Abriu a primeira porta e saíram para um jardim estreito e gramado, a circundar toda a construção e que era, por sua vez, cercado por um muro alto e coberto de hera a separá-los do labirinto. Dentro daqueles muros, o terreno era em declive, ainda que, no labirinto, se mantivesse sempre plano. Dessa forma, a parte mais baixa, onde se situava o pavilhão anexo à torre, parecia afundar no solo, e ali o muro ficava ainda mais alto. Astérion explicou-lhe que Calavera Gris fora construída de forma a ocultar a forja de olhares externos. Dos muros, plantadas em seu topo, as mesmas flores que vira na entrada do labirinto caíam para dentro do pátio em volumosos cachos púrpuras e rubros (buganvílias, explicou o velho), como uma colcha algodoada.

Voltaram para dentro da torre. A segunda das três portas abria-se para uma escada de degraus esculpidos na pedra, a descer para o interior da terra e levando a uma gruta subterrânea. Astérion ascendeu um archote e mandou o garoto segui-lo. Ali embaixo, havia um pequeno píer à margem de um rio cristalino que, segundo o velho, desembocava no Rio Negro. Usava-o para buscar as vitualhas que todo primeiro dia do mês lhe eram deixadas na beira do rio.

Um grunhido rouco, como um latido gutural, ecoou nas rochas. Num canto da gruta, dentro de uma jaula, estava a fera. Mas a portinhola estava aberta, e o animal saiu caminhando com calma, primeiro roçando-se entre as pernas do velho, até perceber a presença ali do garoto, assumindo uma posição rija.

– Eh, que veremos de que vossa mercê é feito, menino – comentou Astérion, num tom calmo. – Esta aqui tem um faro muito forte para o medo. Sempre disse a mim mesmo que há algo de calvinista nela – e riu como se fosse uma boa piada.

Licurgo permaneceu imóvel e encarou o animal, não pela disposição de dar-lhes uma demonstração de coragem, mas pela constatação clara e objetiva de que, já tendo aceitado a morte e visto a si mesmo pelos olhos de Astérion como um covarde, não lhe daria uma

treaberta. Entrou. Estava no topo da torre, um sótão espaçoso, vazio e mal-iluminado, onde a luz entrava em fachos sorrateiros por entre pesadas cortinas negras a tapar os janelões. Abriu uma delas deixando o sol iluminar o salão, quando então se deu conta de uma presença atrás de si. Virou-se rápido e gritou de susto: viu três garotos pálidos como que adoentados, cabelos castanho-claros a caírem molhados por sobre a testa, quase a esconder-lhes os olhos doirados, cor de mel, as camisas abertas nos peitos imberbes deixando à mostra feridas de balas. Licurgo ergueu a mão afastando dos olhos o cabelo úmido que lhe atrapalhava a visão, os outros três repetindo-lhe o gesto. Não estava acostumado a si mesmo, e seu reflexo, multiplicado três vezes em três enormes espelhos hexagonais, parecia-lhe o de outra pessoa, um outro Licurgo, mais alto e mais velho do que se imaginava.

– Vejo que já está de pé – disse Astérion, parado à porta.

Licurgo não deu maior atenção a seu anfitrião, impressionado que estava com os espelhos.

– Isto foi o que matou Pedro – constatou, com mais assombro que rancor.

– Espelhos de Arquimedes, mas reproduzidos à moda de monsieur Leclerc – explicou e, com um gesto, chamou-o para que o seguisse de volta para baixo. – Venha, mostrarei minha casa, que agora é sua também.

– Sou um prisioneiro?

– Meu hóspede. Não há nenhuma porta fechada, acrescento que tampouco existem fechaduras. Minhas portas estão abertas dia e noute a homens e animais, entra quem quiser.

– Mas ninguém sai – lembrou Licurgo.

– Vossa mercê pode sair quando quiser. Encontrará mais do que minhas lentes ou minha fera, há toda sorte de lâminas ocultas e alçapões secretos, raramente ativados, pois a fera dá conta de todos os visitantes indesejados.

– Mesmo um emissário de Buenos Aires?

Astérion parou e virou-se para o rapaz. Estavam na metade da escadaria do segundo para o primeiro piso, e via-se que o velho escolhia suas palavras com cautela.

do os joelhos. Sentir-se um hóspede benquisto era-lhe uma sensação incomum, aceitar-se em posição vulnerável e frágil, incompatível com as noções de hombridade vigentes entre aqueles que, como ele, eram treinados para serem oficiais de cavalaria, peitos estufados em honras que, não muito, eram imerecidas.

Saiu da tina, secou-se e vestiu as roupas limpas que lhe foram deixadas, calças e camisolão branco, colocou as botas novas e saiu outra vez para o corredor. Olhou para as escadarias em cada canto – em sua imaginação fermentada por romances de cavalaria, torres eram cilindros ocos com longas escadarias levando a um único cômodo (onde, claro, dormiria a princesa). Nunca estivera dentro de uma, e aquela ali fora erguida claramente para fins militares. Veio-lhe o gosto infantil pela exploração, e decidiu subir. No andar seguinte, outros dous cômodos paralelos, tentou o primeiro à sua direita e tomou um susto ao abrir a porta: um manequim de madeira vestia roupas iguais às que o velho usara naquela manhã. Havia ali uma cama e uma cômoda e, sobre esta, pendurada na parede, uma pintura a óleo já desgastada pelo tempo e a umidade, retratando um homem em trajos formais acompanhado duma mulher e de uma menina, e, aos pés dela, um cachorro sentado. O homem segurava um rifle de caça, e uma grande mancha esbranquiçada clareava o lado direito, como se, em algum momento, alguém houvesse tentado arruinar a pintura. Aquela pintura semidestruída, semirrestaurada, e a simplicidade do quarto em geral traziam-lhe ares melancólicos. Sentindo-se culpado pela bisbilhotice, como alguém que por acidente vê lampejos da infelicidade alheia, saiu do quarto e entrou no outro cômodo.

Ora essa!, disse espantado. Havia ali prateleiras que iam do chão ao teto da sala, repletas de livros e mais livros. Uma cadeira, ao lado uma mesinha com candeeiro, e mais ao lado uma mesa de leitura bem larga para os grandes fólios. Correndo os olhos, contou por alto cerca de quatrocentos volumes – quatrocentos! Havia ali mais obras do que imaginaria existirem no mundo.

Subiu ao próximo andar, o último. No topo das escadas, uma única porta de madeira, pesada como o eram todas as portas ali, en-

— Um animal também mata pessoas, e isto não faz dele um homem. Pensa que não o vi? Quando sente medo, corre. Quando não vê perigo, avança. É o bastante para um animal. Mas se vossa mercê se julga já um homem, eu digo que é fraco e cobarde.

Ainda que toda a natural arrogância juvenil em Licurgo gritasse de raiva em seu âmago, o sangue quente subindo-lhe a cabeça, quando Astérion virou-se e seus olhos se cruzaram – a postura confiante e de ameaça serena do velho –, sentiu-se ainda mais humilhado por não conseguir sustentar aquele olhar. Não tinha forças sequer para se erguer. Astérion o ignorou e saiu do quarto. Se Licurgo já tinha problemas quanto à opinião que fazia de si próprio, tinha agora para somar ao fracasso e à vergonha também a pecha da covardia que, antes mesmo de Astérion atribuir-lhe, já havia se autoimposto ao perceber-se vivo de sua frustrada tentativa de suicídio. Até nisso fracassara.

Voltou a dormir, acordando no meio da tarde. Encontrou ao lado da cama uma bandeja de prata com queijo, pão e vinho. Já tinha mais forças agora para se erguer. Comeu e bebeu. Tateou a ferida no peito: o coração no lado direito, o que deveria entender disso? Teria ele nascido todo ao contrário? Caminhou pelo quarto, as botas e a casaca estavam sobre uma cômoda, mas suas armas haviam se perdido. Olhou pela janela e viu debaixo de si o labirinto – não era tão grande quanto imaginava (o julgava quase infinito), mas certamente cobria espaço quase igual ao da Missão de padre Bernardo.

A porta do quarto estava destrancada. Saiu para um corredor estreito, com uma escadaria em cada extremidade, uma subindo, outra descendo. Havia também uma porta pesada de madeira para outro cômodo, exatamente em frente ao seu, que descobriu ser um quarto de banhos, com uma tina cheia d'água ainda morna e roupas limpas dobradas sobre uma cadeira.

Molhou o braço na água, a temperatura estava agradável. Despiu-se e mergulhou na tina devagar, a ferida em seu peito a arder de leve, mas nada que lhe fosse insuportável. Afundou na água morna, prendendo a respiração por tanto tempo quanto conseguiu, abraçan-

Minha fera, ao que me parece, não aprecia a carne temperada com pólvora. Não imaginava como alguém poderia ter sobrevivido a um tiro dado no próprio coração, então o trouxe para cá, extraí a bala, cauterizei o que já não fora cauterizado pela própria pólvora, e isso tudo dous dias atrás.

Licurgo foi tomado por uma súbita consciência de sua situação e, acostumado que estava a testemunhar feridas alheias, abriu a camisa e cheirou o ferimento, aliviado por não sentir nenhum odor rançoso que indicasse gangrena. Havia uma cicatriz, marcas de queimado e uma costura onde fora feita a incisão para retirar a bala. Relaxou, largando o peso do corpo sobre a cama.

– Vossa mercê tem boa saúde e se recupera rápido – continuou Astérion. – Como não morreu, contudo, foi algo que só compreendi ao tentar ouvir-lhe as batidas do coração: o tens invertido, no lado direito do corpo. *Situs inversus viscerum*. Compreendi que não estava destinado a morrer nem aqui, nem agora.

Licurgo tocou o próprio peito. Como não havia percebido aquilo antes? Era como o míope que recebe suas lentes pela primeira vez e percebe detalhes que nunca se dera por conta: tinha o coração no lado direito, e isso salvou sua vida. O que deveria significar? Contudo, havia tantas outras coisas a serem perguntadas naquele momento que não deu maior atenção ao fato.

– Quanto tempo vossa mercê vive nessa torre?

– Provavelmente há mais do que vossa mercê está neste mundo.

– E sabe o motivo que me trouxe aqui?

– Ora, é obvio. Para me matar – riu o velho. – Não foi o primeiro e duvido que seja o último, mas não vai ser um menino como vossa mercê que me servirá de ameaça. Mas chega de tanta conversa. Descanse, e depois falaremos mais.

Dito isso, deu-lhe as costas e caminhou em direção à porta. Licurgo, ofendido pela total ausência de ameaça que sua presença proporcionava ao velho, estufou o peito dolorido.

– Eu já matei pessoas – mentiu.

Astérion parou em frente à porta, com a mão na maçaneta. Respondeu sem se virar:

de algodão e seda, justa no corpo, porém larga no saiote, de cuidadosas dobras nas laterais costuradas com fios de prata. Justas eram também as mangas do casaco, embora os punhos fossem largos e curtos, deixando sair por debaixo deles os babados das mangas da camisa. Projetando-se debaixo do vistoso saiote vermelho, as pernas finas pareciam dous gravetos em meias de seda, calçando sapatos negros de fivelas doiradas. De seu pescoço, o lenço rendado projetava-se como uma cascata vomitando seda branca. Tinha as faces encovadas, o cavanhaque e os bigodes alvos e pontudos, olhos escuros e fundos de quem dorme pouco. Os cabelos brancos escorriam volumosos formando cachos ao redor do pescoço, e mesmo Licurgo, que pouca atenção dava às modas, sabia que aquelas perucas vistosas já haviam caído em desuso mesmo antes dele nascer, em prol de versões mais discretas, com o cabelo preso em rabo de cavalo. Ocorreu-lhe que devia ser um homem muito isolado do resto do mundo. E aqui, faço-te a ressalva de que quase todas as conversas travadas entre os dous deram-se na língua castelhana, mas, para poupar-te de necessidades bilíngues, farei a ti (e sem ônus, agradece-me noutra ocasião) o papel de tradutor, transcrevendo-te as conversas para a língua de Camões, salvo um que outro toque aqui e acolá a título de temperar-lhes as falas com aromas estrangeiros.

– Quem é vossa mercê? – insistiu o garoto, agora mais desperto e com firmeza na voz.

O velho suspirou.

– Há muito tempo já que deixei de ser aquele a que meu nome se refere, mas se é um nome que vossa mercê quer, chamai-me pelo nome de meu antigo ducado, chamai-me Astérion. Eu, que já fui o mestre-ferreiro de Filipe V e já tive tudo; agora que tudo perdeu seu valor, já nada mais me importa. Aqui estou onde Deus não me alcança. E aqui vossa mercê chegou.

Licurgo sentou-se na cama e tossiu. Sol em seu rosto, janela. Olhou para fora: céu. Estava na torre.

– Como vim parar aqui?

– Quando o encontrei, estava agonizante. Pensei em largá-lo no rio, mas vossa mercê sobreviveu ao meu labirinto e até a si mesmo.

3.

Eres muy jóven para ser un soldado, disse a voz no escuro. Ao que ele, acostumado a ouvir aquela observação com frequência, respondeu sem nem abrir os olhos que se enganava, pois ele tinha a aparência mais jovem do que realmente era (sabia não ser verdade, ciente de que seus dezesseis anos estavam vivamente estampados em seu rosto imberbe). Só então percebeu que havia respondido em espanhol para uma pergunta também feita em espanhol. A ferida no peito ardeu, abriu os olhos e tentou se levantar e produziu como resultado apenas uma agulhada dolorida na carne do peito, que o fez desabar contra a cama outra vez. Uma mão tocou sua testa, sentiu um copo pressionado contra os lábios e o gosto de vinho tinto.

– *Vuestra merced todavia no se há recuperado. Descanse.*
– Quem está aí?
– *Un amigo.*
– Como se chama?
– *Mi nombre no és importante.*

Licurgo abriu os olhos. À sua frente, estava a figura altiva de um homem muito velho e magro, trajando uma casaca vermelho-sangue

anoutecia. Quando finalmente chegou a um espaço mais amplo do túnel, a escuridão era total. Ali já podia ficar de pé e abrir os braços sem que tocasse em nada. O chão em que pisava era de pedra úmida e escorregadia, feito para escorrer a água, porém alguns passos adiante sentiu que pisava em palha úmida. Mais dous passos e deu de cara com uma grade de metal, machucando o nariz e soltando uma blasfêmia. Explorou aquela grade com as mãos, concluindo que saíra do túnel para dentro de uma jaula. Encontrou um trinco. Girou, sentindo que a grade à sua frente se afastava.

Era arriscado avançar no escuro. Tirou o galho da cinta, espalhou um pouco de pólvora no chão e, usando a pederneira, incendiou a ponta do galho com um estouro. O som, mesmo fraco, ribombou, e Coluna temeu que o barulho pudesse atrair a atenção de alguém. Sabia que teria pouco tempo até queimar os dedos, então olhou rápido em volta, na pressa de aprender o máximo possível do ambiente em que estava. Como imaginou, era de fato uma pequena gruta, um tipo de depósito onde se acumulavam barris, baús e armários cheios de tralhas. À sua esquerda, um tablado de madeira transformava-se num pequeno cais, com um pequeno bote, e corria ali um rio subterrâneo, estreito e irregular que, pela direção em que seguia, era provável que desembocasse no Rio Negro. À direita, entre os armários, uma pesada porta de madeira. Atrás de si, por onde viera, a jaula daquele animal.

Os dedos arderam e ele jogou o galho na água. A essa altura, mesmo no escuro, já tinha uma boa noção do espaço e da direção a tomar. Caminhou até a porta em passos rangentes. Estava destrancada e a puxou, a madeira inchada de umidade e as dobradiças soltando um inconveniente gemido metálico. Para sua surpresa, havia riscos de luz ali, vazando por baixo de uma segunda porta vários metros acima e iluminando uma dúzia de degraus esculpidos na própria pedra. Desembainhou o sabre e subiu a escada com cautela.

Foi muito rápido que percebeu o brilho de um par de olhos e a fera já saltava, toda garras e dentes. Coluna esquivou-se para o lado e o fio da espada rasgou a pele cinzenta e borrachuda ao longo do estômago do animal, as vísceras caindo ao chão junto com o corpo. Sacou a adaga da cinta e a fincou na nuca da besta, que se arrastou com pequenos espasmos e caiu morta.

Coluna a observou com pouco interesse. Ao corpo maciço e compacto e aos membros musculosos de um grande felino, somavam-se particularidades curiosas, como membranas anfíbias entre os dedos das patas. Com o sabre, ele abriu-lhe a boca para ver-lhe as presas afiadas. A pele cor de chumbo tinha manchas negras que, num primeiro olhar, pareceram-lhe específicas e geométricas. Logo as percebeu aleatórias, como a pelagem de qualquer animal. A ponta do focinho possuía uma calosidade dura que, somada à força que o animal provavelmente possuía, era bem capaz de quebrar ossos. Lembrava-se de já ter visto algo assim desenhado numa tapeçaria do palácio de Lisboa, por sua vez cópia de outra que havia em Paris, mas os artistas se baseavam em relatos exagerados, por vezes fantasiosos. Um índio já lhe falara certa vez sobre aquele tipo de fera: era um *jagua-ru*. Um jaguarão. De toda forma, não era para isso que estava ali. A única cousa que lhe interessava naquele animal, agora, era saber-lhe o dono. E, se o seu palpite estivesse correto, aquele que domesticou e botou tal besta como cão de guarda estaria do outro lado daquele túnel.

Munindo de um pedaço de galho seco, que botou na cinta, embainhou o sabre, pôs a adaga na boca e desceu para o túnel, molhando joelhos e cotovelos ao andar de gatinhas por sobre poças de água acumulada. Ali embaixo, o caminho também se bifurcava, e os túneis da fera deviam se espalhar por debaixo de todo o jardim, porém o vento encanado parecia vir de um único lugar e, quanto mais seguia nessa direção, mais forte ficava o som de água corrente. Por estranho que fosse, poderia jurar ter escutado também o cacarejo de um frango. Havia um pouco de luz espalhada pelo túnel, por meio de aberturas feitas, muito provavelmente, para escoar água da chuva. Essa luz, entretanto, era cada vez mais fraca, sinal de que lá fora

com um sorriso, e, depois de olhar o sol e estabelecer mais ou menos uma direção a seguir, saltou para o outro lado, caindo agachado e com as mãos bem abertas sobre a grama.

Agora que sabia para que direção seguir, bastava-lhe ir sempre em frente. Com a faca, golpeou a sebe em frente a si, cortando galhos e caniços até abrir uma brecha larga o bastante para meter uma perna, depois, a outra. Forçou um galho até que estalasse e quebrasse. Já estava no meio da sebe com os galhos e folhas lhe cutucando o rosto, e o chapéu ficou para trás. Outro passo, e sentiu a perna sair do meio das plantas e pisar no chão. Deslocou seu peso para ela, puxando o corpo para fora. Bateu na casaca para tirar os galhos e folhas presos. Pronto, havia atravessado mais uma. Olhou em volta sem ver nada que merecesse maior atenção, exceto corredores igualmente verdes para qualquer lado, e passou a golpear a sebe seguinte.

Seguia em linha reta, uma sebe atrás da outra, tarefa que foi lhe consumindo mais horas do que esperava, e já temia não conseguir chegar ao fim antes da tarde acabar, quando, ao atravessar outra sebe, ouviu o clique de um gatilho, seguido do som cortante no ar como uma vara quando sacudida muito rápido, e algo rolando no chão próximo dali. Teria disparado alguma armadilha? Viu de relance que uma daquelas placas de pedra (era aquilo o desenho de um olho?, não tinha certeza, julgou serem alguma sorte de marcação de distâncias, como as usadas pelos geógrafos) deslocara-se no chão para dar lugar à entrada do que lhe pareceu ser um túnel ou toca de bicho.

Pensou ser larga o bastante para que um homem entrasse por ela de joelhos e, agachando-se à sua beira, viu que era reforçada por dentro com ripas de madeira e tinha logo na entrada uma pequena rampa. Cogitou entrar por ali e ver onde dava, mas rápido lhe veio aos ouvidos o som de patas chapinhando na água e um resfolegar pesado de animal que vinha pelo túnel.

Afastou-se dous passos daquela entrada, engoliu em seco e sacou o sabre, pernas bem abertas para dar-lhe equilíbrio e a lâmina firme nas duas mãos, olhando atentamente para aquele buraco conforme o tremor no chão acentuava-se à medida que a cousa ia até ele.

quando regressasse, os levaria todos consigo. Foi-se mata adentro até encontrar o muro.

Caminhou paralelo à parede de pedra, observando com atenção os pontos em que estava rachada, ou onde os galhos das árvores ao redor avançavam para cima do labirinto, notando-as, em grande parte, cerradas. Exceto por isso, tudo ali parecia ancestral e maligno, como se as antigas construções do homem acumulassem rancores de esquecimento ao longo dos anos. Não demorou a encontrar o pórtico de entrada que dava para o pequeno jardim circular. Observou a fonte de flores (achou-a bela, mas não lhe deu maior atenção) e olhou para os dous caminhos que se abriam para lados opostos. Aproximou-se do azarve e meteu o braço inteiro, tentando determinar a grossura da sebe. Chacoalhou-a para testar sua firmeza, vendo-a bem fixa graças aos caniços que a atravessavam e lhe davam sustentação. Até mesmo espetou o dedo num espinho de metal, o que eliminava a possibilidade de escalá-la. Irritado, sacou o sabre e o meteu no azarve. Nada aconteceu.

Andou mais alguns passos à esquerda e repetiu o ato. Nada ainda. Mais alguns passos, e golpeou outra vez: sentiu o metal do sabre bater em pedra. Como imaginou, uma sebe tão alta e longa precisava de algo sólido que lhe desse sustentação, e descobriu que, a distâncias regulares, havia colunas de pedra ocultas entre folhas e galhos, onde os caniços entrecruzados encaixavam-se em pequenos orifícios. Tirou a faca da cinta, cortou a folhagem rente à coluna até abrir espaço onde pudesse apoiar um pé nos caniços. Alguns estavam podres e rachavam ao seu peso, mas com diligência, um pé após o outro, chegou ao topo da coluna e esticou o pescoço para olhar do outro lado. Ali viu que a espessura do azarve era de quase dous côvados e, embora a coluna se ocultasse dentro de sua largura, o superava em altura, de modo que, vendo por cima, era possível estabelecer diversos pontos de referência e métrica.

Mais importante do que isso, dali podia ter uma noção mais precisa da forma do labirinto e pôde ver, com clareza, onde ficava o entreposto, uma torre quadrada com um conjunto anexo de onde saía agora uma fumacinha branca. *Habemus Papam*, disse para si mesmo

nheci – disse padre Bernardo. – Creio que estamos cumprindo nosso voto de obediência mais do que quaisquer outros.

– Pensei que São Inácio de Loyola...

– Está muito tarde – interrompeu padre Bernardo. – Se o senhor pretende cumprir sua parte do acordo, creio que devamos todos dormir.

Coluna deu-lhe boa-noute e cobriu o rosto com o chapéu.

Os sinos tocaram às quatro da manhã e o clarear do dia encontrou Coluna já de pé e bem desperto. Conquistou a antipatia do morubixaba ao se recusar a participar da primeira missa, no que padre Bernardo o provocou:

– Vossa mercê pode dar as costas ao Senhor, mas Ele não lhe dará as costas, rapaz.

Coluna, que estava dando de comer à sua égua, retrucou:

– Que eu saiba, ele já deu as costas a nós dous, padre.

– O Senhor nunca descuida do seu rebanho e sempre...

– Chega dessa conversa de catequese – interrompeu, seco. – Não sou uma ovelha do seu rebanho, nem ignorante como os teus bugres.

– Vossa mercê os julga ignorantes por quê? Por terem aberto os corações a Cristo?

Coluna montou e acariciou o pescoço da égua.

– Eu os julgo ignorantes por aceitarem se deixar guiar por gente como vossa mercê, padre, pessoas que julgam a si pastores e a eles, ovelhas. Mas o Senhor também zela por suas matilhas e, aos olhos do lobo, vossa mercê é tão presa quanto seu rebanho.

– Posso lhe garantir, rapaz – padre Bernardo respondeu entre dentes, raivoso –, que aqui não haverá ovelhas.

Coluna sorriu, instigou a égua e foi embora. Acompanhou-o um índio de nome Miguel, o mesmo que guiara os outros três soldados até o local. Ao chegar ao barranco onde era forçoso apear do animal, entregou as rédeas a Miguel, disse-lhe que cuidasse bem de sua égua e que a deixasse junto dos cavalos dos outros soldados seus, pois,

Loyola prega, acima de tudo, a obediência. Ele mesmo disse: "O preto que eu vejo é branco, se assim determinar a hierarquia da Igreja".

– Diga isso aos que são pardos.

Coluna agachou-se e, com um graveto, pôs-se a atiçar o fogo que já morria, revirando as brasas e fazendo fagulhas riscarem o ar como pequenos espíritos conjurados por ele.

– A razão pela qual se obedece às hierarquias, padre, dês que os reis são reis e o mundo é mundo, é porque parte-se do pressuposto que a desobediência acarreta punição, e o medo da punição mantém a ordem. Essa é a natureza das leis, seja a de Deus que vossa mercê segue, seja a da espada, que eu sigo. Ambas são regidas pela mesma cousa, e essa cousa é o medo.

– Ah, posso-lhe garantir: com medo, todos estamos – disse padre Bernardo, sem muita convicção. – Os índios, de perder suas terras, de serem escravizados...

– E temem a morte?

– Por que deveriam? A salvação das almas e a libertação dos corpos são encontradas após a morte.

Coluna sentou-se outra vez e estendeu a manta sobre a qual dormiria. Deitou-se de lado, apoiado em um cotovelo, observando seu anfitrião. Padre Bernardo era robusto, algo indefinido entre os trinta e os quarenta anos. Desde a primeira vez que o vira, ainda no Forte em Rio Pardo, tivera essa impressão de ser um homem que o mundo já forçara a tomar todas as decisões de que necessitava, e tomando-as como inevitáveis, ocupava-se agora em não deixar transparecer a determinação com que seguiria rumo ao inexorável.

– A salvação das almas... – Coluna, retomando o assunto. – Ano passado, vi a cabeça de homens espetadas em pontas de chuços. Um primeiro aviso, disseram-nos. Pelo andar das cousas, terei o desgosto de em breve juntar armas com os castelhanos e combater os índios. Não creio que haja alguém que deseje uma guerra, padre. Não deste lado do oceano. Mas as decisões não são tomadas aqui. Vossa mercê sabe disso.

– Nossa missão é cuidar do rebanho de Nosso Senhor. E os índios são melhores cristãos do que qualquer homem branco que eu já co-

A conversa dali não avançou.

Após o jantar, o capitão escolheu uma área mais aberta e fez uma fogueira, tirou a casaca e as botas e ficou sentado olhando o céu estrelado e escutando a madeira crepitar. Com o apagar de cada vela e o adormecer de cada habitante, a missão desaparecia aos poucos ao seu redor, isolando-o. Escutou passos aproximando-se, e logo surgiu padre Bernardo, sentando-se ao seu lado. Pediu desculpas pelo tom empolgado de seus colegas durante a ceia, mas que compreendesse que eram tempos difíceis, e os ânimos andavam exaltados.

— Estão a perder tempo ao discutir tais assuntos comigo, padre. Sabe muito bem que não tenho autoridade nenhuma sobre a situação de vossas mercês.

E dito isso, ficou quieto outra vez. A noute os envolveu, o mundo escurecia e silenciava, como se já tivesse se acabado e apenas eles dous ali restassem. O capitão cortou o silêncio comentando que, no dia anterior à sua partida de Rio Pardo, trezentos índios atacaram o forte — havia quem dissesse serem mais de mil, mas era exagero — e a única certeza era a de serem liderados por um jesuíta. Três soldados foram mortos, e o tenente Francisco Pinto Bandeira saiu flechado no ombro. O ataque que se iniciou na madrugada durou até as nove da manhã. Coluna disse tudo de um modo muito casual, como se fosse algo comum e corriqueiro, apenas um detalhe sem importância na trama de eventos diários do mundo, e o fazia para testar a reação de padre Bernardo. Que, como previra, foi de indignação: não era possível, disse, devia ser fruto dum engano. Em sua opinião, jamais um jesuíta se desvirtuaria de sua doutrina de tal forma. A própria Companhia de Jesus havia determinado que saíssem de suas terras, e cumpririam suas ordens tão cedo se confirmasse se o Tratado de Madri seria seguido à risca ou não. Sempre havia a possibilidade duma reversão favorável aos jesuítas, e os boatos recentes confirmavam essa hipótese. Mas não era por ser o rei de Espanha meio lerdo em decisões que iriam se precipitar à violência de tal forma.

— Além do mais, não nos compete intrometermo-nos em assuntos de príncipes — lembrou o padre. — A doutrina de São Inácio de

riam os jesuítas outra cousa que não somente sua concordância com o que haviam dito?

Coluna bufou. Disse-lhes que não via diferença entre a rotina regrada e funcional das missões jesuítas com a de seus soldados em Rio Pardo, com a vantagem para os índios de que talvez fossem mais atentos ao cumprimento dos deveres do que seus homens, e que encarassem isso como elogio, se assim o desejassem. Um dos jesuítas duvidou que algum soldado tocasse música tão bem, ou que esculpisse imagens sacras mais belas do que aquelas feitas pelos índios. Coluna lançou ao padre um olhar incisivo e frio, dizendo-lhe que não era um conhecedor de artes em particular, mas que esculpir um santo para devoção não era diferente de montar um rifle, se a arte era feita somente por estar a serviço da conversão, então ambas eram tarefas que existiam para ter utilidade e, por mais bem executadas que fossem, continuavam sendo apenas tarefas.

Seus comentários, como previu, não foram bem recebidos. Padre Bernardo perguntou-lhe se alguma vez já estivera em Roma, se já vira a Capela Sistina, e se chamaria aquilo de uma mera tarefa. Ao que o capitão perguntou-lhe se alguma vez já matara um homem em nome de Sua Majestade, e se chamaria aquilo de uma mera tarefa.

O mais velho dos jesuítas redarguiu que o capitão era por demais tomado de um senso prático, comum aos militares. Isso o impedia de compreender que, mesmo que uma obra fosse executada sob encomenda de outros, não se estava impedido de acrescentar detalhes muito próprios ao estilo de seu executor – e que tais detalhes não somente eram dignos de reconhecimento, mas que, por vezes, superavam em qualidade o intento original de quem patrocinava o trabalho. Assim como as melhoras obras foram executadas sob encomenda, os mais exímios assassinos recebiam as maiores distinções. Era assim o mundo, era assim o homem.

– E que lugar há para os que se recusam a executar aquilo que lhes pedem? – insistiu o capitão, com um sorriso de canto de lábios (afinal, chegavam ao ponto que queria). – Aos que se rebelam, aos que deliberadamente ignoram suas ordens?

– A fogueira e a forca – respondeu o ancião. – Ou o martírio.

luna respondeu-lhe, seco, que aquilo era um problema seu. E mandou-lhe juntar os cavalos dos seus homens mortos, que os levaria de volta.

– Preciso consultar o morubixaba – disse padre Bernardo.

– Não preciso da autorização de vossas mercês.

Então, o jesuíta lhe explicou que vinham discutindo, nos últimos dias, a possibilidade de atear fogo ao jardim, como forma de desentocar o que quer que vivesse lá dentro – com a chegada do capitão, acumulavam-se problemas aos jesuítas devido à simples proximidade com aquele lugar.

– Ambos sabemos, padre, que não é a minha presença aqui a tornar urgente que se resolva essa situação. A depender do que houver dentro da torre, não creio que nossos interesses em relação a ela sejam... convergentes.

– Não compreendo do que vossa mercê fala.

– Pois bem, me dê um dia. Partirei amanhã pela manhã e, se não regressar até o anoutecer, então, no dia seguinte, façam com o lugar o que quiserem.

Padre Bernardo pareceu satisfeito com a proposta, mas a palavra final ali não era sua, precisava antes entrar em acordo com o morubixaba, o alferes-mor e o corregedor. O capitão revirou os olhos e deu de ombros: pois consulte, disse, num tom indiferente, a deixar claro que concordava somente por cortesia. Mas a resposta foi positiva. Ofereceram-lhe uma cela desocupada para que passasse a noute, mas o capitão preferia dormir ao relento. Ao menos nos acompanhe na ceia, pediu-lhe o padre, ao que consentiu. Durante a refeição, escutou em silêncio o grupo de religiosos exaltarem a simplicidade pia da vida na missão, a beleza dos trabalhos artísticos dos índios ao funcionamento econômico, onde não havia dinheiro e tudo funcionava a base de permutas. Tudo isso Coluna escutava sem nada falar. Por fim, cansados do silêncio do jovem capitão, perguntaram-lhe o que achava do que haviam lhe dito. Coluna parou de comer e encarou aquele que o questionara, o mais velho dos jesuítas. Não tinha vontade de falar, era um esforço tornado ainda mais cansativo por sua crença na inutilidade de se dizer qualquer palavra – afinal, quere-

– Antônio Coluna, padre.

– Faria a gentileza de me acompanhar?

Coluna grunhiu algo ininteligível e apeou, entregando as rédeas a um índio. Seguiu padre Bernardo até a igreja. No caminho, o jesuíta perguntou se estava a par do problema envolvendo o entreposto de Calavera Gris (sabia que o capitão estava, mas era um modo de alongar-se no assunto). Entraram na igreja. Coluna tirou o chapéu tricorne e olhou de relance o altar, não lhe dando maior atenção. Cruzaram a nave e passaram ao cabido em anexo, onde sentaram-se os dous ao redor de uma mesa. E então o jesuíta lhe explicou: dos três que entraram nos jardins que circulam Calavera Gris, apenas um foi encontrado – morto à beira do rio, como de costume, com os pulmões arrancados. Dos demais, nunca mais tiveram notícias. O índio que os acompanhara e que ficara do lado de fora cuidando dos cavalos relatou ter escutado gritos e logo após fugiu assustado de volta à missão. Seguramente, estavam todos mortos.

– Quanto tempo faz?

– Foi logo no segundo dia após chegarmos de Rio Pardo. Duas semanas, creio.

– Duas semanas? E não mandaram ninguém a nos avisar?

Padre Bernardo calou-se. Escolhia as palavras com cuidado.

– Muita cousa aconteceu – disse o jesuíta. – Como creio que vossa mercê está a par. Nenhum de nós podia afastar-se da redução. E não consideramos prudente que algum dos índios fosse enviado para dar o recado. Não sabíamos como poderia ser recebido.

– De quem era o corpo que encontraram sem os pulmões? Do garoto ou dos soldados?

– De um dos homens mais velhos.

Coluna respirou fundo. A luz do sol entrava enviesada por uma janela, denunciando a aproximação do fim daquela tarde. Precisava tomar uma decisão, e padre Bernardo ficava mais apreensivo conforme o silêncio se estendia. Por fim, o capitão de dragões anunciou:

– Completarei o serviço.

Padre Bernardo ficou surpreso. Perguntou-lhe como esperava dar conta, sozinho, de uma situação que três dos seus não puderam? Co-

2.

Um homem chegou à missão no primeiro dia do mês de março, arrastando consigo o ar grave e pesado da iminência de algo ruim. Montado numa égua de pelo castanho-claro, tinha feições duras, a leve miopia ainda não diagnosticada o forçando a semicerrar os olhos, fazendo com que parecesse ainda mais severo. A voz rouca em tom indiferente dava-lhe ares de aborrecido ou entediado. Anunciou-se como capitão do regimento de dragões e pediu para falar com padre Bernardo. Não apeou. Padre Bernardo chegou junto com o morubixaba, o corregedor e outros jesuítas. O rapaz tinha um estranho jeito de olhar em volta sem quase mover a cabeça, como quem finge não ver o que está a seu redor, mas secretamente toma nota de tudo.

– Em que posso lhe ser útil, soldado? – perguntou o jesuíta.

– Venho em nome de Tomás Luis Osório, tenente-coronel do regimento de dragões. Busco notícias dos nossos soldados.

Padre Bernardo respirou fundo e olhou à volta, certificando-se da presença dos demais, buscando coragem nos colegas para dar-lhe a má notícia. Reconheceu aquele jovem, já o tinha visto de relance no forte em Rio Pardo.

– Como se chama vossa mercê, soldado?

Em pânico, Licurgo correu de volta para o labirinto, tão desesperado que sequer via que direção tomava. Tropeçou numa daquelas placas de pedra com o símbolo do olho e rolou pelo chão, deixando cair a espada. Em resposta, o grunhido da fera, como que desperta, voltou a ser ouvido, muito próximo.

Licurgo ergueu-se num salto, continuou correndo, só parando ao encontrar o corpo de Henrique: as roupas rasgadas à altura do peito e o osso esterno quebrado, uma cavidade oca onde antes deveriam ficar-lhe os pulmões. Fez o sinal da cruz, sacou a garrucha e começou a carregá-la com pólvora e bala, enquanto a fera estava cada vez mais perto.

Envolveu-lhe uma consciência trágica de seu fracasso, não apenas em liderar seus homens naquele momento, mas sob todos os aspectos de sua vida – era a criança que tirara a vida da mãe, o irmão sem brilho que sobrevivera a outro mais merecedor, o filho abandonado como se mobília velha fosse, e o que mais havia para ele que valesse a pena o dia seguinte?, o que haveria ainda no mundo do qual fosse digno?, ele que por onde passava era incapaz de produzir algo de valor, ele que só trazia morte a todos à sua volta, por que continuar insistindo em se manter ali, ocupando o espaço onde qualquer outro melhor que ele poderia fazer algo, enquanto ele não fazia nada? E assim apontou a arma para o próprio peito e puxou o gatilho e uma revoada de pássaros levantou voo assustada com o estampido.

podiam ver melhor o entreposto, localizado bem no centro daquele imenso jardim: uma torre de pedra, quadrada, com uma pequena construção anexa, da qual só se via parte do telhado – parecia afundar no solo, em declive – e de onde uma fumaça branca emanava. Não poderia precisar a que distância a torre estava do pátio circular. Talvez houvesse um ou dous corredores de sebe entre eles.

Venha ver, chamou Pedro, avançando para o centro do pátio. Em Licurgo crescia uma sensação de desconforto. Todos os caminhos do labirinto pareciam convergir para aquele ponto, pois outras sete passagens para corredores de sebes abriam-se ao redor do pátio. No centro, ao chão, havia aquele mesmo símbolo da entrada, contudo de onde Licurgo estava aquele "A" invertido assemelhava-se a uma cabeça triangular com um par de chifres.

Não..., disse para si mesmo e, depois, para Pedro:

– Vamos, não adianta ficarmos aqui.

Mas Pedro o ignorou e apontou para a torre: algo se movia no seu topo, como uma janela que fora aberta, pois, de súbito, viu o sol refletido nela. Licurgo insistiu para que Pedro saísse dali, mas foi ignorado: o reflexo agora se duplicava. O soldado forçou os olhos, tentando definir o que estava acontecendo ali, quando então o brilho do sol multiplicou-se por três.

– Mui lindo – disse Pedro, mas tão rápido quanto um pássaro vira o pescoço, aqueles três sóis convergiram num único e brilhante facho de luz direto para o centro do pátio, para Pedro. O soldado tentou proteger os olhos, a pele em seu braço tornou-se rapidamente vermelha, o sangue debaixo dela ferveu e encheu-a de bolhas. Ele gritou e se afastou dous passos, mas o facho de luz o acompanhou: o pescoço também queimava, e as mãos. As roupas entraram em combustão e as chamas atingiram-lhe os cabelos, logo ele todo estava envolto em chamas. Caiu de joelhos, a boca aberta num grito horrível e resignado, enquanto a pele enegreceu em segundos, e a pólvora que trazia na bolsa à altura da cintura estourou, arrancando-lhe um naco da coxa.

Caiu ao chão já sem vida, ainda envolto em chamas, escurecido e encolhido.

mais próximo e logo os atingiria. Outro rosnado e um grunhido gutural como o de um cão rouco; Jesus Cristo!, gritou Henrique do outro lado. Licurgo e Pedro compreenderam que era lá que o animal estava.

Escutaram o grito de Henrique, seu corpo ser derrubado contra o chão num baque abafado pela grama, aquele rugir de cão raivoso, gritos incompreensíveis, um pedido de ajuda histérico e o inconfundível som de mastigar. Henrique gritou uma última vez, seu grito foi cortado ao meio por outro grunhido e substituído por um gorgolejo, e toda aquela cacofonia moveu-se com um esfregar da grama – Henrique era arrastado –, afastando-se dos dous até silenciar. Licurgo e Pedro correram na direção oposta ao som.

Estavam com sede. Pedro sacou sua garrucha e propôs um pacto: se algum deles fosse pego por aquela fera, fosse o que fosse, o outro lhe daria um tiro de misericórdia. Licurgo consentiu, sacou o sabre e tentou criar uma marca em forma de cruz no chão gramado (e então lhe ocorreu que, se tivessem feito isso desde o começo, talvez não estivessem naquela situação). Por quanto tempo mais caminharam, não sabia dizer, mas o sol estava cada vez mais forte. Quando por fim deram outra vez com aquela marca feita por eles no chão, Licurgo levou as mãos à cabeça em desespero. Pedro resmungou: precisava se sentar, precisava beber um pouco d'água, o sol estava muito forte. Ecoou um grunhido, e não era nenhum deles. Seguiu-se novamente aquele resfolegar, o ar entrando e saindo pesado de narinas: estava do outro lado da sebe, farejando. Os dous permaneceram rijos e silenciosos até sentirem que aquela presença paralela se afastava. Então, com gestos pedindo silêncio, Licurgo se levantou, depois Pedro, e, devagar, caminharam na direção oposta à dos sons.

Que caminho tomaram dessa vez, já não sabiam dizer, mas foi com alívio que viram algo diferente: o corredor de sebes terminava em duas colunas de pedra com um pórtico semelhante àquele da entrada do labirinto. Uma vez ultrapassado, dava num largo pátio circular, o chão pavimentado não com pedras, mas com tijolos de cerâmica. Diferentemente de boa parte do labirinto, ali o chão era bem cuidado, não havia grama nem musgo, e refletia bem a luz do sol. Dali,

o caminho, mas suas decisões em reação a ele. Licurgo via sua liderança fracassar a cada vez que hesitava frente a uma nova intersecção. A certa altura, Henrique irritou-se, tentou escalar a sebe, esquecendo-se das esporas metálicas que havia em seu meio, espetou-se e caiu com um som fofo, pois o chão já era agora todo gramado. Sua mão sangrava com o corte.

Ao baque surdo provocado pela sua queda, seguiu-se outro, um pouco distante, e os três puseram-se em alerta. Em resposta, veio-lhes somente o silêncio. Continuaram caminhando, tentando usar o sol como referência, mas sem sucesso. Henrique, chupando o dedo na tentativa de fazer com que parasse de sangrar, começou a resmungar que ficariam ali dentro até o fim dos tempos e morreriam de fome. Licurgo mandou que se calasse, e instalou-se um clima desagradável (era a primeira vez que dava uma ordem a um deles, e fora uma reprimenda). Para o garoto, aqueles dous o estavam testando, dizendo tais bobagens para amedrontá-lo, ver de que barro fora moldado. Talvez devesse complementar sua ordem com alguma palavra que os tranquilizasse, mas não sabia qual. Seu pensamento foi afastado ao ouvir, outra vez, o mesmo leve tremor no chão, como um galope macio, os passos pesados de algum animal. Virou-se para seus dous soldados, mas só Pedro ainda o seguia.

– Que é do Henrique?

Pedro, surpreso com a pergunta, também se virou. Não compreendia: Henrique estava logo atrás ainda há pouco, na última (ou penúltima) bifurcação. Gritaram por seu nome, e Henrique respondeu: estava do outro lado da sebe, rente a eles. Havia parado para enfaixar o corte na mão com um trapo, mas, quando se virou, os dous já estavam distantes; pensou ter tomado o caminho certo, mas, pelo visto, se enganara. Licurgo pediu que mantivessem a calma, fossem todos seguir na mesma direção, que cedo ou tarde haveriam de se encontrar.

Porém, veio de muito perto um rosnado, e os três se calaram. Teriam escutado mal? Num primeiro instante, seguiu-se o silêncio, mas logo ouviram patadas contra a terra, o golpear de um galope furioso. Licurgo e Pedro ficaram de costas um para o outro, os sabres desembainhados, fosse o que fosse ia na direção deles, pois ficava cada vez

Olhou para o caminho à esquerda e, depois, para o outro, à sua direita. Não vendo diferença prática entre um e outro, escolheu aleatoriamente, e os dous soldados o seguiram. O primeiro corredor logo chegou ao fim, e uma passagem abria-se à esquerda para outro corredor paralelo. Os três se entreolharam, mas nada disseram, avançando em silêncio por aquela nova passagem. Encontraram uma placa de pedra no chão gramado e, nela, havia o desenho esculpido de um olho. Logo deram noutra abertura na sebe, para mais uma trilha paralela. Por fim, chegaram a um beco sem saída onde, em meio à sebe, havia uma pilastra com um buraco na forma do mesmo desenho de olho que viram antes. Henrique encostou o rosto ali.

– Posso ver um pátio do outro lado – disse.

– Então, temos de retornar – concluiu Licurgo – e nos guiarmos nessa direção.

Falar era fácil: era já meio-dia, e o sol no auge não dava sombras que servisse de orientação. Logo mais, estas se inclinavam na direção oposta, de modo que já não tinham bem certeza se voltavam pelo mesmo caminho pelo qual entraram. Deram com mais alguns cantos para os quais não havia saída, vez que outra encontrando no chão aquelas placas tenebrosas com o desenho de um olho a dar-lhes a sensação de que os vigiava. Custou a Licurgo perceber o óbvio: que o jardim era um labirinto. Mas mesmo ele, o mais ilustrado dos três, não estava lá muito acostumado à ideia de um labirinto, e quando o soldado Pedro sugeriu que talvez o jardim fosse enfeitiçado e era a sebe que mudava de posição e não eles, chegou mesmo a cogitar essa possibilidade antes de sacudir a cabeça em negativa, rejeitando qualquer superstição.

Como poderia esperar encontrar um labirinto perdido a meio caminho de Sacramento? E ainda mais perder-se ele próprio dentro? Fosse dado a alegorias, tiraria dali uma lição que talvez lhe fosse útil para encontrar a saída. Mas qual? Licurgo não pensava em alegorias. Os sucessivos infortúnios que sua vida lhe impunha não eram compatíveis com o trajeto de contínua tomada de decisões que um labirinto proporciona (ou melhor: exige). E, talvez, aí estivesse a lição que precisasse entender: de que não era o acaso que lhe determinava

Deixaram os cavalos com Miguel. Dali por diante, andariam sozinhos. Superado o barranco, avançaram poucos metros até perceberem onde o chão que pisavam era deformado por largas e finas placas de pedras, já quebradas pela ação do tempo, de raízes que as erguiam, grama e musgo crescendo entre as rachaduras. Seguiram aquela trilha até se depararem com um muro, da altura de dous homens, coberto de hera e musgo. Haviam sido alertados sobre aquele muro, cercando toda a área do entreposto e seus jardins, e que possuía uma única abertura por onde poderiam entrar. Seguindo a orientação deixada pelos jesuítas, acompanharam o muro pelo lado direito, Licurgo à frente, com frequência esticando o braço para tocar-lhe as pedras úmidas. Por fim encontraram a passagem: um pórtico aberto na pedra, sustentado por duas colunas e tendo no topo esculpido o que lhes pareceu ser uma versão desgastada das armas de Espanha, à qual se sobrepunha um símbolo curioso que a eles se parecia com uma letra "A" tombada à esquerda.

Licurgo virou-se para olhar seus dous soldados, que, por sua vez, também o observavam, em silêncio, na espera de que ele fosse o primeiro a entrar. O garoto suspirou e, resignado, deu o primeiro passo. Os outros dous foram logo atrás.

Entraram em um pequeno pátio circular, o chão pavimentado por tijolos cor de terra, a maioria já quebrados, produzindo um curioso som de mastigar conforme pisavam. No centro, havia um canteiro igualmente circular, com uma fonte que desde muito tempo já não funcionava mais, e por onde outrora deveria sair água, agora folhas e flores, lilases e rubras, brotavam em cachos. Licurgo percebeu algo escrito na cerâmica e, afastando algumas flores, viu ao redor da borda: *No hay Destino*.

O pátio era rodeado por uma sebe densa e alta, na qual se abriam apenas dous caminhos gramados. Licurgo tentou meter o braço dentro da sebe, mas não sentiu a mão encontrar o outro lado, ao contrário, acabou espetando-a em alguma coisa metálica em seu interior. Chacoalhou as folhas, mas estavam bem presas, e viu que no meio do azarve havia colunas de pedra a intervalos regulares, com caniços entrecruzados a dar sustentação.

Padre Bernardo deu-se por satisfeito, era o efeito desejado. Os três ganharam quartos num prédio ao estilo quarteirão espanhol, de pátio central e alpendres internos, que servia de orfanato para crianças e asilo para velhos. Licurgo descobriu-se apaixonado por tudo naquela Missão, imaginando que, se lhe fosse dada a oportunidade – que bem sabia ser inexistente – de ficar ali e ali viver para sempre, de bom grado a teria aceito.

Às quatro da manhã, o sino tocou. Os três soldados foram convidados a tomar o desjejum junto dos jesuítas e do morubixaba da redução, e o mesmo Miguel que os recebera no dia anterior foi designado para guiar-lhes até Calavera Gris, distante a meia légua da povoação.

Montaram seus cavalos e atravessaram o bosque. No que consistiria seu trabalho, afinal de contas?, perguntou um dos homens. A verdade é que nem Licurgo tinha uma ideia clara. Se houvesse soldados espanhóis no entreposto, deveriam retornar a Rio Pardo e comunicar o fato imediatamente ao tenente-coronel. Caso contrário, fosse o que fosse, tinham ordens de resolver a situação de um modo definitivo, e à força, se necessário.

No caminho, perguntaram ao índio sobre o que sabia do entreposto espanhol. Miguel os olhava de modo desconfiado, como se a pergunta em si fosse absurda. Respondeu: o demônio, é claro. Contou que volta e meia alguém, gabando-se de coragem superior à dos demais, tentava chegar ao entreposto atravessando o jardim, e todos sabiam que o encontrariam morto no dia seguinte, sem os pulmões. Calavera Gris atraía os insensatos. Durante o dia, nunca viram ninguém, então, certa vez, montaram guarda à noute, logo à entrada. Viram um vulto mover-se nas sombras, a podar a sebe. Mas, mal os índios aproximaram-se, o vulto sumiu para dentro do jardim, e ouviu-se um rosnado intimidante. Nunca mais chegaram perto dali.

As árvores em seu caminho agora estavam tão próximas umas das outras que quase não era possível ver o céu. Desmontaram dos cavalos para atravessar a mata, puxando-os pelos arreios, mas então chegaram ao pé de um barranco onde um alvoroço de raízes, troncos e pedras entrecruzadas tornava impossível avançar com os animais.

parou para fazer o catecismo, e depois orou mais um pouco enquanto sua mulher preparava o jantar. Entre as oito e as nove horas, os fogos da redução foram apagados e todos foram dormir. Foi um dia bom. E hoje, como foi seu dia?, perguntaram-lhe os soldados, ao que Miguel disse: levantou as quatro horas com o tocar do sino, rezou, foi acordar os filhos... Ao que o soldado Henrique, para provocar o padre, interrompeu-o perguntando o que Miguel faria no dia seguinte: levantará as quatro horas com o tocar do sino, rezará, acordará os filhos... Mas é assim todo dia? Todo dia não, pois domingo é dia de missa. O soldado Pedro, em tom de bazófia, imitou o balir de uma ovelha. Licurgo não gostou e interrompeu aquele chiste pedindo que padre Bernardo falasse mais dos missioneiros. Padre Bernardo disse que ali eram devotos, mas não eram ingênuos, e se as aglomerações atraem maus hábitos nas gentes, ali tinha-se um grau de integridade que ao primeiro olhar parecia incompatível com os hábitos citadinos. Uma pena que, a tudo isso, pairava a ameaça de ter que ser abandonada. Mas esse medo, se existia, não parecia refletido nos olhos dos índios.

Ao entrar na redução, porém, Licurgo não pôde evitar distrair-se com a prometida beleza. Afetadas pela chuva do dia anterior, grama e árvores baloiçavam num verde intenso, como o eram também os tons alaranjados e terrosos das casas de tijolos. Ali tudo era tomado de frescor e vitalidade, cheirando a terra úmida – o oposto do que Licurgo associava às povoações em geral, cheias de odores rançosos.

Acima do vilarejo, no setor murado destinado aos jesuítas, estava a igreja: era a maior construção que já vira em toda a sua curta vida, maior que a igreja de Sacramento. As torres erguiam-se majestosas num tom vibrante do arenito vermelho, mais uma adição à paleta daquele dia. O sino bateu as horas logo que chegaram, limpando o ar com seu tinir vibrante e cristalino. Uma vez lá dentro, foram embasbacados com o fulgor doirado e opressor do altar em seus entrelaçamentos de frutas, anjos de traços indiáticos e virgens de seios nus, iluminados por jatos de luz transbordando das janelas no alto da nave. Eram como pessoas num desenho de Piranesi, a constar ali apenas para fins de escala, lembrando-nos da própria pequenez do Homem.

a marcha, sempre em silêncio exceto pelo resfolegar dos cavalos, passando ora por trilhas estreitas em meio ao mato, ora saindo em áreas mais abertas e descampadas. Estavam no limite do território indígena missioneiro, e por mais um dia inteiro de cavalgada, não encontraram viva alma.

No quarto dia depararam-se com os corpos de cinco homens e dous cavalos mortos, crivados de setas. Licurgo apeou e foi investigar os cadáveres: eram certamente espanhóis, mas não trajavam uniformes de soldados. Eram *blandengues*, concluiu Licurgo. Bandidos da pior espécie, arregimentados pelos espanhóis entre degredados, assassinos e ladrões, para servir-lhes como mercenários suprindo as carências do exército castelhano. Na ausência de guerras, saíam em bandos a matar e roubar dos missioneiros, sequestrando e estuprando suas mulheres e crianças. Gente sem lei, vadios e gaudérios. Os índios os chamavam de *gaúchos*.

No quinto dia, caiu uma chuva fina e curta, meio sem vontade e indolente, mais soprada pelo vento do que a descer por ação da gravidade, e, ao sentir a água bater-lhe no rosto, Licurgo percebeu que poderia passar o resto dos seus dias eternamente em movimento sobre um cavalo, a cruzar terras sem saber o que havia à frente, mas, de preferência, sozinho.

Na manhã do sexto dia, a chuva fina parou, o dia nasceu limpo e claro no verde vivo da relva e no ciano esbranquiçado do céu. Encontraram uma vaca deitada na grama, que levantou e se afastou devagar conforme passavam, e logo mais outras vacas pastavam, todas repetindo o mesmo reflexo de se afastarem deles num andar manso e encará-los com seu olhar parvo de bovino. Debaixo da sombra de uma árvore, surgiu um índio, que, ao reconhecer padre Bernardo, o saudou. Logo mais, outro índio chegou a cavalo, trotando, e juntou-se a eles. Chamava-se Miguel e falava bem o português. Fale-lhes da nossa redução, pediu padre Bernardo, diga que não estou mentindo. Miguel não compreendeu bem o que o padre queria, e se pôs a descrever seu dia anterior: levantou às quatro horas com o tocar do sino, rezou e foi acordar os filhos, tomou o desjejum e trabalhou até o meio-dia, quando parou para almoçar e descansar. Às quatro da tarde,

o menino fora deixado, desejava ajudá-lo, mas não queria ser identificado. Para tanto, receberia, através daquele jovem oficial, uma soma periódica que o ajudaria a estabelecer-se na vida, contanto que de forma digna e honrada. Sugeriu-lhe que, já que iniciara uma vida de pequeno ladrão, poderia compensar sentando praça no exército e fazer algo útil à Coroa. Com a primeira parcela de seu patrocinador anônimo, subtraídos o pagamento dos pequenos roubos que executara pela cidade, poderia começar como oficial inferior ao invés de praça de pré.

É uma verdade inconteste que só reconhece o valor de uma amizade quem já partilhou da solidão e da indiferença alheia, e Licurgo aceitou de bom grado aquela virada da roda da fortuna. Contudo, o oficial, rapaz muito rígido e ordeiro de nome Antônio Coluna, impôs-lhe que percorresse cada uma das casas e vendas do qual furtara algo e, admitindo o roubo, pedisse desculpas e pagasse o valor justo. Nem todos o receberam com a mesma cortesia e, por vezes, o oficial ameaçou sacar do sabre para acalmar os ânimos, contudo o garoto tirou dali uma lição que lhe penetrou até os ossos e, por mais que de minha parte deteste as lições morais ao final de fábulas, aqui reconheço que aquele garoto adquiriu desde cedo algo que muitos sequer concebem: um senso natural de dignidade.

Tinha o coração no lugar certo.

―――

Voltemos ao prado, onde o grupo se pôs em movimento mal o sol surgiu, sem muita vontade, num céu desmaiado e cinzento, em que a noute já ficara para trás e o vento continuava parado, um dia que parecia não querer começar movido por alguma preguiça celeste. A distância, viram um grupo de seis homens a cavalo saindo de um capão. Estavam perto do forte de Santa Tecla e bem podiam ser soldados castelhanos, mas Padre Bernardo ficou nervoso, pois na melhor das hipóteses não queria ser visto trazendo soldados portugueses para sua redução, e na pior, poderiam ser emboscados e mortos, pois ali no meio do nada ninguém lhes daria pela falta. Por fim decidiram evitar o grupo, metendo-se no meio de um capão, para depois seguir

do e que fosse assim tão fácil. Roubara uma simples maçã e, naquela noute, sentira-se culpado como se houvesse cometido um assassinato. A segunda vez foi mais fácil. Noutra ocasião, aproveitou o descuido do criador de porcos e furtou-lhe um pouco de toicinho. Mais adiante, uma galinha, que lhe rendeu boa quantidade de ovos. Por duas vezes quase o pegaram, mas desfez-se rápido do furto de modo a espantar suspeitas, a necessidade ensinava-lhe velhacarias. Mas logo a vida cobrou-lhe a conta: voltava uma tarde com os figos roubados de um pomar e, à sua espera na casa vazia, estava um jovem oficial de dragões. Já o vira algumas vezes por ali, um rapaz reinol da mesma idade que Matias, que fizera amizade com seu falecido irmão.

 Licurgo fez a única coisa que lhe restava fazer: fugir. O jovem oficial saiu correndo atrás. Com a habilidade de quem muito já subira em árvores, Licurgo escalou a parede de uma casa em dous pulos, subindo ao telhado, e dali para outro, na esperança de despistar seu perseguidor – contudo, se em teoria as ideias correm a perfeição, na prática a cousa é outra. Um dos telhados cedeu, e Licurgo viu-se caindo para dentro da casa de alguém, indo arrebentar-se sobre uma mesa, que lhe amorteceu a queda, mas dividiu-se em duas. Logo o oficial surgiu à porta, e o garoto saiu em disparada outra vez: cruzou quintais, galinheiros, pocilgas e pomares até ter certeza de que ninguém mais o seguia. Aguardou até o anoutecer, quando então, naturalmente, voltou para casa.

 Tomou o cuidado de certificar-se de que o oficial de dragões não estava em frente à casa e entrou pelos fundos, escalando o muro de pedras do quintal. Estava já bem tranquilo e relaxado que, ao acender uma lamparina, não viu a mão que o agarrou pelo braço e o atirou a um canto da parede. Pare de fugir, seu idiota, disse-lhe o oficial, pois que se continuasse por aquele caminho terminaria colgado num patíbulo. Licurgo lhe disse que não era ladrão, estava apenas a tomar emprestado, e tudo seria devidamente pago assim que seu pai retornasse. Mas seu pai não retornaria, disse-lhe o oficial, todos sabiam disso. O garoto calou-se, amuado. E o jovem oficial explicou-lhe que não estava ali para prendê-lo: representava os interesses de alguém, um parente distante que, sabendo da situação vergonhosa em que

sim desde sempre, era-lhe impossível dar pela falta de algo que nunca tivera.

Permaneceu alheio a tais conclusões pela maior parte de seus onze anos. Até o dia, poucos meses antes de seu abandono, em que uma cobra cruzou o caminho do cavalo de Matias. O rapaz foi arremessado da cela ao chão, em frente ao irmão caçula, de modo a quebrar o pescoço e render-lhe uma morte que Licurgo teria desejado mais rápida e indolor, para que Matias não tivesse tempo de lhe dizer, como sempre fazia desde pequeno, que não se preocupasse, que tudo iria ficar bem, mesmo que ambos soubessem que nada ficaria bem.

Entre aquela manhã e a outra, a do abandono, não se lembrava de quase nada. Durante o enterro, nenhuma palavra foi trocada entre Licurgo e seu pai. Não havia o que ser dito. Os arranjos da partida foram feitos aos poucos, móveis foram vendidos, a compra de uma casa acertada e, então, o menino acordou para descobrir-se sozinho.

Naqueles primeiros dias sozinho, quando algum vizinho lhe perguntava, dizia que seu pai partira para acertar os últimos detalhes da compra da nova casa no Rio de Janeiro (destino inventado, jamais soube para onde o pai fora) e que o deixara ali cuidando da antiga. Num primeiro momento, viveu do que fora deixado na despensa e não saiu muito de casa. Para espantar o tédio, havia o baú de livros que pertencera à sua mãe, algo que o pai nunca considerou de grande utilidade e que Licurgo agora, movido pelo marasmo de sua solidão, descobria. Em meio a folhetos de histórias amorosas que não lhe interessavam naquela idade, havia um *Dom Quixote* completo em português, os dous primeiros livros de *Robinson Crusoé* em espanhol e um pequeno volume sobre *Bernardo del Carpio*. No começo, um tanto desacostumado à leitura, teve certa dificuldade (custou a diferenciar a letra "f" minúscula de um "s longo", de modo que, a princípio, julgou que o narrador fosse fanho), mas logo se tornou um leitor ávido. Enquanto durou a comida, a leitura o entreteve, mas mesmo a horta e o pomar da casa levavam algum tempo a darem frutos outra vez, e foi preciso sair à rua. A fome o atacou. O primeiro roubo foi seguido de uma euforia imensa, não acreditava que ninguém o tivesse segui-

A lembrança daquela manhã de sua infância não era guardada nem com rancor ou mágoa, mas com um senso resignado e melancólico de inevitabilidade. O dia em que, aos onze anos, sentado no jardim gramado da casa que não sabia se ainda era sua, os cotovelos sobre os joelhos e o rosto entre as mãos, ao mesmo tempo querendo chorar, mas contendo o choro por um senso vago de dignidade viril copiada dos adultos, deu-se conta da fragilidade iminente do seu pequeno mundo doméstico e descobriu-se completamente só. Naquela manhã, despertara mais tarde que o habitual. Nenhum dos criados de seu pai viera lhe acordar com o desjejum (já que não havia mais criados), percorrera os cômodos vazios (já que quase não havia mais móveis) e então percebeu que todos haviam partido. O pai de Licurgo era um dos muitos homens de posses que abandonavam a cidade, acompanhando a saída de Sacramento do governador Vasconcellos, e os preparativos vinham sendo organizados ao longo da semana.

Mas passou-se a manhã, passou-se a tarde, e a casa ainda vazia e silenciosa, até que o garoto deu-se conta de que ninguém viria buscá-lo. Sentado sobre a grama do jardim, ali adormeceu. Foi a primeira noute que passou a céu aberto. Se, num primeiro momento, nunca houve motivo que o levasse a cogitar a possibilidade de ser deixado para trás no dia da mudança, agora lhe parecia tão natural que não era capaz de dedicar pensamentos rancorosos ao pai. Licurgo era o segundo filho, aquele cujo nascimento custou a vida de sua mãe no parto, e seu pai sempre lhe deixou bem claro que, tivesse poder de escolha, teria preferido o contrário. Não raro, dizia que Licurgo não se parecia com ele, que talvez nem fosse mesmo seu filho, mas, para Matias, o irmão mais velho, era a última lembrança de sua mãe, e nutria grande afeto pelo irmão caçula. Matias era sua família, e acostumou-se desde cedo – a ponto de parecer-lhe natural – que fosse tratado pelo pai como alguém cuja presença ali era apenas tolerada, em favor à memória de sua falecida mãe e ao apego do irmão. Se havia afeto naquela casa, Licurgo só recebia migalhas, mas fora as-

para Licurgo, Pedro disse em tom de chacota que o garoto deveria se juntar aos bugres de padre Bernardo, pois se agora Sacramento seria dos castelhanos, os nascidos lá não passariam a ser castelhanos também? Licurgo não gostou da brincadeira.

– Estás a dizer dislates – resmungou, levantando-se irritado e indo dar atenção a Cosme, seu cavalo. Notou que o animal, assim como o dono, também se mantinha afastado dos seus pares. Cosme levantou a cabeça na sua direção, mexendo as orelhas nervoso. – Sou eu, seu tonto – disse Licurgo, e buscou no alforje algo com o que escová-lo.

Era um animal meio andaluz, meio qualquer-cousa, de pelagem alazã, destes que, deixados soltos pelos primeiros europeus a chegarem na América, haviam se tornado raça nativa, da terra, dita crioula. Tinha cinco anos quando Licurgo o comprara de um oficial mais velho, o que em idade de cavalos equivalia a vinte de gente, e agora com dez, Cosme provavelmente ensinara ao garoto mais sobre montaria do que o garoto a ele. Foi a primeira cousa que Licurgo comprara para si na vida, ainda que com dinheiro emprestado pelo capitão, mas por vezes o cavalo, por ser mais experiente, comportava-se feito o proprietário dos dous. Com os olhos negros refletindo a luz do fogo, baixou a cabeça e cutucou a bolsa de Licurgo com o focinho.

– Não vou lhe dar doce, não – disse Licurgo. – Vossa mercê já comeu, Cosme.

A risada vulgar dos dous soldados veio-lhe aos ouvidos. Henrique contava ao padre da ocasião em que vira uma vaca de duas cabeças, e Pedro comentou que deveria ser o animal mais estúpido do mundo, pois se uma vaca já não é lá muito dotada de iniciativa, duas vacas no mesmo corpo, quando discordassem para qual lado pastar, provável seria que nunca saíssem do lugar. Licurgo revirou os olhos com mais aquela tolice. Então lhe ocorreu que quanto mais ao sul viajava, mais perto ficava de sua cidade natal, a disputada colônia de Sacramento, vista pela última vez cinco anos atrás. Sentia que nunca mais entraria nela de novo, e já lhe era agora como se fosse em outra vida.

arrancados. Ao longo dos anos, os habitantes da Missão aprenderam a evitar aqueles lados.

Assim, padre Bernardo fora escolhido por seus irmãos de ofício para viajar até o forte Jesus Maria José e expor seus argumentos ao tenente-coronel. Não vamos falar em subornos, que é cousa feia para homens de Deus, digamos apenas que padre Bernardo era hábil em falar um idioma universal, discreto e doirado, cujo alfabeto era cunhado em oiro na forma de efígies de reis. E tais foram as circunstâncias em que, não podendo dispor de nenhum de seus oficiais mais graduados, o tenente-coronel Osório achou por bem promover o jovem Licurgo, que era rapaz voluntarioso e esforçado, e dar-lhe a missão de, junto de dous soldados, descobrir que raios ocorria dentro daquele entreposto espanhol, pois, mesmo que agora os castelhanos fossem aliados, era sempre bom saber o que faziam por debaixo dos panos.

O que nos leva de volta, após esta longa e um tanto duvidosa história, para Licurgo e seus companheiros, que agora atravessavam um prado, em silêncio quebrado apenas pela orquestra monótona do zunido intermitente das cigarras, e o vento fazendo leves ondas no capim. Seis dias duraria a viagem, e Licurgo bem apreciaria manter-se em silêncio a maior parte do tempo, mas padre Bernardo achou melhor dizer algo e fez-lhes uma elegia da Missão, desdobrando-se em elogios à beleza da nave central da igreja. Os três soldados deram-lhe atenção mais por cortesia que por interesse. Pedro e Henrique – assim se chamavam aqueles dous – tinham quase o dobro da idade de Licurgo. Tendo ambos chegado ao Porto de Salvador sem permissões, foram, assim como muitos outros como eles, recrutados à revelia no exército e mandados ao sul. Não havia muito que conversar com eles.

Ao redor da fogueira, à noute, os dous conscritos falaram ao padre sobre suas vidas antes de chegarem à colônia, da viagem pelo mar e as cidades que conheceram vindo de Salvador até ali no sul, e ouvindo tudo isso Licurgo se amuava ao pensar que do mundo só conhecia o que havia entre Sacramento e Rio Pardo, e não era muita cousa. A certa altura, a conversa desandou para política e, apontando

acharam melhor ficarem quietos em seu canto. Perturbava-os também a proximidade com um antigo entreposto espanhol, conhecido como Calavera Gris, que julgaram abandonado e assim desejavam que continuasse.

Tudo mudou, é claro, nos últimos quatro anos: com a assinatura do Tratado de Madri, a Colônia de Sacramento seria agora entregue aos espanhóis e, em troca, o território dos Sete Povos, aos portugueses. Faltou combinar com os índios, claro, mas na hora de se rever os mapas, ninguém lembrou da redução jesuítica portuguesa de padre Bernardo, que ficaria solitária no meio do território espanhol. A salvação viria em delicadas negociações com o governador de Buenos Aires, feitas através de um emissário. Este, quando finalmente veio visitá-los, garantiu que a situação estava perto de ser resolvida (o que era dizer muito e não dizer nada), mas, ironias desta vida, no regressar a Buenos Aires, decidiu vistoriar as ruínas de Calavera Gris e avaliar suas condições, já que cedo ou tarde seria reformado e reocupado. O fez sem comunicar aos missioneiros; se o tivesse feito, ter-lhe-iam alertado do perigo. Resultado: na manhã seguinte, o corpo do emissário foi encontrado às margens do rio, o peito aberto e os pulmões arrancados. Os missioneiros entraram em desespero, não seria preciso muito para que as autoridades em Buenos Aires os acusassem de assassinato – quando o assunto é a posse de terras, coloca-se a culpa nos índios por qualquer coisa que se convenha. A única forma de se livrarem de tal acusação seria encontrar o verdadeiro responsável.

Todavia, para que isso ocorra, é preciso admitirem um pequeno segredo: Calavera Gris nunca estava desabitada. Dês que ergueram a Missão, sabiam disto por três motivos que havia alguém zelando pelo entreposto. O primeiro é que era possível ver fumaça saindo de uma chaminé. O segundo, que a torre e o salão que formavam aquela construção peculiar eram cercados por um extenso jardim de sebes altas, este, por sua vez, todo murado, e o jardim mantinha-se bem cuidado, embora nunca tivessem visto quem fosse o jardineiro. O terceiro motivo era que aqueles poucos que entravam no jardim apareciam sempre na manhã seguinte nas margens do rio, com os pulmões

cessário para que a hierarquia seja cumprida. Não exija dos seus homens o que não estiver disposto a fazer vossa mercê mesmo. E lembre-se que é responsável pela conduta deles, se não por lei, ao menos por moral, pois estão sob o seu comando. Agora, vá.

Licurgo assentiu com um toque na aba de seu chapéu tricorne, montou no cavalo e chamou os soldados. Na entrada do forte, protegido à sombra do posto de observação que se erguia por sobre o portão, juntou-se a eles um quarto membro daquela expedição, um padre de nome Bernardo, vindo d'uma redução jesuítica portuguesa para onde agora partiam todos. Em silêncio, o capitão os observou distanciando-se, depois subiu os degraus de pedra até a casa de intendência, e ali ficou parado à porta, vendo o grupo atravessar o rio numa balsa para então desaparecer no horizonte. O tenente-coronel Osório, vendo o capitão ali parado, perguntou se o padre já havia partido, o que o capitão confirmou.

– Pago para ver – resmungou o tenente-coronel.
– O quê, senhor?
– Esse jesuíta. Pensa que me engana. Pago para ver.

Com a vida dos outros, pensou o capitão, mas guardou esse pensamento para si.

Deve ter lhe causado estranheza minha afirmação de que a redução de padre Bernardo era portuguesa, pois é sabido que a grande maioria naquelas terras eram fiéis à Espanha. O próprio padre Bernardo tratou de explicar à sua pequena comitiva que, vinte anos antes, a Província Brasileira da Companhia de Jesus, para melhorar suas relações com o governo, propôs catequizar os índios próximos ao Rio Negro, criando um ponto de apoio a meio caminho entre a Colônia de Sacramento e Laguna. Teve apoio do governador Gomes Freire, que via a proposta como uma forma de conter a expansão do território indígena missioneiro, evitando assim que as fronteiras deste se avizinhassem demais de Montevidéu. Contudo de boas intenções enchem-se as prisões. As indas e vindas da política ibérica fizeram crescer a movimentação militar na região, e os missioneiros portugueses

fiarias a tua vida a ele, mas jamais deixaria que ele soubesse disso. E de Licurgo, em específico, pesava a opinião geral de que era um *bom garoto*, ainda apegado ao que lhe fora dito sobre o mundo, sem ter a oportunidade de testar suas certezas frente à realidade. Era fácil gostar dele, pois era fácil confiar nele: seus olhos, de um tom de mel quase doirado, brilhavam com a rara conjunção de espontaneidade e simplicidade a demarcar a retidão de seu caráter, um senso natural de decência para com os outros, comum aos que ainda não foram esmagados pelo mundo. Simplicidade e retidão: duas qualidades que com muita frequência são confundidas ou desmerecidas como ingenuidade. Contudo, ele podia ser inexperiente, mas não era ingênuo.

Já o capitão Antônio Coluna era o oposto em temperamento ao seu irmão de armas: um tipo estoico, que, à primeira vista, parecia indiferente a tudo, mais rígido consigo que com os outros, e, mesmo sendo um homem de feições agradáveis, havia nele algo de inalcançável, um distanciamento natural. A voz de comando e a rigidez nos pequenos gestos pareciam movidos por um senso de superioridade comum aos portugueses reinóis bem-nascidos (dizia-se que tinha um título de nobreza que não era pouca cousa, mas o próprio capitão nunca dizia qual e desconversava quando perguntado). Ainda assim, era respeitado, e jamais alguém poderia acusá-lo de agir de modo injusto ou arbitrário. Era, em suma, o tipo de homem que um garoto como Licurgo, a cabeça embalada pela leitura de meia dúzia de narrativas aventurescas, elegia como modelo de comportamento e herói. Ainda que, em seu orgulho juvenil, jamais admitisse que sofrera influências alheias, Licurgo imitava-o nos gestos e no tom de voz, mesmo que seu temperamento impulsivo fosse em tudo oposto ao do capitão. E era provavelmente o único que o considerava um amigo.

— Não deixe evidente o que está pensando — aconselhou-lhe o capitão Coluna quando se despedia do garoto na praça de armas da fortaleza, a olhar de soslaio para os outros dous soldados que o acompanhariam como subordinados (oficial de carreira que era, nunca confiava em conscritos). — Escute o que digo: não demonstre dúvida nem hesitação, do contrário pensarão que podem exercer influência sobre vossa mercê. Nem seja demasiado cruel ou rigoroso, apenas o ne-

bom trato aos animais da cavalaria, elevavam-no ao posto de alferes, prestes a receber pela primeira vez o comando de alguns homens – dous, para ser mais preciso. Entretanto, aquele que fora o principal patrocinador de sua ascensão e seu superior imediato, o capitão Antônio Coluna, não ficou muito satisfeito com as circunstâncias em que se dera a promoção. Não que considerasse o mérito injusto, pelo contrário, e certamente que naquela terra se envelhecia rápido ou se morria cedo, sendo preciso que se promovessem os mais jovens a oficiais antes que os mais velhos deitassem as alcatras por terra. Mas, se tivessem lhe pedido a opinião (não pediram), dir-lhes-ia que a tarefa delegada ao menino e seus dous soldados era uma completa perda de tempo.

O capitão estava agora de pé em meio à praça de armas do forte Jesus Maria José. O sol da manhã ainda não havia se erguido o suficiente para se colocar acima da paliçada, formada por longos troncos pontiagudos da altura de três homens, alinhados tão rentes uns dos outros que não era possível ver por entre as frestas, e era à sua sombra que ele aguardava. Observava o garoto, pelo qual tinha a estima e o cuidado que um irmão mais velho teria, e ansiava por alertá-lo, embora não tivesse bem certeza do quê. Havia algo para ser dito, e ele não era bom com palavras. Alheio a isso, o garoto Licurgo seguia abastecendo os alforjes em seu cavalo com vitualhas. A diferença de idade entre os dous era de cinco anos, por coincidência, a mesma entre Licurgo e seu falecido irmão mais velho, morto cinco anos antes num acidente com o cavalo – e o próprio Licurgo tinha, agora, a idade de seu irmão ao morrer, um punhado de coincidências numéricas que não lhe passaram despercebidas, mas às quais não deu maior importância.

O que posso te contar do jovem Licurgo? Ele era o irmão caçula com que todos precisam lidar, mesmo quando, no caso dos filhos únicos, a irmandade é promovida não pelo sangue, mas pelo afeto e pela amizade. Sempre ansioso por fazer parte de qualquer coisa em que se tome parte, pronto a demonstrar uma presteza e experiência que ainda não desenvolveu; sempre irritante e impertinente em sua insistência, mas, ao mesmo tempo, confiável e companheiro – tu con-

I.

UMA VEZ QUE CABE A MIM, teu narrador, a obrigação de narrar, e a ti, meu leitor, a de ler – se assim te apraz –, faz-se mister, por questões de cortesia, que nos apresentemos. Porém, não sendo possível que eu te conheça, não há sentido que conheças a mim, posto que cá eu ficaria em posição de desvantagem contigo. Permita-me, então, que aqui apresente somente minha intenção, e esta é a de narrar. E, ao fazer tal afirmação, estabeleço o compromisso de que te narrarei somente aquilo que vi; e o que não vi, ouvi; e o que não vi nem ouvi, li. Já aquilo que não vi, ouvi ou li, inventei, pois, se as passagens mais cheias de assombros e maravilhas são todas verídicas, coube às mais banais e cotidianas o fardo de serem todas fictícias, do contrário, como se sabe, a narrativa não anda, e é preciso dar verossimilhança aos fatos.

    Os fatos! Pois vamos a eles. No início de fevereiro de 1754, no regimento de dragões residente em Rio Pardo, no extremo sul desta vossa terra estranha que aí batizaram com nome de pau, havia um rapazola de dezesseis anos chamado Licurgo. Aos onze entrara no exército com o posto de furriel, cargo mais baixo dentre os oficiais e que consiste, tal qual diz o nome, em dar forragem aos cavalos. Eis agora que, por seu próprio mérito e empenho no tanto que dedicara

Ideia como, que a Tempestade ainda estava distante e anunciou ao Sr. Sokolaw que não haveria Risco algum. Disse isto pouco antes dum Raio Globular Azulado surgir e disparar contra sua Testa com estrondo de Canhão, estourando-lhe os Sapatos, queimando-lhe as Roupas e rachando a Porta do Cômodo, enquanto o Fio Metálico se partia e, tal qual Chicote incandescente, atingia o pobre Sr. Sokolaw. O Gravurista, ferido, encontrou nosso Amigo tombado no Centro duma Mancha Vermelha borrifada, morto, como direi?, tal qual um Artilheiro nos Destroços de sua Arma. Pois disso conclui-se, Senhores, que, se as Ciências travam uma Guerra da Razão contra a Superstição Obscurantista, ora, é Natural que, como toda Guerra, tenha-se lá suas Baixas – ou, como diria um Médico, o Paciente morreu, mas a Operação foi um Sucesso.

    Mikhail Lomonosov
    Publicado na *Pennsylvania Gazette* em 5 de março de 1754.

LIVRO III

A ESCURIDÃO SECRETA
DO CORAÇÃO DA TERRA

da missa o comovem, pois o sino caído e rachado está tão morto quanto os fiéis que rezavam o Dia de Todos os Santos e em ruínas estão os hospitais e as prisões e o palácio da Inquisição, que mais se pode fazer senão seguir em frente, sempre em frente, até chegar ao Paço da Ribeira para onde toda a gente flui, alguns quase nus e em pânico, e se espalha o boato de que haverá mais, haverá mais; mas o que mais pode haver se caíram os palácios e as igrejas e as prisões, mas então chega à beira do Tejo e vê que rio não há mais e tampouco o mar e vê os navios balouçando sobre o leito seco com seus tripulantes a encararem incrédulos as velhas carcaças de outros há muito afundados como se estes fossem os esqueletos de parentes desaparecidos atendendo a um chamado ancestral e então se pergunta para onde foi a terra, para onde foi o mar?, e como resposta o mar retorna maior e mais alto e rolam nas suas ondas todos os navios e as embarcações e cobre o cais e afundam nele os lisboetas sem distinção de sexo ou idade ou nascimento ou fortuna, ao ver a onda contra ele finalmente senta-se ao chão e deixa que o leve junto com as convicções e a ordem de um mundo que vê sua chama ser apagada.

NOTA DO AUTOR

PELAS LEITURAS CRÍTICAS E SUGESTÕES, meus mais sinceros agradecimentos a Antônio Xerxenesky, Bruno Mattos, Rodrigo Rosp, Guilherme Smee e Carmen Silveira.

Para esta edição, agradeço a leitura de Vivi Maurey e Vanessa Raposo, a diagramação cuidadosa de Edna Boderone, bem como a dedicação, paciência e atenção de meu editor Tiago Lyra com cada detalhe deste livro.

Sou particularmente grato aos sites dos projetos *Biblioteca Brasiliana Guita e José Mindlin* da USP e *Caminhos do romance no Brasil*, da Unicamp, pela digitalização de obras como o *Vocabulário Portuguez & Latino* (1728) de Raphael Bluteau, bem como de inúmeras obras portuguesas setecentistas sem o qual parte deste livro seria inviável. Também foram essenciais os livros: *Os dragões de Rio Pardo*, de Paranhos Antunes; o primeiro volume da *História da vida privada no Brasil*, organizado por Laura de Mello e Souza; *A cultura do romance*, organizado por Franco Moretti; *Arte de Cozinha {1680}*, de Domingos Rodrigues; *A Guerra Guaranítica: o levante indígena que desafiou Portugal e Espanha*, de Tau Golin; e *Monstruário*, de Mario Corso.

Não há registro impresso do texto traduzido em 1607 por Lucas Fernandes do *Hamlet*, e o trecho citado na primeira parte usa como base a versão de Luís I de Portugal, de 1877, com pequenas variações. Já a fala do Andaluz que encerra a quarta parte foi extraída de *Viagens d'Altina* (1790-1793), de Luis Caetano de Campos.

NOTA SOBRE A TIPOGRAFIA

Esta obra foi composta em Isidora, uma família tipográfica digital desenvolvida por Laura Benseñor Lotufo em 2010, baseada nos tipos utilizados no primeiro livro publicado em território brasileiro, *A Relação da entrada que fez o Excelentíssimo e Reverendíssimo Bispo D. Fr. Antonio do Desterro Malheyro, Bispo do Rio de Janeiro [...]*, folheto impresso por Antonio Isidoro da Fonseca em 1747, quando ainda era proibida a instalação de tipografias no Brasil. A família é resultado de um resgate tipográfico no qual se procurou traduzir a irreverência e o caráter de improviso do documento original e da oficina de Isidoro.

IMPRESSO PELA GRÁFICA STAMPA EM OFSETE SOBRE PAPEL OFFWHITE 60G.
PARA A EDITORA ROCCO em AGOSTO DE 2017.

Com licença da Real Mesa Censória.

e plantas e animais em uma sucessão desordenada de acontecimentos sem significado, é apenas o sinal dessa indiferença cruel da natureza. As cousas são o que são e vão e vêm sem que isso signifique nada, e mesmo assim nós seguimos adiante como abantesmas vivendo a assombrar a mente de outros.

O animal continuava a olhar para ele e então piscou, como se a princípio o intrigasse aquele discurso, mas depois ergueu o pescoço e virou o rosto para o sul, como se levado por uma reflexão. Abaixou a cabeça e cheirou o chão, levantou-a outra vez e olhou novamente para aquele estranho homem deitado à sua frente.

– Isso depende – disse o cervo branco – de quem é a mente em que vossa mercê vive.

E foi embora do mesmo modo como sempre surgiu, como se nunca tivesse estado ali.

Moscou, 23 de agosto

Senhores,

    É uma Certeza (creio) compartilhada por mim e pelos demais presentes de que se trata dum Novo Mundo de Ideias que nasce e, mesmo que não tenhamos a exata Noção do que está por vir, as Experiências propostas pelo Sr. Franklin são, ironias à parte, o Centro da Tempestade. Relato como Exemplo o que ocorreu ao nosso estimado Professor Georg Richmann. Em Julho último, ao ecoarem os primeiros Trovões, o Professor despediu-se de nós, seus Colegas da Academia de Ciências de São Petersburgo, e junto de seu Gravurista, o Sr. Sokolaw, saiu para a Rua às pressas, chegando rápido em sua Casa, onde já deixara preparado seu Experimento. Este consistiu em ter uma Barra de Aço pendendo no meio da Residência, suspensa por um Fio Metálico preso ao Telhado. Sob a Barra, uma Tigela cheia com Água e Filetes de Metal. Pelo Agulhão de Aço julgou, não faço

tificou-se de que não ficara nenhum pedaço da flecha dentro do corte. Do pouco de vinho que ainda havia em seus alforjes, jogou um pouco sobre a ferida, cerrando os dentes de dor, e depois bebeu o resto. Enrolou a mão na camisa molhada, pegou o cabo de marfim do punhal, cuja lâmina já estava incandescente, respirou fundo e pressionou o metal contra a ferida. Gritou. Seu urro assustou os pássaros e os animais e golpeou o chão com o punho e afundou os dedos na terra e continuou gritando de dor e raiva e frustração com um ódio devorador que engoliria o mundo e intimidaria o próprio diabo. A mão trêmula pegou o cantil e jogou água sobre a ferida, escutando a carne chiar. Então, caiu de costas e observou o céu.

O tempo parecia melhorar agora. Tinha uma longa jornada pela frente, que começava por encontrar uma montaria agora que sua égua estava morta e então chegar a algum povoado, mas tinha dificuldade em pensar, a dor o deixava meio parvo. Pensava na mãe e no pai, no irmão que perdera e no irmão que encontrara, em Ana Amélia e Cecília.

Não percebeu o pisar de passos aproximando-se exceto quando já estavam muito próximos e então virou o rosto e viu, ao seu lado a observá-lo sem nenhum medo, mas com alguma curiosidade, o cervo branco. Só agora lhe ocorria que animal magnífico era aquele, cujos esgalhos de três pontas pareciam-lhe um par de mãos abertas como se a dar ou receber uma graça divina.

— Por duas vezes vossa mercê me salvou, mas por que não salvou a menina? – disse Coluna, a voz rouca não mais que um murmúrio. – Os índios dizem que vossa mercê protege a caça, e os padres dizem aos índios que é o demônio, mas, se fosse o demônio, teria vindo atrás de mim, e não dela. Qualquer que seja o motivo, não faz diferença, não é mesmo? Não há lógica nem razão nem argumento que justifique por que estamos aqui, vossa mercê e eu, exceto talvez a incoerência de um devaneio.

O cervo continuou a observá-lo, imóvel.

— Acho que vivemos dentro de um sonho – continuou Coluna. – Mas que responsabilidade tem aquele que nos sonha? Para onde vamos quando ele desperta? O mundo que nos rodeia, com pedras

desse trazê-la de volta –, andando em círculos e bufando de modo febril, o estômago pronto a afundar em si mesmo e dentes e olhos cerrados com força querendo chorar, mas não sabendo como. Por fim, aceitou o inevitável; largou-a no chão, sacou o sabre e golpeou com força a primeira árvore à sua frente, e mais uma vez, e outra, arrancando lascas do tronco até a lâmina do sabre entortar e então continuou a golpear a árvore com os punhos até que sangrassem e depois passou a atirar-se contra o tronco até a dor na ferida do ombro tornar-se insuportável. Bufava com o rosto vermelho inchado e as mãos trêmulas.

A árvore continuou em seu lugar, imóvel e indiferente.

———

O rapaz havia sumido, deixando uma trilha de sangue pingado a perder-se de vista. Coluna não tinha interesse – tampouco condições físicas – de segui-lo, por mais que adorasse a ideia de inverter-lhe o jogo dos últimos dias. Haveria tempo agora, todo o tempo do mundo.

De pé frente ao lago congelado, levando o corpo de Cecília nos braços, passou algum tempo observando as placas de gelo fino boiando sobre a superfície da água no ponto em que há pouco as quebrara, como peças de um quebra-cabeça que não se encaixavam. De nada lhe adiantava adiar o momento, então deu o primeiro passo e avançou para dentro do lago. Sem as botas, podia sentir a água gelada bater-lhe nas canelas, depois nas coxas e por fim à altura do peito, olhou Cecília uma última vez e de memória veio-lhe a lembrança da canção de ninar que sua mãe lhe cantava, uma das poucas recordações que tinha dela e que, depois daquele dia, estaria disposto a esquecer. Murmurou a canção como o único presente de despedida que podia dar à menina e largou o corpo de Cecília na água escura e o viu boiar um pouco e depois afundar e então desaparecer.

O calor do sol era fraco mesmo que agora o céu estivesse limpo. Fez uma fogueira e atiçou as chamas abanando com o chapéu, largando o punhal sobre as brasas. Ferveu um pouco de água, tirou a camisa, molhou-a e lavou o sangue do entorno da ferida até que as bordas de carne descorada e intumescida ficassem bem visíveis, e cer-

criança assustada. Os longos cabelos loiros agora estavam soltos, e Coluna os enrolou em torno da mão. Levantou-se e arrastou o rapaz puxando-o pela cabeça, aos gritos, em direção ao lago gelado.

– Como vossa mercê disse, atendemos todos a uma força superior, e há um modo de se resolver questões como esta, devemos deixar a decisão nas mãos desta instância superior. Acredita no que dizem os padres, canalha, miserável, filho duma meretriz? Se vossa mercê afundar, é porque Deus está consigo!

E enquanto arrastava o rapaz, enquanto entrava no lago congelado quebrando a fina camada de gelo até a água ficar à altura de suas canelas, lembrou-se do motivo que o levara a continuar a carreira militar, a se tornar um oficial de dragões, do porquê de seus homens o obedecerem mais por medo do que qualquer outra cousa, lembrou-se que a sua própria rigidez de pensamento e a contenção de gestos não eram mais do que um frágil dique segurando um rio turbulento, uma máscara imposta pelos hábitos civilizados a lhe esconder e refrear uma natureza que não era nem boa nem má, mas que, na ausência de regras e rotina, tornava-se intensa e incontrolável para além das consequências.

Afundou a cabeça do rapaz na água, segurando-a com as duas mãos, ouviu-lhe o gorgolejar do ar saindo dos pulmões e sorriu e gritou de uma alegria descontrolada como nunca antes. Um vento soprou-lhe no rosto, frio e cortante, flocos de neve voltavam a cair, e pensou em Cecília. Veio-lhe a nítida impressão de ouvir a voz da menina o chamando.

Largou a cabeça do rapaz e saiu da água às pressas, atravessou o campo branco nevado não sem antes deter-se para cortar a corda do arco, que jazia onde o outro o largara. Entrou no capão e procurou pela raiz curvada onde havia deixado a criança, tomou-se de alívio ao vê-la ainda enrolada na manta. Agachou-se ao lado de Cecília e tocou-lhe o rosto para acordá-la.

Estava frio.

Puxou-lhe as cobertas e tocou-lhe as pequenas mãos já azuladas – em sua mente, ela ainda dormia, bastava acordá-la. Pegou a menina no colo e abraçou-a contra seu corpo – como se aquecendo-a pu-

espirrou sobre a neve. Agora um joelhaço no estômago, com a força capaz de trincar-lhe algumas costelas e expulsar todo o ar de seus pulmões, e o rapaz loiro curvou-se sobre si mesmo e caiu ao chão. Coluna agarrou a seta cravada em seu próprio ombro a puxou com força, gritando pela dor que aumentava sua força e sua raiva para um estado de ódio animalesco. Saltou sobre o arqueiro, segurando-lhe a mão direita, e na palma cravou-lhe com força a seta arrancada, o rapaz grunhindo chorosos nãos e oh-meu-Deus em tom tão infantil e assustado quanto constrangedor. O sangue escorria pelo ombro de Coluna, aquecia-lhe o corpo e aquecia-lhe a vontade de ser deliberadamente cruel.

– Sim, vamos terminar isto como cavalheiros – disse, ao agarrar seu oponente pela gola e batendo-lhe com a cabeça contra o chão, apoiando todo o peso de seus dous joelhos contra os ombros do rapaz e falando-lhe num tom monótono e professoral. – Como fidalgos que somos, o senhor gostaria de escolher as armas? Sabre ou espadim – seu punho desceu com força contra a têmpora do rapaz, abrindo-lhe um corte que sangrou copiosamente. – Talvez uma pistola?

Ergueu o braço direito do rapaz, o braço que usava para tensionar a corda do arco, e tomaria todo o cuidado necessário para que aquele braço jamais conseguisse ter força para puxar a corda de um arco outra vez: prendeu-o entre as pernas e começou a torcê-lo devagar até escutar o estouro dos ossos e das cartilagens se rompendo e o rapaz uivou de dor e berrou como um porco no abate e era isso que era: uma presa pronta ao abate, e Coluna berrou também, em imitação e escárnio, mas também em ódio incontrolável. Observou-lhe aquela pele branca e lisa do braço torcido que segurava com as duas mãos e num instante tênue, mas tão real que sua consciência pareceu se desprender de sua mente, viu-se numa ânsia monstruosa de morder aquele braço, viu-se arrancando-lhe a carne e a pele a dentadas, viu-se engolindo a carne e sem sequer sentir-lhe o gosto e devorando sua presa viva até a morte como o faziam os animais selvagens, mas então, assustado consigo mesmo, se conteve e viu, não sabia dizer se com alívio ou pesar, que o braço continuava ali, quebrado porém intacto, e largou-lhe o membro inutilizado. O rapaz choramingava como uma

laxou a corda do arco, como quem concede apenas mais uma explicação para uma criança teimosa que se recusa a ir dormir.

– Oiro e prata me contrataram. Que diferença fazem os nomes? É tão óbvio, capitão. Há necessidade de passarmos por isto? Olhe em volta, olhe onde estamos. Até onde a visão alcança, esta é a maior sesmaria em todo o sul. E ao contrário do que nos disse aquele alferes dos bugres, esta terra não tem dono, exceto para quem conseguir se manter vivo por mais tempo sobre ela.

Os dedos de Coluna encontraram algo sólido – uma pedra – e fecharam-se em torno dela. Aos poucos, apoiou o peso no braço esquerdo, por mais que lhe doesse aquela flecha.

– Agora, capitão, por gentileza, diga-me onde está a menina.

– José Pinheiro está morto. Que diferença faz a menina?

– Nenhum herdeiro vivo, foi o que me disseram, para que estas terras sejam outra vez arrematadas em juízo dos ausentes. Há sempre interesses maiores, não? Minhas ordens diziam: toda a família. Se servir de consolo, eu preferia não ter que matar os soldados. O exército foi minha primeira família. Mas mesmo Caim matou Abel.

O rapaz respirou fundo e soltou o ar dos pulmões devagar, encarando-o. Voltou a tensionar o arco, apontando para o rosto de Coluna.

– Está bem. Vamos terminar isto tudo como fidalgos, capitão. Não tenho nada contra vossa mercê, apenas diga-me onde está a menina e poderá ir embora para onde quiser. Como vossa mercê mesmo disse, que diferença faz a menina? Que diferença faz uma criança a mais ou a menos no mundo? Criança nem é gente ainda.

Passos esmagando a neve ao sair da mata. Coluna teve um calafrio ao imaginar que Cecília saía de seu esconderijo e vinha na direção deles. O Índio Branco pensou o mesmo, pois virou-se na direção do som. Era o instante que Coluna esperava: atirou a pedra com força e precisão, atingindo a têmpora esquerda do rapaz loiro com um baque, que soltou a corda do arco e a flecha cravou no chão.

O cervo albino, seu salvador, passou correndo assustado por eles.

O rapaz loiro cambaleou, levando a mão ao rosto por instinto. Como uma pantera, Coluna ergueu-se de um salto e acertou-lhe em cheio no rosto com o punho fechado. Ouviu o quebrar do nariz, e sangue

Polaco. Índio Branco talvez fosse apenas mais uma alcunha, mas onde a menina a escutara? Tinha vagos motivos para crer que não fosse um soldado de carreira, mas um dos muitos arregimentados pela comissão demarcadora ao longo dos anos.

– Traidor – disse Coluna. E repetiu, mais alto: – Traidor!

O Índio Branco o observou intrigado e então riu.

– Não, não, não. Não me chame disso. Ambos servimos ao mesmo rei, capitão. O mesmo rei, que nos coloca a serviço de seu exército, mesmo quando há interesses conflitantes. Pelo que me disseram, é só uma circunstância do acaso que estejamos em lados opostos, afinal de contas. Vossa mercê poderia ter sido contratado para o meu trabalho, e eu para o seu. Quem estaria caído no chão agora?

– Quem aceitaria matar seus próprios colegas? Traidor. É o que vossa mercê é.

– Meus colegas? Ninguém aqui serviu no mesmo regimento que eu. Eu não os conheço, que importância eles teriam para mim? Ou essa gente que nos contrata? Vossas mercês, os galegos... – relaxou a corda do arco e olhou em volta, preocupado. – É como uma rinha de cães, capitão. Vossa mercê crê que o cão questione seu dono? Ele o ama, o adora, pois sabe que tudo o que possui vem d'Ele. Somos todos cães para Ele, e morremos como cães. Eu sou apenas um cão maior.

Voltou a tensionar a corda, com a flecha em mãos. Prolongue o assunto, pensou Coluna. Ganhe tempo.

– Se vossa mercê não é índio, qual a finalidade dessa afetação afinal?

– A finalidade? Não é um tanto óbvio, capitão? A finalidade é fazer crerem que vossas mercês foram mortos pelos índios. Quando encontrarem vossas mercês, concluirão ser uma morte tão ocasional quanto a ira divina, e ninguém questionará as razões ou as conveniências disso.

– Quem o contratou?

O soldado loiro ficou imóvel, apontando-lhe a flecha. Não sorria mais, parecia preocupado. Fez um muxoxo de desdém e outra vez re-

seu título quem ganhara fora o avô, por méritos próprios. Ele só o herdara. Ainda havia visto pouco do mundo; mas quanto mais o conhecia, mais reafirmava sua crença de que o caráter do Homem é inconstante e inconsistente, muito pouco podendo o julgamento se apoiar nas aparências legadas por mérito ou mesmo inteligência.

Osório riu: aqui, não são as aparências que enganam, rapaz, e sim as pessoas que fingem enganarem-se por elas. Não tenha ilusões: aqui, nada funciona do modo como deveria, contudo segue-se fingindo, somos cativos dos modos de província! Seu pai, pelo que me consta, sempre foi homem de grande honra, e de seu tio então nem se fala, se vossa mercê seguir o caráter deles, verá que é cada vez mais difícil conciliar a cousa mais correta a ser feita com aquela que precisa ser feita. Mas Coluna retrucou-lhe de imediato: meu pai está morto, senhor, e honra é cousa para os vivos. Os mortos seguirão mortos.

―――

Arrastava-se de costas contra a neve, com o braço bom de apoio e impulsionando o corpo com as pernas, pintando o chão branco com um risco rubro e quente. Coluna afundou os dedos na neve, tateando o chão em busca de algo sólido – um seixo, um pedaço de galho que fosse pesado o suficiente, qualquer cousa.

– Sabe, é preciso de um tanto de treino até se pegar a prática, contudo sempre tive boa mira – disse o homem. – Do momento em que disse a mim mesmo "de agora em diante usarei um arco" até hoje, eu nunca havia errado uma flecha. E vossa mercê me faz errar.

O rapaz batia-lhe em idade, talvez um pouco mais novo. Alto e magro, a pele muito mais clara do que se espera naquela terra, e que, naquele frio, adquiria um tom azulado nas veias, o cabelo amarelo e doirado descendo por um rabo de cavalo muito longo. Tinha os olhos de um azul claríssimo, e suas feições possuíam a perfeição simétrica e assexuada das estátuas – uma beleza fria, indiferente e maligna.

Estava sem chapéu, mas envergava o uniforme azul de um tenente de dragões. Foi quando tudo fez sentido, e Coluna percebeu que já conhecia aquele homem – se não de vista, de nome. Já ouvira falar de um soldado que praticava o arco e a flecha, a quem chamavam de

4.

A PRIMEIRA COUSA QUE COLUNA FEZ quando chegara em Sacramento foi apresentar-se ao tenente-coronel Osório. Não simpatizou com o homem, mas este pareceu simpatizar com ele, explicando-lhe que o regimento de dragões em Rio Grande seria dividido em dous, para também guarnecer o novo forte em Rio Pardo, na fronteira entre o território português e o dos missioneiros, e era bom ter mais um reinol entre eles, pois ali no Brasil não havia gente para se recrutar exceto à força, o que nunca fazia um bom soldado e só servia para aumentar as deserções. Por sua experiência, afirmou Osório, aprendera que os filhos daquela terra não eram mui próprios para a guerra, tanto era o desdém que tinham por si que era impossível fazer com que obedecessem a um dos seus, pois não havia o que mais detestassem do que alguém se destacar dentre eles.

Coluna pediu ao tenente-coronel que não criasse expectativas em demasia, era novo, ainda estava por ser experimentado pela vida. Ora, continuou Osório, que expectativas altas era o mínimo que se poderia ter em relação a ele. Não sabia o que viera fazer ali às bordas do mundo, ainda mais sendo sobrinho de quem era, bem poderia comprar um posto à altura de seu título. Coluna respondeu-lhe que

quando Coluna enfiou a estopa e depois a bala e puxou a vareta debaixo do cano da arma socando com força. Largou a vareta na neve e destravou o pino de segurança. Puxou o cão da arma com o polegar e alimentou a caçoleta com pólvora e já erguia o braço pronto para apertar o gatilho quando, ao mesmo tempo em que disparou, uma flecha penetrou seu ombro esquerdo e ele caiu para trás, enquanto o tiro se perdia no ar e ele tombava largando a pistola.

E logo ali estava: o mastigar dos passos contra o chão gelado aproximando-se, desta vez vindo detrás de si. Era o momento que esperava. As costas contra o tronco, ergueu os joelhos devagar, a garrucha apontada para cima, e, de chofre, saiu de trás da árvore.

O cervo albino o encarou espantado. Coluna conteve o reflexo de puxar o gatilho e também observou o animal, parecendo haver um reconhecimento mútuo entre os dous. O estalar de um galho fez com que ambos virassem o rosto na mesma direção, mas o animal teve reflexos mais rápidos e saiu correndo no sentido oposto, produzindo considerável barulho ao fugir de duas flechas disparadas contra ambos. Coluna atirou-se outra vez ao chão e se afastou – lá estava o desgraçado, de pé e bem à vista!

Precisava afastá-lo do capão e de Cecília o quanto antes, e só havia um modo de fazer isso – o modo mais desesperado e perigoso possível: correr para fora do capão, para campo aberto, em direção ao lago congelado.

Correu.

As botas afundavam três polegadas na neve com um som baixo, agudo e abafado. Com aquele caminhar dificultoso no meio dum campo nevado, sabia que era um alvo fácil, mas precisava sair do meio das árvores, atrair seu perseguidor para fora. Ao instinto e apenas a ele creditou o reflexo de atirar-se ao chão quando ouviu a corda do arco, e uma flecha cruzou o ar no espaço ocupado pouco antes por seu corpo, passou por ele e perfurou a fina crosta de gelo que cobria o lago à sua frente. Virou-se, ergueu-se, sacou a garrucha, fez mira e disparou. Na nuvem branca deixada pelo estouro da pólvora, não tinha certeza se havia acertado o alvo, mas o eco do disparo ressoou na planície, erguendo uma revoada de pássaros assustados das árvores.

A fumaça se dissipou. O outro, ainda de pé, ainda vivo, buscava sem pressa uma nova flecha na aljava.

Coluna iniciou o processo de recarregar sua pistola. Pôs o fecho em posição segura e buscou na bolsa um saquinho de pólvora. Abriu-o com os dentes, sentindo o gosto salgado do salitre, e a despejou no cano. O outro já tinha a flecha em mãos e puxava a corda do arco

viu os contornos dum corpo entrando no capão e os passos a esmagar folhas secas e gelo. Devagar e em silêncio, evitando qualquer som que pudesse entregá-lo, Coluna foi afastando-se de Cecília, machucando os cotovelos no chão duro e frio. Marena relinchava horrorosamente.

Coluna apoiou-se sobre um tronco coberto de musgo branco e viscoso, apontou a pistola, mas o vulto já não estava mais lá. Esquadrinhou o capão, o cenário confuso de troncos e galhos e arbustos, e, no meio disso, sua égua a agonizar gorgolejando sangue – para onde fora o desgraçado? Escutou passos seis braças à sua direita, próximo de onde deixara Cecília, e foi tomado de pânico. Moveu-se com descuido proposital, criando barulho que atraísse a atenção de seu perseguidor para longe da menina, e a tudo isso Marena soltava seus rinchos. Ergueu a cabeça um pouco, não viu aquele vulto em lugar algum. Nada se movia, exceto a égua, já zonza com a flecha em seu pescoço, o sangue escorrendo das narinas e da boca.

Uma rajada de vento baloiçou as árvores, gerando uma cacofonia de estalos vinda dos galhos e folhas. Coluna aproveitou para trocar de posição. Sabia que seu oponente faria o mesmo. Uma flecha cortou o ar em sua direção e cravou-se no tronco ao seu lado, a poucos centímetros de sua cabeça. Atirou-se ao solo arranhando o rosto contra uma moita de galhos secos.

O chão tremeu. Marena havia finalmente tombado. Deveria dar-lhe um tiro, poupá-la daquele sofrimento, era o mínimo que poderia fazer após tantos anos de serviço fiel, mas temia que a fumaça da pólvora denunciasse sua posição; além disso, precisaria recarregar a arma. A agonia do animal o torturava. Me perdoe, Marena querida. Me perdoe. Apoiava agora as costas contra o tronco fino de uma árvore jovem, e as nuvens acendradas começavam a se dissipar, o sol bateu em seu rosto, sua luz fracionada pela copa das árvores como num vitral de igreja. Ficou imóvel, apenas escutando: folhas continuavam a agitar-se umas nas outras, um pássaro iniciou seu canto enquanto pulava entre galhos, a respiração pesada e moribunda de sua égua; deixou a mente vagar até que todos esses sons em conjunto criassem um padrão que lhe permitisse encontrar um som dissonante.

centenas de estalactites cristalinas. A grama estava dura e crocante, o capim barba-de-bode que pendia das árvores tornara-se branco, dando a impressão de que as árvores cobriam-se de lã. Era a primeira vez que via neve em tal profusão, a própria lembrança de tal a confundir-se na memória como um sonho, e seu impulso foi chamar Cecília e mostrar à menina a branquidão que os rodeava, mas, ao ver que ela ainda dormia, teve pena de acordá-la. Marena bufou outra vez, e ele percebeu que o animal estava nervoso. Coluna segurou-a pelas rédeas e tentou acalmá-la, olhando em volta para ver o que tanto a incomodava.

E lá estava ele.

No alto da cascata de gelo, um vulto esquálido e solitário caminhando contra o céu claro, vindo em sua direção, sem pressa. Havia chegado a hora, Coluna disse para si mesmo. Pegou Cecília no colo. A menina, ainda sonolenta demais para acordar, aninhou o rosto em seu pescoço. Pegou as rédeas de seu cavalo e o puxou para dentro do capão. Agachou-se detrás de um tronco largo de árvore cujas grossas raízes, acima do solo, ofereciam proteção. Cecília acordou e ele disse para que não falasse nada. A menina obedeceu, encolhida de frio e pavor, a observá-lo com seus pequenos olhos muito abertos e atentos. Seu corpo tremia, e ele a manteve enrolada na manta.

Olhou-a nos olhos e colocou o indicador entre os lábios a pedir silêncio. Ela baloiçou a cabeça sinalizando que compreendera.

Não se mexa nem saia daqui, disse ele. A égua estava algumas árvores distante deles, nervosa e bufando vaporadas de ar. Coluna atirou-se no chão de barriga para baixo e garrucha em punho e esperou.

Embora não conseguisse ver seu perseguidor, a grama crepitava sob seus passos, denunciando sua aproximação. O retesar de um arco e o som cortante da flecha atravessou o ar, e seguiu-se o grito de Marena, atingida na garganta. Coluna afundou os dedos contra a terra e mordeu o lábio inferior em ódio silencioso quando viu o animal erguer-se nas patas traseiras em desespero, debatendo-se contra as árvores e fazendo uma nuvem de folhas secas e amareladas caírem devagar junto de porções de neve. Mas Coluna não se moveu. Logo

Coluna suspirou. A luz da fogueira era agora não mais que a luz de algumas brasas. O vento soprou gelado, baloiçando as folhas secas que ainda se prendiam aos galhos das árvores acima deles.

Disse que era uma vez duas folhas. A primeira, mais velha, já seca e amarelada pelo inverno. A outra, porém, havia brotado de um galho quase morto no meio do frio, ainda era verde. Eram as únicas folhas que ainda restavam naquela árvore, que era a última que ainda restava naquele capão. A mais nova tinha medo de ver a mais velha ser levada pelo vento e ser deixada sozinha. A folha amarela, porém, sabia que não poderia evitar isso. Sabia, mas mesmo assim mentiu dizendo que ficaria ali, sempre ali, para fazer companhia à folha verde, e o fez sabendo que não mentia bem. E a folha verde fingiu acreditar, e o fez sabendo que também ela não fingia bem. Porque o único conforto que uma tinha era a ilusão de confortar a outra. E então o vento soprou.

Cecília havia adormecido. Coluna percebeu o quanto ele próprio estava cansado e com sono e o quanto seu corpo estava no limite das forças e o quão pouco havia dormido nos últimos dous dias – e não podia se dar a esse luxo agora. Tentou, em vão, ficar de vigília.

Nunca em toda sua vida sentira tanto frio como naquela noute. Acordou de susto no meio da madrugada, apavorado consigo próprio por ter adormecido. Mal sentia os pés dentro das botas. Arrastou-se para ver se Cecília estava bem e se estava aquecida. Colocou a mão em sua testa e preocupou-se com sua febre. Precisava manter-se acordado, manter-se atento, mas acordou novamente num salto com o bufar de sua égua, e o dia já clareava. Ajeitou-se no pouco calor proporcionado por seu poncho, mas havia algo estranho no ar, um frio seco, diferente da noute anterior. Aos poucos, conforme a consciência retornava, deu-se conta: não escutava mais o som da cascata.

Abriu os olhos.

A paisagem fora tomada de branco. Pequenos flocos caíam devagar num lento zigue-zague, como penas, vindos de um céu cinza-claro algodoado. O rio havia parado, o lago estava rijo e opaco; na cascata, a água deixara de correr por completo, convertida agora em

tos pelo choque do calor de seu esforço físico ao encontrar o ar frio no alto do penhasco. Marena correu a todo galope, sabiam que, quando acabasse a boiada, atrás dela estaria o Índio Branco.

Depois de muito correrem, foi Cecília quem perguntou a Coluna se ele estava bem. Respondeu que sim. Deslocaram-se em direção ao sul, pois ao menos quem os perseguia não poderia se colocar no caminho de todas as descidas e, mesmo se pudesse, um dia a serra acabava e chegava-se à beira do mar.

O tempo voltou a esfriar, e sentiu as pontas dos dedos e do nariz entorpecidos e pensou na menina, se ela aguentaria o frio, se aguentaria o cansaço de uma jornada cujo caminho já não sabia mais qual seria, e percebeu que, de um jeito ou de outro, precisaria acender uma fogueira ao anoutecer. Logo se viram à margem esquerda de um riacho, e o caminho era interrompido por um mangueirão.

Marena não era o tipo de animal que saltaria por aquelas pedras carregando dous nas costas, e procuraram por uma passagem onde houvesse pedras derribadas. O caminho, porém, foi interrompido ao se verem no alto de uma cascata: lá abaixo, ela estendia-se num lago, de onde nascia outro riacho, e a vegetação crescia frondosa em suas laterais.

Coluna seguiu pelo lado esquerdo, onde o declive era menos acentuado, até estarem abaixo da queda d'água e à beira do lago. Já anoutecia, mas ali havia um capão onde se esconder e, de resto, a vegetação densa no lado oposto do lago parecia proteger-lhes do vento. Amarrou Marena numa araucária próxima à beira daquela ilha de mato e ali dentro os dous ficaram, escondidos pela vegetação e pelos troncos das árvores grossas e amareladas pelo inverno. Acendeu uma fogueira que isolou com pedras – a última cousa de que precisava era de um incêndio –, esquentou-lhes o pouco que restava de comida e, em silêncio, jantaram. Cecília estava sonolenta; preparou-lhe uma cama com uma pele de ovelha e cobria-a com um poncho.

– Não consigo dormir. Conte-me uma história.

– Não conheço nenhuma história para contar.

– Mas não consigo dormir.

almocreves a cavalo, e seria bom encontrarem por fim outro rosto humano após tanto tempo de viagem. Já havia contado cerca de quarenta bois quando uma sequência de dous ou três estouros ecoou, deixando os animais perigosamente agitados, mas então seguiu-se o silêncio. O gado continuou a passar por eles e, após alguns minutos entre mugidos e o pisotear incessante de patas, viram sair da névoa um almocreve em seu cavalo, curvado a frente em sua sela, uma flecha cravada nas costas pouco abaixo da nuca. Outros dous disparos se seguiram, um grito, e o silêncio que não era propriamente silêncio, mas o lapso de tempo entre o brilho do raio e o ecoar do trovão. O medo era perceptível nos animais, e o pânico espalhou-se da manada mais abaixo para aqueles mais acima como uma onda. Logo as bestas se debatiam e se amontoavam, numa convolução de músculo e chifre que desatou a correr em linha reta onde deveria subir-se em zigue-zague e escorregando quietos e resignados pelo abismo.

Como laranjas que caem do topo duma pilha, os animais rolavam pelo penhasco, as patas para o alto e estourando contra pedras e árvores tal frutas maduras a explodir carne e sangue. Coluna puxou as rédeas de sua égua e fez meia-volta. Marena escorregou nas patas traseiras, quase perdendo o equilíbrio, e Cecília gritou de susto, e nisto Coluna deixou escapar de sua mão as rédeas do cavalo tobiano que levava de reserva. Tentou agarrá-las a tempo, mas um boi chocou-se contra o animal. O tobiano caiu de lado e de lado escorregou pelo precipício junto com as reses.

O canalha, pensou Coluna, tomara-lhes a dianteira na única descida em léguas e léguas e planejara jogar a boiama contra eles. Agora, restavam somente os dous, Coluna e Cecília, montados em Marena a correr em desespero no meio da massa bruta de carne a empurrar-se e despencar à frente e atrás e pelos lados como se fosse o apocalipse de sua raça, e só o que escutavam eram os mugidos e o baque constante dos corpos tamborilando contra as rochas como chuva grossa nas telhas de uma casa.

Chegaram ao topo e não olharam para trás, apenas correram. Havia bois mortos também no chão, dos quais precisavam desviar, mor-

fãos em geral, mas um esmagador senso de responsabilidade. Ele, que tinha meios para consertar as fatalidades, tinha também a obrigação de enfrentá-las.

Sim. Era isso o que faria. Mandaria a menina para Lisboa, onde poderia deixá-la em uma vida confortável e aos cuidados de uma preceptora, contratada para educá-la de modo a garantir-lhe boas opções de casamento no futuro. Com o bom dote que ele forneceria, e com o peso daquele título de nobreza que a ele nunca servira para nada, mas que, para a menina, seria de grande valia, não lhe faltariam bons pretendentes. Prometeu a si mesmo que faria isso pela criança. E por Ana Amélia.

Cecília espirrou. Ele colocou a mão na testa dela e viu que estava com febre. Precisavam chegar logo.

Andaram a passo lento ao longo dos penhascos até encontrarem uma trilha de gado estreita, que corria mundo abaixo, e ali iniciaram a descida. Os mugidos a princípio distantes, mas cada vez mais perto, prenunciavam a subida, em direção a eles, do que se revelou cerca de cento e cinquenta bois sob os gritos dos almocreves que os tocavam lá de baixo pela trilha em zigue-zague. Logo que surgiram os primeiros animais, Coluna disse para a menina não se assustar e segurar forte na sela, e passaram sem grandes problemas.

O chão em que pisavam era um aglomerado de seixos pequenos e lisos que facilmente deslizavam uns sobre os outros. A certo momento, viram um boi escorregar e desaparecer precipício abaixo, tão lenta a imagem se descortinou à frente deles – o corpanzil girando no ar como um bailarino resignado no executar de uma dança de morte baldia, até por fim tornar-se opaco e desaparecer na névoa do esquecimento – que Cecília virou-se para ele, impressionada, como o fazem as crianças que buscam o olhar de um adulto ao verem algo que não compreendem.

O gado caminhava devagar e cansado da subida. Já era tarde para darem meia-volta, e Coluna preferiu ficar detrás do tronco seco de uma árvore morta que os animais desviavam em seu instinto de manada, e ali esperariam pela passagem da boiada. Logo surgiriam os

ram finalmente alcançados, extensos muros de pedra compostos por pedregulhos grandes e desajeitados, construções toscas, mas perenes, cuja solidez brutal fazia com que quase se passassem por cousa natural ao terreno, não fosse a determinação de suas formas, como alguma espécie de cicatriz ancestral deixada na terra.

Um pássaro soltou um pio curto e repetido, cada vez num tom mais baixo, como se a voz lhe morresse aos poucos. Cecília perguntou que pássaro era aquele.

– Não sei – disse Coluna.
– Vou chamar de pirró.
– Pirró?
– Ele está dizendo: pirró, pirró, pirró.

Coluna sorriu. Levava a menina consigo, à sua frente na égua, não somente por ser muito pequena para cavalgar sozinha no outro animal, mas também porque ali a imaginava a salvo de uma flechada. A menina também tossia e espirrava muito, e temeu que estivesse resfriada. Perto do meio-dia, chegaram à Serra Geral.

Não estava preparado para aquela visão. Quando Coluna deixou o reino, deixou toda uma vida para trás. Ao chegar a Salvador, o velho continente não era mais uma realidade. Conforme descia mais ao sul, em direção a Sacramento, era como se tudo se apagasse atrás de si. Agora que, pela primeira vez, fazia o caminho inverso, o mundo parecia realmente ter deixado de existir, dissolvido na névoa. Névoa era tudo o que via. A terra acabava-se à sua frente, revelava-se em um penhasco cercado por um mar leitoso, de onde o cume das rochas despontava como ilhas distantes e inacessíveis, como se ali abaixo houvesse somente o limbo. Meu Deus, como era alto! E sabia-se lá quanto mais de terra havia abaixo daquelas nuvens.

– Ali é o céu – disse a menina, apontando para baixo.

Coluna desviou sua atenção para a criança e confrontou-se com a dúvida: o que faria quando chegassem a Laguna? A quem entregaria a menina: ao padre, ao capitão-mor? Haveria ainda algum parente vivo? O destino mais provável seria um orfanato, e essa hipótese não aceitaria. Não era apenas a simpatia inevitável que nutria pelos ór-

havia herdado os títulos, de seu pai receberia apenas o nome e, portanto, era cousa valiosa cuja honra precisava ser preservada. Mas também pedia perdão por outro motivo: por ter-lhe ocultado que, nos primeiros meses de sua viuvez, afogou as mágoas do luto no colo de outra mulher, pecado que só se fazia pior por ser ela também casada. Dessa sua fraqueza momentânea, resultara uma gravidez, e o marido traído, para evitar a vergonha, mudou-se com a família para o extremo sul das colônias brasileiras, em Sacramento. A travessia não deve ter lhe feito bem, pois soube – por intermédio de contatos e familiares – que a mulher veio a falecer de parto; contudo, a criança sobrevivera. Assim, pedia-lhe perdão outra vez, por ter-lhe ocultado todo esse tempo a seguinte verdade: que tinha um meio-irmão em algum lugar no Brasil. E seu pai, que de irmãos em vida tivera onze, e sempre julgou que esta ausência tornara o filho solitário e melancólico, instava-o a fazer aquilo que seu genitor não tivera coragem: encontrar, um dia, aquele com quem compartilhava o mesmo sangue.

Então, tomou uma decisão. Escreveu ao padrinho, o mais velho e influente de seus onze tios, comunicando-lhe o falecimento de seu pai, pedindo ao tio que intermediasse a seu favor na obtenção de uma transferência a um posto razoável de oficial no Brasil, pois queria afastar-se por alguns anos da dor que as lembranças lhe traziam naquela terra. Seu tio respondeu-lhe em pouco tempo: dava-lhe os pêsames e se dizia com o coração despedaçado, instigava-o a tentar a carreira diplomática onde sua influência era maior. Contudo, se tanto queria ir ao Brasil, poderia recomendá-lo ao governador Gomes Freire. E tão cedo chegou ao Rio de Janeiro, conseguiu fazer com que fosse transferido para o sul, ao encontro de seu sangue.

Nuvens sopradas pelas ventas dos cavalos dissipavam-se no ar tão rápidas quanto um pensamento. O dia amanhecera mais frio que os anteriores, o ar de um gelado metálico a entrar cortante pelas narinas ao menos servia para deixá-los mais despertos. O céu, pela primeira vez naquela semana, mostrava-se limpo. Os mangueirões fo-

3.

Ainda que a memória pinte dias trágicos com cores sombrias, a prenunciar ou ampliar os dramas, foi num fim de tarde de céu alaranjado que seu pai morreu, ao bater-se em duelo. Antônio tinha quinze anos, já um jovem oficial do exército pronto a seguir a carreira militar como o pai, embora o tio (que era também seu padrinho) muito insistisse para que se juntasse a ele na carreira política. Não lembrava claramente os motivos da querela que levou seu pai a duelar, embora alguém mencionasse questões de honra que ou referiam-se à memória de sua falecida mãe, ou à esposa de outrem, ou, possivelmente, às duas cousas. O que sabia de fato, conforme lhe disseram os padrinhos do duelo, foi que o espadim de má qualidade que lhe fora oferecido quebrou-se no meio do embate, e o outro duelista ou não percebeu ou não quis perceber, antes de aplicar o golpe fatal que lhe rasgou a carne em transversal de um ombro à cinta. Houve tempo para os amigos levarem-no a um cirurgião, porém perdera muito sangue. Antes de falecer, deixou uma carta para ser entregue ao filho.

Começava lhe pedindo perdão em se fazer ausente por algo a princípio tão frívolo quanto um duelo de honra, porém se da mãe

Distante em algum ponto morro abaixo oculto pela curva da trilha, vieram relinchos e nitridos, seguidos de um som confuso. Alguma cousa acontecia aos cavalos. Assoviou outra vez, e nada. Correu na direção do barulho.

Marena finalmente apareceu, trotando de volta na sua direção. Colocou-se na frente dela, abrindo os braços, ela empinou, ele segurou a rédea e conversou com a égua, acalmando-a.

– O que foi isso? – resmungou. – Não te assustaste com artilharia, foste te assustar com um estouro desses?

O animal bufou. Certo era que a tensão dos homens havia passado para os animais. Montou em Marena e cavalgou atrás do coche.

Ao descer pela encosta, viu o rastro de chamas riscando a mata úmida barranco abaixo. A carroça havia virado na beirada, e seu peso arrastara junto os dous cavalos. Os cadáveres, os víveres, os dous animais e Francisco, tudo jazia morto e alquebrado muitas braças abaixo.

Não havia mais nada a ser feito quanto àquilo, restava apenas encontrar o coche. Viu-o duas léguas adiante, já tendo descido o morro, no meio de outro descampado de capim alto e amarelento, até a altura dos joelhos de Menezes Gobo que, de pé ao lado do carro, examinava-lhe a roda frontal direita. Tia Ena e a menina observavam, apavoradas, de dentro do coche. Não era preciso imaginação para supor que o pior acontecera à carroça.

– Talvez seja melhor assim – disse-lhe Gobo. – Podemos desatrelar um deles e colocar a mulher e a criança neles. Avançamos mais rápido assim.

– Nessa confusão toda, ficaram dous para trás.

– Quais?

– Os cavalos do Afonso e do sargento.

– Seria bom tê-los de volta.

– Não valem o risco, tenente.

– Mas não devem estar longe, capitão. E quando os nossos ficarem cansados, podemos fazer a troca. Iremos mais rápido assim, com menos paradas.

que era, e chamou a atenção de Francisco, que confirmou: um cavalo encilhado, amarrado a uma árvore lá abaixo, no morro, mas sem sinal de um dono por perto. Virou-se inquieto na sela para o alto do morro, certificando-se de que acima dele não houvesse nada com o que se preocupar. Aquelas araucárias imensas eram muito altas para que alguém subisse nelas de tocaia. Abaixo, quem os atacasse teria que vir subindo pelo barranco e poderia ser notado a tempo. Por via das dúvidas, carregou a pistola com pólvora e bala. Tia Ena, dentro do coche, ao notar-lhe o gesto, perguntou se estava tudo bem. Mandou que ela fechasse as cortinas.

Aquele animal poderia ser de qualquer um, apenas um viajante no meio do caminho, e só então lhe ocorreu que ainda não haviam cruzado com nada nem ninguém, nenhum almocreve, viajante ou soldado em ronda. Era como se atravessassem uma terra desolada.

Meia hora mais tarde, notou o lume aceso em meio da mata fechada de árvores e arbustos, abaixo do barranco. Seria um incêndio? O lume ergueu-se do chão e, tarde demais, ele percebeu o que era: a chama subiu aos céus em arco e começou a descer. Gritou para Gobo correr dali. O coche fugiu a toda velocidade. A flecha em chamas caiu sobre a carroça com os cadáveres, e Francisco largou as rédeas para apagar o fogo.

Uma segunda flecha caiu na mesma carroça, e os animais se agitaram. Com o solavanco, Francisco caiu sobre os mortos e em meio às chamas. Coluna lembrou da caixa de pólvora e gritou-lhe saia daí!, mas o homem, em pânico por estar entre os mortos, se limitou a espernear.

Coluna saltou de seu cavalo para o chão e correu para a carroça. Alcançava o banco do condutor quando foi atirado para trás pelo impacto. Caiu ao chão, sua casaca em chamas. Os animais fugiram assustados, sua égua Marena e os dous que puxavam a carroça em chamas. Coluna rolou no chão para apagar o fogo. Levantou-se e espanou a terra do casaco. Foi quando percebeu que estava sozinho.

Sacou o sabre, seu primeiro impulso. Na mata fechada, abaixo do barranco, não havia mais a chama inicial. Assoviou chamando sua égua, mas nada veio em resposta.

Se Francisco ainda tinha algum sangue a correr em sua tez pálida, tornou-se branco como um abantesma, olhou para o tenente Gobo, que agia nervoso como que a esperar que dali só ocorresse o pior, e olhou novamente para o capitão Coluna, que se mantinha imóvel e impassível como se acabasse de lhe dizer as maiores cordialidades.

– Minha irmã e meu cunhado acabam de ser assassinados, vossa mercê compreende que eu esteja um pouco nervoso.

– Completamente, senhor. Podemos seguir adiante agora?

– Para Laguna?

– Se o senhor insiste em tomar posse daquelas terras, podemos deixá-lo no caminho. Quanto a mim, ao tenente Gobo, à menina e à escrava, seguiremos até Laguna.

– Para Laguna então.

Pensou que chovia. Contudo, as gotas grudavam sólidas e brilhantes na roupa e nos cabelos. Esticou o braço com a palma da mão para cima, sentindo-as tocarem, secas e leves, em sua pele. Fazia muito tempo que não via neve.

Ocorreu a Coluna que, ao menos, dentro do coche com Tia Ena, a menina ficava ao abrigo do tempo, pois tudo o que menos precisava era que ela adoecesse. Gobo conduzia o carro, com Francisco logo atrás guiando a carroça. Atravessaram outro córrego, mais raso e rochoso, correndo de um lago que, por sua vez, era formado por uma pequena queda d'água cercada de mata densa e alta. À beira da água, uma árvore fora deformada pela correnteza, ficando curva no mesmo sentido da água.

Logo percorreram uma trilha que ia à metade da altura de um morro. Terreno acima, a mata amarelada era alta e esparsa, só se via o céu, e parecia-lhe seguro. Morro abaixo, era densa, escura, e bem poderia estar servindo de esconderijo para alguma cousa. O terreno elevado, ao menos, sempre lhes oferecia vantagem.

Havia uma nota dissonante na paisagem, que o incomodou. Espremeu os olhos, pensando ver algo que não tinha bem certeza do

Francisco virou-se para a menina.

— Cecília, volte para a carroça, sim?

— O capitão mandou eu ficar perto dele.

— Não discuta comigo, criança! — gritou. — Faça o que estou mandando!

Coluna ignorou os gritos de Francisco com a menina, que continuou ao seu lado, e continuou a explicar-lhe seu plano: deveriam descer a Serra Geral e seguir direto até Laguna ou a alguma fazenda no meio do caminho, onde pudessem reunir-se com mais gente, contratar mais homens e conseguir mais armas. Seria bom saberem o que estava acontecendo naquela região antes de retornarem.

Francisco ficou furioso com sua insistência.

— O senhor não dá ordens aqui! — gritou. — Lembre-se de que está sob contrato! Nada mais é que um empregado e trabalha para mim, portanto faz o que eu digo! E se eu digo que vamos seguir até o posto aduaneiro, nós vamos seguir até lá! Está me entendendo?

Coluna o encarou em silêncio. Fez um aceno para o tenente Gobo que, entendendo o recado, cutucou seu cavalo, afastando-se em direção ao coche. Viu Cecília ao seu lado, quieta e impressionada com os dous homens discutindo. Tia Ena, acordada pelos gritos, os observava do coche. Coluna escolheu suas palavras como se fossem armas para um duelo.

— Agora escute. Esta conversa não está se dando no nível de respeito mútuo com o qual a iniciei, portanto vou lhe esclarecer uma cousa: estivéssemos nós n'alguma cidade, eu consideraria o tom de vossa mercê uma afronta, dada à diferença de distinção de classe entre nós dous, e eu jamais aceitaria que um mero plebeu de condição inferior como vossa mercê se dirigisse a mim, um fidalgo do reino, em tais termos. Mas não estamos em cidade nenhuma. Aqui, essas distinções não nos servem. Então, eu lhe digo isso, seu pequeno pedaço de merda: a não ser que se julgue mais hábil que eu no sabre ou na pontaria da pistola, pensaria duas vezes antes de se dirigir a mim nesses termos. Porque conheço bem meu ofício, senhor, e sou muito bom nele. Meu ofício é matar. E se falar comigo assim outra vez, eu vou matá-lo, senhor. E em uma ou duas semanas, sequer lembrarei de seu nome.

ram, desta vez numa rocha mais distante. Uma brisa gelada soprou em seu rosto.

— Sua mãe não pode mais cuidar de vossa mercê agora.
— Eu sei.
— Fique sempre perto de mim. Está bem?
— Sim, senhor capitão.

Estava preocupado com a demora de Francisco, mas logo em seguida apareceu puxando a carroça com os corpos de José Pinheiro e dos dous escravos, seguido por Menezes Gobo, trazendo os outros dous cavalos pelas rédeas. Perguntou-lhes se encontraram alguma dificuldade no caminho, mas não. Subiu na carroça e observou o escravo morto com o flechaço no peito. Arrancou-lhe a flecha e a observou com mais atenção agora. A ponta saíra inteira, estava mais bem presa do que o necessário, e as penas, brancas, não pareciam ser de nenhuma ave em particular. Em sua opinião, era menos uma flecha feita por índios, e mais a ideia que se tem de uma. Coluna saltou para o chão e voltou-se para Francisco.

— Precisamos conversar.
— Diga, capitão.
— Não vejo sentido em continuarmos.
— Mas não me parece aconselhável retornar agora.
— Algo tem que ser feito quanto à menina.

Francisco só então percebeu Cecília ali ao lado, observando-os.

— Temos que continuar, não temos escolha.
— Como não, homem?

Francisco explicou-lhe que todo o patrimônio de José Pinheiro e Ana Amélia, bem como o dele próprio, fora empenhado em função de conseguir a concessão daquele Contrato Régio. O prolongamento da guerra só os fez atrasar seus planos e, se não tomassem posse logo do terreno, elas seriam outra vez arrematadas pela Coroa em juízo dos ausentes, comprometendo assim o patrimônio futuro da própria Cecília.

— Não vejo o que a menina terá para herdar estando morta — disse Coluna.
— Não fale assim na frente dela! Não há por que deixarmos a menina mais assustada.
— Ela viu a mãe morrer, o que pode assustá-la mais do que isso?

teria que passar por ali dum jeito ou de outro. Pediu ao tenente Gobo que acompanhasse Francisco na busca pela outra carroça, enquanto ele ficaria ali, com Cecília e Tia Ena, à espera de que regressassem.

―――

Passaram-se as horas. O sol não chegou a fazer grande presença, mas a névoa se dissipou aos poucos. Coluna ficou de pé à beira da água, olhava com atenção para as árvores à margem do rio, troncos altos de pinheiros, aroeiras e caúnas cobertos de musgo amarelo-acinzentado, com rochas ladeando a beira, algumas bem grandes, mais altas que um homem. No topo duma rocha próxima, duas garças faziam-lhes companhia, e uma delas os observava com insistência apoiada numa perna só, já a outra com o pescoço abaixado, mais ocupada em bicar as próprias patas. Três antas passaram por eles, e não percebeu quando Cecília, que havia descido da carroça assim que Tia Ena adormeceu, postou-se ao seu lado.

— Senhor capitão?
— Sim?
— Como se chama aquele bicho?
— Anta.

Ela permaneceu de pé ao seu lado, observando o rio e fazendo-lhe companhia. Apenas os sons naturais os acompanhavam: o correr da água, o chacoalhar de folhas com eventuais pés de vento, o chilreio de alguns pássaros. Coluna sorriu para a menina, mas ela não lhe deu atenção, concentrada que estava em observar as antas em sua travessia do riacho. Ocorreu-lhe que era arriscado à criança ficar ali.

— Vossa mercê deveria ir para dentro do coche.
— Por quê?
— É mais seguro lá.
— Não quero ficar na carroça.
— Por que não?
— Me faz pensar em mamãe.

Não havia o que ser dito. As garças levantaram voo, despertando sua atenção. Colocou a mão sobre o ombro de Cecília, pronto a agarrá-la e jogá-la dentro do coche se fosse necessário. As garças pousa-

a tropeçar nos troncos, caiu sobre um arbusto, rolou no chão, derrubou o sabre, praguejou, ergueu-se, pegou o sabre de volta e a tudo isso o negro ainda gritava, mas quando por fim conseguiu sair da mata, já não havia mais gritos, embora escutasse o trote rápido de um cavalo indo na direção do coche. Encontrou Geno estirado no chão ao lado da carroça, puxado para fora de seu esconderijo como a codorna que é arrastada pela raposa para fora da toca. Estava morto, esfaqueado, e Coluna perguntou-se como o agressor saíra da mata tão rápido sem passar por ele – seria mais de um? –, mas não havia tempo para pensar ou para ocupar-se de dar um enterro digno aos mortos, montou na égua e partiu a todo galope atrás do coche, pensando apenas na menina.

Encontrou-os quase meia légua à frente, num vau onde a água chegava até a metade das patas dos cavalos. Francisco, que nunca lhe parecera um homem de grande fibra, empalideceu ao ser informado da morte de José Pinheiro. Beirou a histeria, levando as mãos à cabeça e perguntando-se o que estava acontecendo, quem os estava a atacar.

Coluna não respondeu. Olhou para o coche, onde Cecília o observava pela janela ao lado de Tia Ena. A menina ainda não havia chorado, e o inquietava saber se tinha ou não compreensão do significado de alguém estar morto e o que lhe diriam quando compreendesse. Talvez, assim como ele, a criança tivesse nascido seca para as lágrimas.

– Precisamos encontrar terreno aberto.

Francisco concordou. O rapaz conhecia o Caminho dos Conventos, porque já conduzira gado por ali antes, e mais adiante haveria um descampado salpicado de capões. Ao menos em terreno aberto poderia ver o que os perseguia. Havia também o problema da carroça abandonada, lembrou Francisco. Coluna estava disposto a deixar tudo para trás, mas havia pólvora na carroça, que poderia ser-lhes útil. Além do mais, havia os cavalos, ao menos quatro – o de José Pinheiro, o de Afonso Ronno e o do sargento Karus, além daquele que fazia parelha com o que fora sacrificado. Sendo aquele vau a única passagem nas redondezas, ocorreu-lhe que, o que quer que os estivesse perseguindo,

– Não, nem os Coroados – disse Coluna. – Não sei o que está acontecendo. Consegue ver alguém?

– Não.

Coluna conhecia bem o sentimento de estar acuado, a tensão percorrendo-lhe o corpo e retesando-lhe os músculos. Não tinha medo da dor, de ferir-se, não tinha medo de morrer. Contudo, agora tinha medo. Precisava concentrar-se. Lembrou a si mesmo: tudo morre.

– Está ouvindo algo? Gritos de ataque?

– Não ouço nada, capitão.

José Pinheiro esticou o pescoço acima da carroça e, julgando ver algo saltar de uma árvore ao chão, gritou: é só um maldito bugre! Sacou do sabre e entrou correndo na mata, o rosto distorcido em ódio assassino. Coluna já vira aquela expressão em outros homens e, por sua experiência, sabia que vinha acompanhada de imprudência. Mandou o escravo esconder-se debaixo da carroça e correu atrás de José Pinheiro.

O estouro de uma pistola o fez atirar-se detrás da primeira árvore à sua frente. De sabre em mãos, esticou o pescoço e deu uma olhada, tentando diferenciar o que era fumaça de pólvora do que era neblina em meio aos troncos e galhos, e viu a nuvem de pólvora, mais densa que o ar fosco à sua volta, dissipando-se ao redor de uma árvore mata adentro. Aproximou-se. Com cautela, ciente de que cada passo era denunciado pelo esmagar de folhagens no caminho, logo viu os contornos de um homem caído sentado, de costas apoiadas contra um tronco, a mão vermelha pressionada contra o lado esquerdo do pescoço. Reconheceu José Pinheiro naquele contorno indefinido, avançou aos saltos até ele, por segurança dando uma boa olhada ao redor antes de agachar-se.

O homem não podia falar por causa da dor, mas o encarava com terror e agonia enquanto o sangue escorria-lhe copiosamente por entre os dedos, ainda vivo; mas era tarde demais para qualquer cousa que não uma última troca de olhares entre os dous imbuída de um pedido silencioso, ao qual Coluna consentiu com um aceno: cuide da menina.

Veio-lhe um grito. Era a voz do escravo Geno. De onde estava, Coluna não conseguia ver mais a carroça, correu para fora da mata

Francisco não lhe respondeu nada.

A égua de Coluna bufou agitada, ele deu-lhe tapinhas em seu pescoço, acalmando-a, a perguntar num murmúrio o que a incomodava. Aqueles dias cendrados e de luz fraca favoreciam que alguém se ocultasse no meio da mata, onde árvores de formas e tamanhos dos mais distintos entrelaçavam-se num emaranhado barroco a confundir a visão, e a isso somava-se a névoa.

Os galhos e as folhas agitavam-se numa conversa macia levada pelo vento, este próprio a mover-se pela mata como uma presença sinistra. Um sopro cortante rasgou o ar e, quando se deram por conta, o cavalo que puxava a carroça de Francisco ergueu-se nas patas traseiras com uma seta atravessada na garganta.

O que veio a seguir deu-se tão rápido que, quando terminado, pareceu-lhes que vários minutos correram no lugar do que em realidade foram alguns segundos. O escravo Geno tentou em vão controlar o animal ferido. Tia Ena gritou do coche perguntando o que acontecia, na esperança de acalmar a menina. Coluna emparelhou com o animal em agonia e deu-lhe um tiro na cabeça, aliviando-lhe da dor, mas ao custo de agitar o outro cavalo da parelha. Não lhe ocorreu que sendo o cavalo flechado o da direita, e pelo ângulo da seta, esta fora disparada de cima, vinda das árvores.

O som cortante se repetiu e Guri, conduzindo o coche da frente, foi derrubado da condução. Uma flecha cravada no pescoço.

– Está lá em cima! – gritou Coluna.

Saltou da égua para o chão, buscando abrigo ao lado da carroça. O tenente Gobo repetiu-lhe o gesto juntando-se a ele. Francisco mantinha-se de pé na carroça acima deles, num perigoso estado de palermice. José Pinheiro, ainda montado no cavalo, de garrucha em mãos e o fogo do ódio ardendo-lhe nos olhos, gritou ao cunhado para que subisse à condução do coche e corresse dali embora com sua filha. Coluna deu ordem a Menezes Gobo que voltasse a seu cavalo e acompanhasse o coche em escolta. José Pinheiro desceu da sela, puxou o negro Geno da carroça ao chão e colocaram-se os dous ao lado do capitão Coluna.

– São os Tapes? – perguntou-lhe José Pinheiro.

çado a Ana Amélia, ela já fria e pálida, o colo do vestido tomado por uma mancha negra de sangue.

Coluna avançou até a criança e a afastou-lhe da escrava. Pegou-a pelos braços e, encarando-a nos olhos, perguntou em sua voz de comando, impessoal e imperativa:

– Vossa mercê viu quem fez isso, não viu?

Cecília baloiçou a cabeça em positivo e disse:

– Foi o Índio Branco.

Largou a criança e a deixou de volta aos cuidados de Tia Ena. Apenas a fantasia de uma menina. Engoliu em seco, assustado com o próprio descontrole. Com o sargento morto, a responsabilidade pela segurança de todos era sua agora. Deu ordens aos dous escravos para recolherem o acampamento. Deviam partir imediatamente.

Esperou o momento certo para falar com José Pinheiro sobre como proceder. Enterrariam Ana Amélia ali mesmo ou levariam o corpo por mais um dia ou dous de viagem até chegarem ao local do posto aduaneiro? Precisava esperar o homem se recompor, e Coluna, a seu modo, invejava-lhe a capacidade de chorar – queria ele também derramar lágrimas por Ana Amélia, mas não conseguia, não podia, não se achava no direito de fazer parte daquele lamento.

O tenente o ajudou a abrir uma cova. O trabalho foi feito rápido e em silêncio e logo a caravana pôs-se em movimento. Ninguém conversava. Nem mesmo as árvores ao redor faziam som algum, a observá-los imóveis e silenciosas como uma plateia impotente e sinistra que, ciente do destino, resignou-se a testemunhar a ação numa quietude solene.

Francisco, que guiava a carroça na rabeira do comboio, ergueu-se no assento e gritou ali, ali! Apontava para a mata, todos se viraram naquela direção, mas não havia nada para ser visto. Coluna perguntou-lhe o que era, mas o homem não tinha certeza. Algo a se mover entre as árvores, dissera. Parecia-lhe um homem, mas não tinha certeza. Irritado, Coluna esticou-se na sela e o segurou pelo braço, como se fosse puxá-lo da carroça.

– Pelo amor de Deus, homem, há uma mulher e uma criança entre nós! Temos que dar a elas a segurança que não temos.

teria ficado ainda mais tocada do que já estava. Fizeram silêncio por mais algum tempo até ela comentar que, então, talvez ele gostasse de ler os livros de Madame de La Fayette, mas Coluna nada disse, limitando a observá-la.

Ele queria ter dito algo em resposta, algo que prolongasse a conversa e o tempo em que era alvo da atenção de Ana Amélia. Irritou-se consigo por suas inabilidades. A claridade do dia já se dissipava, as árvores à volta eram uma paliçada escura contra um céu que começava a desanuviar e mostrar algumas estrelas, e todos se recolhiam para dormir. Ana Amélia agradeceu pela conversa agradável e anunciou que iria deitar-se também. Coluna abriu a boca outra vez, pensando em algo mais que pudesse ser dito, algo além de ficar em silêncio feito um azêmola, mas nada lhe ocorreu exceto uma despedida formal.

Naquela noute, teve um sonho curioso: nele, Ana Amélia era sua esposa e Cecília sua filha, e embarcava sozinho em um navio que naufragava numa ilha deserta, de onde nunca mais saía. Diversas vezes ao longo da noute, o sonho se repetiu, sempre da mesma forma. A certa altura, as duas choravam por ele, em sua despedida no porto, já cientes de que ele se tornaria náufrago, pedindo-lhe que não partisse. Ele respondia que não havia como evitar partir, pois já sonhara aquele sonho antes e ele precisava se manter igual não por determinismo, mas porque o curso daquele sonho era o único que conhecia, e era incapaz de sonhá-lo diferente. Uma última vez a história se repetiu, o navio se afastou do porto, ele ouvia apenas o choro de Ana Amélia a crescer em seus ouvidos até romper-lhe o sono, e a mão do tenente Gobo o chacoalhava e dizia acorda, capitão.

Levantou-se atordoado. O sol ainda não havia nascido, mas a claridade já avançava sobre eles. Perguntou o que acontecia e o soldado respondeu foram os índios, capitão, foram os índios e viu o sargento Felipe Karus caído ao chão com a garganta cortada e viu a escrava Tia Ena chorando abraçada à menina Cecília e tapando-lhe os olhos para que não visse o que já havia visto e um calafrio percorreu sua espinha, tomado pela vertigem frente ao irrevogável e um nó no estômago. José Pinheiro estava de joelhos, chorando em desespero abra-

ras de ficção na infância, preferindo dedicar sua atenção a cousas mais técnicas. Lera recentemente o *Exame de artilheiros* do sargento--mor Alpoim e sabia de cor vários trechos das *Meditações* de Marco Aurélio. Mas, num esforço para ser simpático, perguntou do que se tratava o livro que ela estava lendo.

— Ah, é sobre, hm... como explicar? — ela abriu o livro, folheou à procura de um trecho em específico e leu em voz alta: —"Há pessoas a quem só se ousa dar sinais de paixão por meios indiretos. E, não ousando revelar-lhes amor, gostaríamos ao menos que elas percebessem que não amamos mais ninguém". É sobre isso o livro.

Coluna pediu licença para pegar o exemplar e observou o título: *A princesa de Clèves*.

— Não havendo restrições, por que não dizer?

— Mas há, pois a princesa é casada. A traição, contudo, não é consumada. Ocorre apenas em seu coração.

— Então, creio que não se possa considerar uma traição. Não acredito que algo de ruim possa surgir de um sentimento bom. Sou um homem pragmático. Apenas os atos deveriam ser julgados.

Ana Amélia ruborizou.

— Perdoe-me, capitão. Histórias assim devem soar tolas aos ouvidos de um soldado.

— De modo algum, senhora. Muito se escreve sobre os atos, mas pouco se diz sobre os sentimentos. Creio mesmo que livros como este que vossa mercê lê falem mais ao espírito do que os habituais romances de cavalaria.

— Desculpe-me, capitão, mas não consigo imaginar um homem como o senhor tendo mais interesse por histórias de sentimentos românticos do que por heroísmos.

— As histórias de heróis são sempre a história dos vitoriosos. E eles aumentam o tamanho dos próprios feitos para ocultar suas falhas. As histórias de amor, ao menos as trágicas e algumas poucas das cômicas, nascem da pena dos infelizes e dos malsucedidos, e eles não guardam ilusões quanto à verdade do que sentem.

Ela sorriu. Ele sorriu em retribuição e, soubesse ela que mesmo eclipses solares ocorriam com maior frequência do que tal sorriso,

A caravana seguia seu caminho, o dia chegava ao fim, e José Pinheiro estava preocupado, pois, pelas suas contas, já deveriam ter encontrado alguns dos mangueirões, os longos muros de pedra construídos pelos jesuítas para conduzir o gado. Estavam indo muito devagar, mas temia acelerar o passo e correr o risco de quebrar o coche que levava as mulheres. Ao entardecer, pararam e levantaram acampamento. Outra vez, Tia Ena esquentava a comida para todos, e Coluna ocupou-se de alimentar e escovar sua égua. Ana Amélia, cansada de passar tanto tempo sentada no coche, exercitou as pernas caminhando pelo acampamento de um lado a outro, sob o olhar apreensivo de Coluna, ainda incomodado com a solicitação feita por José Pinheiro. A mulher não tardou a se aproximar dele.

– É um belo animal, esse que o senhor tem, capitão.

Virou o rosto para ver que Ana Amélia havia parado ao seu lado e o observava.

– Obrigado, senhora. É sim.
– Está com vossa mercê há muito tempo?
– Dês que cheguei à colônia.
– E ela tem um nome?
– Marena, minha senhora.
– É um belo nome, capitão.

Coluna pensou em algum tópico que pudesse prolongar aquele diálogo, mas não lhe ocorria nada e ficou em silêncio.

– Vossa mercê não é de muitas palavras, não é, capitão?
– A mim faltam alguns talentos sociais, senhora. Como o de conversar à vontade com quem pouco conheço, ou fingir interesse em assuntos alheios. Talvez eu seja a pior das companhias.
– Oh, sim. Prometo não o aborrecer com meus assuntos, então.

Coluna deu-se conta da súbita grosseria em sua sinceridade.

– Perdoe-me, de modo algum isso se destinava à senhora. Como vê, sou a pior das companhias. Mas é meu trabalho preocupar-me com sua segurança, de modo que seus assuntos estão em minha área de interesses sim.

Ana Amélia perguntou-lhe se tinha o hábito da leitura. Coluna baloiçou a cabeça e ergueu os ombros, esquivo. Abandonara as leitu-

2.

Um dia, o pai lhe explicou que logo ganharia a companhia de um irmão, talvez uma irmã. Pediu então que fosse um irmão, pois assim teria com quem brincar com seus soldadinhos de chumbo, combatendo espanhóis e franceses. Seu pai ficou feliz por ver o garoto, sempre tão quieto e solitário, ficar tão empolgado. Deu à esposa uma novidade, uma caixinha de rapé que, ao ser aberta, tocava uma suave melodia. A esposa a colocava sobre a barriga, pedindo ao menino que encostasse a cabeça ali para que sentisse o maninho se movendo – a essas alturas, Antônio já tinha a certeza férrea de que seria um irmão, pois pedia por isso todas as noutes em suas orações.

Numa manhã, acordou com o pai sentado ao seu lado na cama e em silêncio. Antônio não compreendeu o que significa a morte, aquele conceito, novo para ele, de uma ausência eterna. Não compreendeu a imobilidade da mãe e do recém-chegado irmãozinho. Achou-o tão solitário ali dentro daquela caixa tão pequena, que correu a pegar um dos seus soldadinhos de chumbo, seu favorito, e o colocou entre as minúsculas mãozinhas do bebê.

menos desgastante. E, bem, caso alguma coisa aconteça comigo, ou na minha ausência, que zele pela segurança dela, dela e da menina, como se fosse sua filha, entende?

– Planeja ausentar-se, senhor?

– Capitão, sejamos francos. A cousa mais cobiçada nesta colônia, no momento, é esta concessão que tenho cá comigo. Toda rês que for à fronteira terá que passar por esta terra. E nunca falta quem cobice os bens de outros. Todo homem de posses tem seus inimigos. Vossa mercê deve ter os seus.

– Não deste lado do oceano, senhor.

– Rá! Compreendo. Mas posso contar com vossa mercê? Irá zelar pela minha esposa?

Coluna olhou para a carroça. Desconcertado, limitou-se a concordar.

guerra que minha filha mal me reconhece, e do temperamento da mãe, sei menos ainda.

José Pinheiro observou o rapaz, abriu a boca para falar-lhe algo, hesitou. Tentou outra vez:

— Capitão, vossa mercê é um fidalgo, pelo que sei, e um homem reto e digno, pelo que já lhe conheço e ouvi de outros.

— Obrigado, senhor. Tento fazer o melhor possível.

— Nesses nossos dias de viagem, vejo o modo como seus homens, mesmo o sargento que é superior, o respeitam. Creio que posso confiar-lhe uma confissão. Não sei se fiz bem em casar-me às vésperas de ir para a guerra, mas era isso ou vê-la ficar à míngua pelos maus negócios do pai dela, e não queria esposa minha passando por necessidades. Ela lê muito, sabe? Sempre achei que esses romances serviam apenas para encher a cabeça das mulheres e dos jovens com ideias tolas. Mas essa mulher só lê histórias tristes, tragédia atrás de tragédia. Penso que tantas tristezas de fantasia a deixaram mais forte do que eu poderia esperar e, ao menos nisso, sou grato aos livros. Mas vou lhe confessar uma cousa, capitão, eu mal consigo ler. E quando estou com ela, parece que falamos línguas diferentes. Mas, como disse, vossa mercê é um fidalgo.

— Não vejo que importância tenha isso, senhor.

— Nesse caso, tem toda. Veja vossa mercê, reconheço que sou um homem ignorante, não sei o que dizer ou como lidar com aquela mulher, mas ela e a menina são tudo para mim. Sei que não está satisfeita com esta viagem, contudo, era necessário trazê-la. Por isso, preciso de sua ajuda. Vossa mercê tem a mesma idade que ela, é um homem lido, e sei que já recusou várias vezes ser promovido a sargento-mor. Ora, bem poderia ser o senhor a liderar estes homens agora, embora o austríaco ali seja um bom sujeito. Digo, eu sei avaliar o caráter de uma pessoa, sei quando posso confiar nela. E creio que possa confiar no senhor, de que respeitará minha mulher tanto quanto a minha autoridade.

— O que exatamente vossa mercê está me pedindo?

— Que dê um pouco de sua atenção à minha esposa, capitão. Converse com ela, tranquilize-a, faça o possível para que esta viagem seja

de quando ficava agitada, como que tentando diminuir com o toque a velocidade das batidas de seu coração. Os bosques de árvores estavam enegrecidos pelo céu cinzento, à pouca luz daquele dia que parecia ter surgido natimorto.

– Vossa mercê crê, por algum motivo, que corremos perigo?

– Não mais do que antes. Nunca se sabe o que pode vir pela estrada.

A resposta pareceu tranquilizá-la, e Ana Amélia decidiu voltar para junto da filha e da escrava no coche. Para que ela subisse na carroça, Coluna ofereceu-lhe a mão como apoio, um gesto de cortesia que ela aceitou. A pele macia e delicada dos dedos de Ana Amélia entrou em ligeira fricção com a pele áspera de sua mão. Percebeu a falha: fosse um cavalheiro, deveria ter tirado um lenço para que suas mãos não se tocassem, para que não agredisse a delicada mão da dama com a sua, acostumada à aspereza do cabo do sabre e dos animais. Teria feito isso, naturalmente, se estivessem na cidade, da mesma forma que ela talvez esperasse pelo gesto. Ali, aquele esquecimento era totalmente justificável, mesmo que não pudesse passar despercebido nem por um nem pelo outro. Um toque que não durou mais que alguns segundos. Ao se afastar da carroça e voltar para seu cavalo, Coluna hesitou em fechar os dedos, com medo de desfazer aquela sensação ainda presente.

O grupo se pôs em movimento, agora só parariam quando anoutecesse. A certa altura, José Pinheiro emparelhou seu cavalo com a égua de Coluna e perguntou-lhe, de modo direto, o que conversara com sua esposa. Coluna relatou-lhe tudo com a precisão distante e fria de um de seus relatórios. José Pinheiro concordou.

– Talvez fosse só um índio pelo caminho.

– Do pouco que entendo das mulheres, senhor, se é para que fiquem apreensivas, melhor que seja por um único motivo real, e não por várias razões imaginárias.

– Vossa mercê tem razão. Devo ter o dobro da sua idade, capitão, mas cada vez entendo menos as mulheres. Confesso que não sei como lidar com Ana Amélia. Passei tanto tempo indo e vindo com essa

e lugar, e talvez viesse de suas leituras uma postura muito prática em relação à sua própria vida. Coluna via-se espelhado nela através desse último aspecto, mas talvez enxergasse apenas o que queria ver: ela de modo algum era tão resignada em relação aos infortúnios da vida quanto ele. Além do mais, não era da sua conta, mas muito pouco convivera com sua própria mãe para se deixar intimidar por aqueles modos de mulheres acostumadas a serem obedecidas.

– E por que não o enterramos lá? Por que esperar meio dia de jornada até enterrá-lo?

– Ordens do sargento e do seu marido, senhora.

– Meu marido. Meu marido nunca vai me contar nada, ele me acha frágil. Ele acha que tenho nervos fracos ou que sou dessas que desmaiam quando nervosas, mas temo que ele me conheça tanto quanto eu o conheço. Enquanto estava no sul matando índios, eu dava à luz uma criança. Vossa mercê já viu um parto, capitão?

– Não, senhora.

– Garanto que há tanto sangue e dor quando se coloca alguém no mundo como quando se tira. Há somente uma única coisa de valor nesta caravana, capitão, e é minha filha. Ela parece gostar de vossa mercê, e eu confio no julgamento da minha menina. Se há algum motivo pelo qual devo temer pela segurança da Cecília, o único modo de protegê-la é saber o que a ameaça.

Coluna procurou José Pinheiro com os olhos, mas o homem estava junto dos demais à beira do fogo, de costas para eles. Procurou pelo alforje onde guardava a ração, pegou um punhado e levou à boca de Marena, sua égua, a tudo isso em silêncio, pensando no que responder, e tentando ganhar tempo. Diabos, a mulher até que tinha razão.

– Uma flecha. No pescoço. Foi isso que vitimou o tenente.

– Índios?

– Talvez um único índio. Não sei. Pode ter cruzado conosco pelo caminho, e ocorreu uma fatalidade. É estranho que não tenha atacado mais ninguém.

Ana Amélia olhou para os homens em volta da fogueira e para o coche onde Cecília dormia. Colocou a mão sobre o peito, um cacoete

na que era tão raro encontrar um animal albino que cogitou se aquilo poderia ser sinal de sorte ou de mau agouro.

Voltou sua atenção ao corpo de Afonso Ronno e analisou a flecha. Era um pouco mais curta do que o esperado. O mais curioso era a ponta: de madeira dura e não de osso ou ferro como de costume. Colocou a mão sobre o pescoço do soldado, puxou a flecha de volta e ela saiu inteira e com facilidade, sem que a ponta se soltasse. Montou de novo em sua égua e voltou para junto da caravana, onde lhe ouviram o reporte. O sargento Karus deu-lhe ordem de voltar lá atrás novamente e buscar o corpo. Coluna obedeceu, levando o próprio cavalo de Ronno para trazer o falecido. Quando regressou, o negro Geno perguntou-lhe o que acontecera com o tenente, e Coluna contou-lhe a mentira pouco convincente de que o sono o derrubara da sela e quebrara o pescoço. Só mais tarde, quando pararam para os cavalos descansarem, que Ana Amélia desceu do coche e veio direto falar com ele. Não com o marido, nem com o sargento, mas com ele.

Coluna estava alimentando sua égua e, enquanto o fazia, olhava apreensivo para o capão de árvores próximas. Estavam em terreno aberto agora, mas, a cinquenta passos deles, havia mata fechada, um capão que se estendia por quase meia légua, oferecendo-se como uma ilha de árvores no meio do descampado.

– O que está acontecendo, capitão?

– Nada, senhora.

– Geno me disse que um dos soldados caiu na estrada. É verdade?

– Sim, senhora.

Ela o encarou com o ar autoritário da superioridade maternal, comum às mulheres que descobrem quão poucos são os homens que não correm a obedecê-las como garotos intimidados quando elas usam do tom certo.

– Diga-me a verdade, capitão. O que está acontecendo?

– Eu mesmo vi o morto, senhora. Ele caiu e quebrou o pescoço.

Coluna pouco sabia da vida dela, mas podia concluir a maior parte com base em observações próprias: casamento arranjado como acerto de negócios, relacionamento distante, mas amigável com o marido. Ana Amélia era letrada, cousa rara para uma mulher naquele tempo

— Isso é uma verdade.

Não houve lua nem estrelas naquela noute, o vento gelado produzindo assovios ao passar cortando entre os troncos da mata. Distante se ouvia o eco de trovoadas em prenúncio de uma tempestade que, acreditavam, não chegaria até eles antes do amanhecer, e de fato não veio. Quando a claridade opaca da manhã os encontrou, já estavam em movimento, os cavalos em passos tão sonolentos quanto os homens que oscilavam nas selas, o chão embarrado, o céu um grande pano sujo estendido de um lado a outro do firmamento e fazendo deles apenas borrões escuros numa tela gris. Atravessavam uma trilha estreita numa encosta; de um lado, o barranco tomado de mato esparso; do outro, um bosque de árvores altas – o único sinal de vida fora uma lebre que lhes cruzou o caminho assustada.

— Eh, capitão — chamou o tenente Menezes ao fim da caravana. — Que é do Afonso?

Coluna olhou para a retaguarda e viu o cavalo de Afonso Ronno a andar sozinho, seguindo os demais. José Pinheiro e o sargento Karus também se viraram em suas selas. De imediato, ocorreu-lhes o pior, que o soldado havia dormido na sela e caído, quebrando o pescoço. José Pinheiro mandou parar a caravana e pediu a Coluna que voltasse para ver o que se sucedera.

Coluna desceu a galope, de volta pela estradinha. A cerração da manhã não permitia que visse muita cousa a longe. A névoa que saía do meio das árvores parecia querer fechar o caminho por onde passava, como a dar a entender que ali só se devia seguir em frente. Viu um amontoado escuro recolhido ao chão, que julgou ser o tenente, apeou do cavalo e se aproximou.

Chegou ao lado do corpo e se agachou, foi quando percebeu a flecha atravessada no pescoço do morto. Levantou-se num salto, sacou a garrucha e olhou em volta, apreensivo, mas era impossível ver muita cousa com a neblina. Quando um vulto saltou da mata para a estrada, o instinto o fez deter o impulso de disparar. Era um cervo, um macho adulto com um par de chifres de três pontas – a maior voltada para frente, as outras duas, para trás. Era branco como leite e, nos instantes antes do bicho assustar-se e sair correndo, ocorreu a Colu-

A certo momento, porém, a cortina de coiro afastou-se da janela e surgiu o rosto rosado e redondo da menininha, chapéu de palha preso ao queixo por uma fita rosa em reprodução exata do modelo usado pela mãe. Para surpresa dos que estavam por perto, falou com ele.

– Como se chama o senhor?

Ele a observou surpreso. A cortina se afastou mais um pouco, revelando o rosto da mãe da menina, atenta em cuidar com quem a filha conversava.

– Antônio Coluna – respondeu.

– Como a que sustenta a casa?

– Sim, como a que sustenta a casa.

– Eu me chamo Cecília.

– Muito prazer, senhorita Cecília.

– Muito prazer, senhor capitão.

A menina sorriu-lhe e desapareceu detrás da cortina. José Pinheiro, que ouviu a conversa, comentou com o sargento Karus o quanto era raro que a menina conversasse com estranhos, mal trocava palavras com a própria família. Quando nascera, não chorou senão com o primeiro tapa. O sargento lembrou que também o capitão não era de muitas palavras e, ao que parece, as pessoas muito quietas só conversam quando entre si.

À noute, a garoa parou, mas o tempo continuou frio. Fizeram fogo, e Tia Ena esquentou comida no fogareiro. Com as palmas frias e os dedos gelados, Coluna aproximou-se da chama e estendeu as mãos como se as abençoasse, esquentando-as. Percebeu, mas fingiu não notar que Ana Amélia e a menina aproximavam-se, ambas enroladas em mantas de lã. A mulher perguntou se aquela região era segura, se havia algum risco de serem atacados por índios. Coluna olhou para a comida no fogo, depois para o chefe e para ela outra vez – o hábito, irritante para alguns, de pensar demais antes de responder qualquer cousa. Coluna não sabia o que deveria ou não falar. Resumiu explicando que os Tapes estavam bem longe dali, enquanto que os Coroados não eram vistos fazia muito tempo, e, de todo modo, sempre haviam sido pacíficos. Ela respondeu baloiçando a cabeça em negativa:

– Nada é pacífico por aqui.

Não sabia quanto tempo ficaria naquele posto de registro, mas certamente não seria muito. Embora não estivesse descontente com a natureza prosaica daquela missão (com o fim da guerra, seria bom dedicar-se a algo mais tranquilo), incomodava-lhe a perspectiva de ter tempo livre demais em mãos. A guerra era uma situação peculiar, uma ausência de rotinas dentro de um cotidiano de natureza regrada como o ambiente militar. Deslocava-se a todo instante de um canto a outro da fronteira conforme a informação que lhes chegasse da movimentação dos jesuítas, sempre à espera de ser atacado, e fazendo de seus objetivos momentâneos o elemento norteador de sua vida. A ideia de um cotidiano plenamente estável o assustava e, quando não havia com o que ocupar sua mente, sentia-se péssimo. Vestindo o uniforme de oficial de dragões, seu nome era seu posto. Uma vez sozinho em seus aposentos, sem uniforme, era somente Antônio, um jovem sem nenhum parente vivo, cuja carreira era vista como promissora, caso algum dia ele parasse de recusar todas as promoções que lhe eram oferecidas, como alguma espécie estranha de abnegação punitiva.

Sabia-se que era um fidalgo, mas, ao mesmo tempo em que não gostava de usar seu título para colocar-se acima dos demais, também não gostava que o tratassem com muita intimidade. Não se importava, portanto, que soubessem que possuía um título, porém jamais revelava qual, para que não lhe traçassem o parentesco. Aqueles que sabiam quem era seu tio paterno, tratavam-no com certa cautela. Isso resultava com que fosse incapaz de estabelecer uma relação que não levasse em conta diferentes graus de hierarquias, militares e sociais. Sem o uniforme, sequer existia.

E sobre aquela sesmaria? Tomava José Pinheiro por um estroina em trazer esposa e filha para uma viagem assim tão longa, e em pleno inverno. Ana Amélia, que era muito mais jovem que o marido e devia ter a mesma idade que Antônio, fazia de seu constante mau humor um protesto silencioso contra aquela travessia a contragosto, mas, como passava a maior parte do tempo dentro da carroça lendo, pouco era vista.

pretendia abrir também um armazém para vender vitualhas aos condutores das tropas, o que aumentaria seu lucro. As perspectivas, como se vê, eram boas, e tendo empenhado todos os seus recursos naquela concessão, trouxera junto a esposa, Ana Amélia, e a filha de quatro anos, Cecília, uma menina dotada de peculiar curiosidade e introspecção, atenta a tudo ao seu redor, mas quase sempre em silêncio. Junto de Tia Ena, a escrava que servia de aia a Ana Amélia e fora ama de leite da menina, as mulheres seguiam num coche coberto, de janelas fechadas por cortinas de coiro, conduzido pelo negro Geno. Logo atrás vinha uma carroça guiada por Francisco Carvalho da Cunha, irmão de Ana Amélia e, portanto, cunhado (e sócio na sesmaria) de José Pinheiro, levando os equipamentos com os quais ergueriam o posto. Na carroça, o acompanhava Guri, o terceiro escravo da família.

Do regimento de dragões de Rio Pardo foram-lhe cedidos quatro homens. Dous deles – o furriel Afonso Ronno e o tenente Menezes Gobo, ambos paulistas – vinham por último, encerrando o comboio, enquanto na frente, ao lado de José Pinheiro, vinha o sargento Phillip Karus, a quem todos chamavam Felipe – um austríaco que, cansado de tanto defender Maria Teresa contra os franceses, buscou melhor soldo e carreira ingressando no exército português e vindo para a América. E no meio do comboio, acompanhando o coche das mulheres, vinha ele, montado em sua égua: falava pouco, e seu silêncio aliado à postura distante e fria que tomava dos demais deixava pouca abertura para que alguém se aproximasse para puxar conversa. No fundo, preferia assim.

Notou que a cortina de quando em quando era discretamente afastada, e a menina o encarava daquele modo intrigado e indiscreto que é particular às crianças pequenas. Ele não sorria – era de um tipo raro de homem de expressão pétrea e humor estoico, para o qual um sorriso era uma artificialidade criada apenas para o convívio social, como as cortesias e os cumprimentos –, mas procurou retribuir o olhar da menina com uma expressão mais neutra e aberta para não a assustar.

a mãe, enquanto ela tentava lhe ensinar o minueto. Era ótima dançarina, disseram-lhe, foi dançando que conquistou seu pai. A memória de movimentos suaves e delicados, de passos dados na ponta dos pés e o dobrar dos joelhos a subir e a descer numa cortesia, era forjada. Não se recordava de fato da dança, mas da sensação de segurança do toque materno – o resto do quadro construíra em sua memória com detalhes adquiridos com o passar dos anos. A lição aprendida nunca o abandonou e, houvesse em sua vida maior profusão de bailes, exerceria mais aquela habilidade que, afinal, foi o que o tornara eficiente no manejo da espada. Que idade teria naquela época, quatro anos, talvez cinco? Quando menino, os ritos de cortesia e os gestos em uma dança pareciam-lhe cômicos, mas gravaram em si a percepção de que mesmo para movimentos tão casuais havia um método, e o conhecimento dos métodos regeria todas as formas que um homem possui para se relacionar com o mundo ao seu redor.

Vinte e três anos tinha ele agora, muito novo ainda para ser tão tomado pela melancolia, mas sempre lhe disseram que tinha a alma velha. Ou então era o frio e a chuva fraca e ventosa. O inverno de 1756 já se mostrava rigoroso, e o dia amanheceu tomado por uma garoa fria a servir somente para umedecer as roupas e gelar o corpo, enquanto os membros da expedição rezavam para que não se convertesse em chuva mais forte. O homem à sua frente, montado num cavalo baio, liderava aquele grupo. Chamava-se José Pinheiro Soares do Lago, um fazendeiro paulista que servira como voluntário na comissão demarcadora – trazendo consigo gado, homens e recursos – sob a promessa de receber em retorno uma carta de concessão de sesmaria. O governador-geral cumprira com a palavra, e com um Contrato Régio debaixo do braço, José pretendia instalar um posto aduaneiro, onde se incumbiria de fazer a contagem e o registro da passagem de gado para o recolhimento do dízimo real. Não havia negócio que fosse mais cobiçado. Prevista no contrato estava a concessão de soldados por parte do governo para cuidarem da realização de cobranças, da prisão de desertores e da segurança do posto. Com isto, José Pinheiro

I.

OUTRA VEZ É MINHA A INGRATA TAREFA, na qualidade de teu narrador, de escolher uma história dentre muitas para ser narrada. Minto: tal assertiva não é verdadeira, pois não há diversas histórias. Há apenas uma, sempre a mesma, infinita, e obrigo-me a te convencer de que esta única história, que é o mundo, compõe-se de várias histórias menores, quando em realidade somente assim lhe parece por que arbitrariamente escolhi onde começar e onde encerrar. Então, por que narrar? Pelo simples motivo de que não há verdade nem fraude, tudo é ilusão, e nenhum significado maior pode ser atribuído enquanto não se tenha participado de uma narrativa e que esta seja contada – é a única forma de encararmos o vazio. E o primeiro modo que dispomos de narrativa é a própria memória, moldada à nossa conveniência, para dar sentido ao que somos. Com ela podemos afirmar "este sou eu" ou "eu fui assim", mesmo que raramente seja verdade. Fala-se em memórias, e há aqueles que perdem a de sua própria infância. Ai de quem esquece que um dia foi pequeno, pois tende a se imaginar maior do que realmente é.

É com infância que começamos. A mais antiga lembrança que ele conseguia evocar: sua mãe – ou melhor, de estar de mãos dadas com

LIVRO II

TUDO O QUE ALVOROÇA
A QUIETUDE DAS COUSAS

I.

NÃO HÁ OIRO NO SUL, disse o sargento-mor com indignação, como quem dá a entender que era tudo uma perda de tempo. Nem prata, nem cobre, nem carvão; se havia alguma riqueza naquela terra, seria encontrada acima dela, e nada de bom poderia ter saído daquela empreitada.

Nenhum argumento, porém, parecia convencer o coronel Eliziário Duarte do oposto. Se há quem, sob qualquer escala de valores morais que se possa estabelecer num consenso, venha a ser considerado uma pessoa de natureza má, perversa e maliciosa, o coronel Eliziário encaixava-se mesmo nas mais tolerantes de tais escalas. Há que se levar em conta que são diversas as nuanças cinzentas que separam entre boas e más as ações de homens e mulheres; o coronel, entretanto, era sujeito das antigas, prezava os valores absolutos e, assim, para fazer jus ao seu gosto e honrar a imensa antipatia que este narrador nutriu por ele ao longo do tempo, não convém que se ressaltem aqui traços que lhe atenuem as falhas. Entre os mais antigos do regimento de dragões, quando este se localizava ainda em Rio Grande, mais de uma década atrás, conta-se essa história: o coronel, cheio de opiniões românticas e absolutas sobre como deve ser exercido o comando militar e empenhado em evitar que tais opiniões fossem contaminadas pela experiência, acreditava no método de punições físicas como forma de manter sua autoridade (que, aliás, era desrespeitada com frequência). Quando o regimento viu-se esquecido pelo governador, os uniformes tornando-se rotos, a comida, pouca, o soldo, atrasado, e as deserções, muitas, a certa altura foi-lhes dado de comer somente uma espiga de milho por dia, algumas abóboras por semana e uma dose extra de pauladas a quem protestasse. Mas quando os soldados descobriram que à mesa do coronel Eliziário era uma comezaina só, criou-se um motim. Os revoltosos elegeram um dentre os seus para que os representasse em negociação, mas o representante foi emboscado e espancado por homens do coronel, a cousa saiu do controle, e um dos oficiais correu a fazer empréstimo do próprio bolso com o qual pagar os revoltosos. Anistias foram prometidas e tudo voltou ao normal, exceto para os lados do coronel, que aceitou ser responsabilizado por todo o mal (e a seu favor, reconhecemos que não era sua culpa que o governo estivesse à míngua), mas, em troca, pediu aquelas terras, próximas de Laguna, onde passou a produzir o charque que vendia ao exército, alheio ao alvoroço provocado pela guerra com os índios, mas tendo bom lucro enquanto durou o conflito. A guerra, porém, havia acabado, e agora o velho Eliziário cismava de querer encontrar oiro no sopé do morro.

Era o outono de 1756, e o sargento-mor José Fernandes Pinto Alpoim, após encerrar sua missão de liderar e escoltar a comissão demarcadora que afixava a fronteira entre Portugal e Espanha; erguer fortificações ao longo de mais uma nova linha imaginária inventada por europeus; e se ver envolvido no meio da guerra contra os índios missioneiros, finalmente tomava o rumo de volta ao Rio de Janeiro. Só parou ali, nas terras do coronel, por estar cansado demais para prosseguir até Laguna. Conhecia Eliziário apenas de fama (um de seus oficiais contou-lhe sobre o incidente do motim, quando se aproximavam da fazenda) e antipatizou com ele à primeira vista, mas que fazer?, era seu hóspede, precisava ser-lhe cordial.

E ali estava, a ouvir falar de oiro. Eliziário lhe disse estar confiante de haver daquele metal na base do morro, mesmo que não desse razões que justificassem tal crença. Contratou um engenheiro, que mandou vir de Vila Rica para morar ali, e tirou os seus negros da charqueada e colocou-os a cavar. Abriu-se um túnel, sempre em linha reta morro adentro, conforme as especificações do coronel, mas nada se encontrou. Eliziário passou a achar que o estavam roubando e, a título de exemplo, matou um dos escravos a chibatadas. Pouco depois disso, todos desapareceram, a única certeza sendo que pelo buraco onde entraram ninguém saiu, e o coronel já começava a se desesperar com os custos que teria em comprar mais escravos quando, dous dias depois, surgiu a comitiva de Alpoim como que sinal da Providência Divina.

Oiro e negros, negros e oiro – o sargento-mor suspirava a cada repetição monomaníaca do coronel. Não estivesse tão ansioso pela possibilidade de dormir numa cama com mosquiteiro pela primeira vez em meses, teria reunido sua comitiva e partido logo para Laguna, onde aguardariam o bragantim que os levaria até o Rio. Ao fim da tarde, observando do alpendre da casa ao horizonte desolado, aproveitando um pouco de silêncio enquanto seus soldados cuidavam dos cavalos, comprimiu os olhos num pedido silencioso de clemência ao escutar a voz do velho Eliziário se aproximando. O coronel foi pouco sutil ao puxar o assunto: a mina, oiro e negros. Já que estavam por ali pelas redondezas, e ficariam esperando pela chegada do bragantim por mais um ou dous dias, não poderia o sargento-mor fazer-lhe a mercê de juntar alguns daqueles excelentes soldados e darem uma boa olhada em sua mina, e dizer-lhe o que poderia ter acontecido ali?

Alpoim tentou desconversar e falar do tempo ("e aquela nuvem, será que chove?"), mas o coronel era como um cão rondando a presa, sempre voltando ao mesmo assunto, até que Alpoim ficou sem saída. Olhou rápido para seus homens, escolheu um a esmo – tomando apenas o cuidado de que fosse um oficial, para que Eliziário não se sentisse desprestigiado.

– Alferes! Venha aqui.

Dous moços quase da mesma idade escovavam seus cavalos, se entreolharam e fizeram de conta que não era com eles. Um deles, um rapaz de dezoito anos, ainda a conservar na face uma certa leveza e graça adolescente, que o faziam parecer mais jovem do que de fato era, tinha nos olhos a confiança de quem já fora testado pela vida – e certa irritação, pois não terminara de escovar seu cavalo e ainda preferira a companhia dos animais à dos homens. Olhou para o outro alferes e disse-lhe:

– O sargento está lhe chamando, Érico.

– Tenho cá muita certeza de que era a vossa mercê que ele se dirigia, Licurgo.

– Eu nem tenho certeza se o ouvi chamar alguém.

– Eu tampouco.

Alpoim ergueu-se de sua cadeira e desceu do alpendre, indo em direção a eles.

– Escutem aqui os dous – disse o sargento-mor. – Decerto que já devem ter escutado sobre os problemas do coronel Eliziário ali com seus escravos...

– Seria impossível não ter escutado, senhor – interrompeu Érico.

– Ouça aqui, rapaz, eu não aguento mais este parvo nos meus ouvidos, só precisamos dar-lhe uma satisfação, uma gentileza em troca da hospedagem. Faz dous dias, numa mina para lá – apontou para o morro, distante uma légua –, que os negros desapareceram. Alguém por favor pegue o engenheiro, vá até lá e me faça um reporte de tudo o que encontrar fora do usual.

– Senhor, nunca entramos numa mina antes – disse Licurgo. – Como vou saber se algo estiver fora do usual?

– Vossa mercê saberá, senhor alferes – o modo de Alpoim dizer-lhe que pouco lhe importava, contanto que fosse, voltasse e se livrassem disso. – Então, algum dos dous é voluntário?

Érico e Licurgo se entreolharam, cada um de um lado do cavalo, o primeiro logo baixando o olhar e comprimindo os lábios num cacoete de quem tenta se ausentar em espírito da situação. Licurgo revirou os olhos, irritado – seu amigo vinha de uma família portuguesa influente, não dependia de manter-se nas graças de seus superiores e até já falava em largar da vida militar, enquanto ele, Licurgo, não tinha outra coisa na vida e fazer um agrado ao sargento poderia render-lhe, sabe-se lá, talvez uma recomendação? Dura é a vida para os que são escravos da boa vontade dos que estão acima.

– Eu vou – disse-lhe Licurgo, colocando o chapéu tricorne, ao que o sargento consentiu com um aceno e pediu que o acompanhasse até o alpendre.

– Um conto e duzentos mil-réis em escravos! – anunciou Eliziário. – Não é uma soma que se pode dispensar! Se mortos, preciso saber. Se vivos, quero-os de volta. Se fugidos, mando caçar. Mas preciso saber.

Licurgo respirou fundo, consentiu com um aceno da cabeça e deu meia-volta. Assim como o brigadeiro-mor e todos na comitiva, só pensava na hora em que embarcaria de uma vez para o Rio de Janeiro, que ainda não conhecia, e receberia a aguardada promoção para tenente, que já vinha com atraso. Todo o resto seria apenas tempo desperdiçado. Estava cansado daquela terra e da vida que levara nela. Estava cansado de pensar na guerra com os índios, nas privações. Estava, acima de tudo, cansado de ser a pessoa que fora nos últimos anos.

Entrou no casarão à procura do engenheiro, mas não o encontrou. Quando saía para o pátio da casa de farinha, um menino mulato de doze anos, único dos escravos que restara na fazenda afora as duas mucamas, o interpelou. Estava descalço, de calças curtas e vestindo uma libré tão surrada e puída que imaginou que lhe haviam dado para usar a título de galhofa.

– Veio atrás do Ezequiel, moço?

– Disseram-me que ele estava por aqui.

– Bem, estar, ele está. É que não sei se é uma hora boa...

– E por que não seria?

O menino apontou para uma secreta de taipa de pilão com telhado. Licurgo aproximou-se da porta e gritou:

– Ezequiel?

– Sim?

– Vai demorar muito?

– Não é nenhum trabalho de precisão, oras. Por quê?

– O coronel mandou que vossa mercê me levasse até a mina.

– Ah, sim. Muito bem, já estou no fim.

Licurgo aguardou, de pé ao lado da secreta, tendo o menino por companhia.

– E vossa mercê, como se chama? – perguntou.

– Eu nunca me chamo, pois já estou sempre por perto. Quem me chama são os outros, quando não me encontram.

Licurgo sorriu condescendente e revirou os olhos.

– Esse chiste é velho. Não se tenha por grande trocista com essa.

O garoto sorriu.

– Eu não me tenho, meu dono é o coronel.

Licurgo ia retrucar algo, mas a porta da secreta abriu, e o engenheiro Ezequiel apareceu. Apresentou-se estendendo a mão para cumprimentar o alferes, mas Licurgo olhou da mão para a secreta, da secreta para a mão e, por prudência, preferiu passar-se por mal-educado.

– O Sabiá aqui não o incomodou muito, espero? – disse-lhe o engenheiro. – Julga-se mais esperto só por saber ler. Um negro letrado, acredita? Crê ser o próprio Lazarosinho de Tormes.

– Se ele sabe ler, já me parece motivo o bastante para se achar esperto – Licurgo, indiferente. – Ele não me incomodou. E eu estou com pressa, senhor.

Ezequiel concordou, baloiçando a cabeça num tique nervoso e apressado – tinha um jeito ansioso no porte que fez com que Licurgo não simpatizasse muito com ele. Sabiá ofereceu-se para ir junto e, embora Ezequiel se opusesse, Licurgo não. Mandaram o menino buscar-lhes os cavalos e se puseram os três a atravessar a paisagem amarelenta e seca de capinzal, a brisa fria que antecede a noute já começando a expulsar a mornidão do fim de tarde.

– O velho Eliziário convenceu o sargento a dar uma olhada na mina então? – Ezequiel tentando puxar conversa. – O velho sabe ser insistente, não é? O que vossa mercê achou do homem?

– Só sei das minhas ordens – resmungou Licurgo. Estava antipático e sabia disso, mas, nas últimas semanas, tinha sido inevitável. Tudo o que vira na guerra o deixara amargo.

Ezequiel, entretanto, não viu nisso impeditivo para que continuasse tagarelando com seu jeito nervoso. Fazia agora três meses que chegara à fazenda, onde viu o coronel dar vazão à sua imprudência em desfazer-se de um negócio lucrativo como o charque para construir uma mina – uma mina! O que mais lamentava era a sorte da menina que o velho mandara buscar para ter como esposa – dezesseis anos, conseguia imaginar? Diziam em Laguna que a garota só aceitou para garantir o sustento da irmã mais nova, a família estava à miséria. Cousas da vida, imagina-se. Mas – eis um mexerico que, garantiu, era de fonte fidedigna – não havia muito que lamentar por ela, pois o velho era impotente.

– É bom que a patroa não tenha barriga então – disse Sabiá – ou vai dar rebuliço.

– Cuida dos teus assuntos, moleque – berrou Ezequiel. E virando-se na sela para Licurgo: – E vossa mercê, lutou contra os missioneiros lá em Caiboaté?

– Cuide também de sua vida – retrucou Licurgo.

Ezequiel calou-se pelo resto da cavalgada. Se havia uma cousa da qual Licurgo estava farto era de opiniões alheias sobre a guerra, como se fizessem alguma diferença, como se pudessem mudar os fatos por concordar ou discordar deles. Mais insuportável que isso, somente escutar outros soldados, como o próprio tenente-coronel Osório, gabando-se de uma vitória que, aos olhos de Licurgo, não ocorrera por méritos militares do exército coligado, mas pela loucura imprudente dos índios missioneiros em enfrentá-los em campo aberto, em formação de batalha.

À sua frente, o céu era campo de batalha entre um lilás noturno que avançava contra o laranja poente, enquanto as formas do mundo abaixo começavam a se recolher e dissolver em sombras. A entrada da mina era um corte quadrado e irregular no morro, com uma braça de altura e três passos de largura, sustentada por tábuas. Um carrinho de madeira cheio de terra e pedras estava parado defronte, sobre um trilho que corria mina adentro. Barris e tábuas empilhadas acumulavam-se ao lado da entrada, junto de pequenos montes de terra e calcário. Apearam dos cavalos. Pendurados em pregos nas primeiras vigas, havia dous lampiões a óleo, que Ezequiel acendeu, entregando um para Licurgo, o outro para si. Um vento frio soprou, chacoalhando-lhes as casacas.

Entraram na mina. Escura, úmida e cheirando a barro molhado, a passagem descia íngreme por vinte ou vinte e cinco passos, depois endireitava. Licurgo observava atento cada detalhe em busca de algo que não parecesse fazer parte dali – era realmente uma tarefa idiota, na longa lista de tarefas idiotas que volta e meia lhe eram atribuídas. Conforme avançavam, Ezequiel acendia as velas que pendiam de suportes pregados nas vigas de madeira. O aspecto era irregular e desleixado, ora as tábuas eram colocadas alinhadas nas paredes, ora entrecruzadas. O chão, meio barrento e cheio de pó de calcário, fora coberto em alguns pontos com palha para evitar que virasse um lamaçal. Tomava cuidado para não tropeçar nos trilhos. Quando o túnel começou a fazer uma curva para a direita e depois ficou reto, Licurgo perguntou quem estava fazendo as medições daquela mina, que lhe pareciam aleatórias.

– É o próprio coronel quem dita a direção – explicou o engenheiro. – Eu só cuido que não desabe nas nossas cabeças.

– A mim parece que ele não sabe que caminho seguir.

– Ah, vossa mercê quer realmente saber o que leva o velho a ter tanta certeza de que vai encontrar oiro aqui? Não ria, mas o coronel teve uma visão, ou algo parecido... mas não do tipo religiosa.

Chegaram ao fim do túnel, onde não havia nada além de terra e rocha, e o trilho se encerrava. Licurgo ergueu o lampião, observando que a parede parecia-lhe de uma textura porosa – nunca vira uma pedra assim –, passou a mão e se surpreendeu em ver que era frágil e esfarelava com facilidade. Virou-se para o engenheiro com a impressão de que estavam a lhe contar menos do que sabiam.

– Vossa mercê tem certeza de que os escravos não saíram por onde entraram?

– Certeza mais que absoluta, senhor – garantiu Ezequiel. – Os dous capatazes do coronel não faziam outra cousa que não fosse ficar à entrada para se assegurar que nenhum dos negros saísse escondendo algum oiro.

Sem ter mais ideia do que podia fazer, Licurgo gritou um viva El-Rei D. João na esperança de que alguma reação ocorresse, ao que Sabiá lhe corrigiu, o rei de Portugal era agora D. José e já fazia cinco anos. Ezequiel aplicou uns cascudos no garoto para que não se metesse a corrigir um alferes de dragões. O menino estava para retrucar, mas foi calado por um tremor distante.

– De onde veio isto? Já sucedeu antes? – perguntou Licurgo. Não sabiam lhe responder.

Agachou-se e encostou a orelha na rocha. Silêncio. Outro tremor, mais perto. Parecia-lhe o som de algo grande rolando. Mais um tremor, e um pouco de poeira se desprendeu do teto. O menino fez o sinal da cruz, e ouviram o baque de algo quebrando, a rocha vibrou e mais poeira caiu, algo que parecia estar ao redor deles, mas não entre eles. O último ruído soou tão próximo que Sabiá fugiu correndo a toda velocidade, Licurgo e Ezequiel correram logo atrás, e vento soprou por algum canto vindo de dentro da mina que apagava a chama dos lampiões nas paredes atrás deles. Só pararam ao chegar do lado de fora. Licurgo curvou-se com as mãos apoiadas nos joelhos, recuperando o fôlego. Tão cedo o fez, foi para cima de Ezequiel, agarrando-o pelo colarinho da casaca e o colocando contra a trave de madeira na entrada da mina.

– O que foi aquilo? – gritou. – Vossa mercê está mentindo para mim!

– Juro que se soubesse já teria dito, senhor! – defendeu-se Ezequiel. – Em todas essas semanas de escavação, é a primeira vez que ouço esse barulho!

Licurgo o soltou e montou seu cavalo, partindo de volta para a casa do coronel sem se dar ao trabalho de olhar para trás. Os outros dous o acompanharam, em silêncio, até chegarem em frente à soleira da porta da casa de Eliziário. Licurgo apeou do animal, tirou o chapéu e chamou por alguém da casa. Veio uma das mucamas, e ele pediu que desse recado ao sargento-mor de que já havia voltado. Ao ouvir-lhe o relato, o coronel Eliziário animou-se.

— Isso prova que há algo lá dentro! Viu como a pedra é macia no interior da mina? Comerei meu chapéu se não forem os negros escondidos ali a fazerem esses barulhos!

— Essa pedra farelenta que me descreveu — disse Alpoim — deve ser pedra-pomes. É quebradiça e muito leve, não creio que teriam se detido no trabalho por ela.

— Eles estão lá, tenho certeza! — insistiu Eliziário.

E então propôs uma teoria estapafúrdia de que seus escravos estavam lá dentro ainda, que tendo feito alguma passagem oculta na pedra-pomes, agora cavavam um túnel em paralelo por onde pretendiam fugir. Como o fariam no interior de uma mina sem água ou comida, a imaginação do coronel não respondia.

À noute, as mucamas serviram o jantar. Havia poucas cadeiras para pôr ao redor da grande mesa retangular e apenas o coronel Eliziário, sua esposa, o sargento-mor Alpoim e dous oficiais, Licurgo entre eles, sentavam-se ao seu redor. Alpoim tinha a esperança de que ao menos agora o coronel mudaria de assunto — falaram de amenidades, o sargento-mor arriscou até mesmo um chiste, a que o velho Eliziário reagiu rindo com a língua entre os dentes em forçosa afetação, elogiaram a comida das negras (mais tarde, Alpoim confessaria que não aguentava mais comida feita por escravos e ansiava por uma refeição de sabores mais europeus) —, quando então o velho falou-lhes de um sujeito em Laguna, um fanfarrão da pior espécie que, diziam, tinha os olhos tão sensíveis que enxergava à noute como se fosse dia claro. Se já disse o bardo que o mundo é um palco e homens e mulheres meros atores, alguns são artistas de bem pouco talento — e, aos olhos de Licurgo, aquilo tudo se revelava uma peça mal-ensaiada desde o começo. Descer até a mina, vê-la vazia e voltar com um relato que servia aos propósitos do velho: tudo apenas para justificar o pedido de mais um favor ao nobre colega Alpoim. O qual, em sua impaciência, desejava agradar seu anfitrião apenas para se ver livre de sua conversa insistente. Licurgo já podia ver que mais uma vez sobraria para ele a tarefa de fazer as vontades do velho.

— Esse tal vive em Laguna, é criminoso condenado do qual já se expedira todo tipo de ordem de degredo ou forca, creio mesmo que já me roubou uns bois, mas de nada adianta, pois é muito amigo do capitão-mor da vila e, por isso, sempre se safa de ter o que merece. Vossa mercê, sargento, com todo o peso da autoridade que lhe é concedida por El-Rei, poderia mandar um ou dous homens a representá-lo para ter com o capitão-mor e lembrá-lo de fazer seu papel e mandar prender o ladrão.

– Pois bem, farei isso quando estiver em Laguna – desconversou Alpoim, a pensar apenas na manhã seguinte, quando partiria logo dali.

– Ah, mas antes de o enforcarem – continuou Eliziário –, façam o obséquio de trazê-lo até mim, não somente tenho contas a ajustar com o patife que tanto já me roubou, mas, como já disse, o sujeito tem esses olhos que veem tudo e bem poderia encontrar na mina algo que a nossos olhos escapam.

– Mas, afinal, quem é esse homem? – Licurgo, intrometendo-se na conversa.

– Um vira-casaca, um vagamundo sem eira nem beira, a que chamam de Andaluz – o coronel cuspiu no chão. – Um maldito garrucho, ladrão e desertor.

Alpoim revirou os olhos. Explicou ao coronel que, assim que seu bragantim chegasse, iria embarcar com seus homens e não teria tempo de ocupar-se em prender bandidos locais, isso era tarefa para o capitão-mor da vila, não para ele. Se queria tanto assim os serviços desse sujeito, ora, por que não o contratava?

– Ele nunca aceitaria trabalhar para mim.

Não o julgaria por isso, pensou Licurgo.

Após a janta, quando o pobre Alpoim já se recolhia à sua rede (ao contrário do que esperava, não lhe cederam a única cama da casa, mas ao menos havia uma tela de mosquiteiro que o cobrisse), Eliziário o interpelou mais uma vez. Ocorreu ao velho que tinha algo que talvez interessasse àquele estroina e pediu-lhe que fizesse a mercê de enviar na manhã seguinte algum dos seus soldados para fazer-lhe tal proposta. Alpoim respirou fundo, ao que o velho, antecipando a negativa, emendou:

– Não posso mandar nenhum dos meus capatazes, ele fugiria assim que os visse.

O sargento-mor consentiu. Garantiu-lhe que, assim que o sol raiasse, antes mesmo que o resto da comitiva partisse, um dos seus iria até Laguna para contratar os serviços do sujeito, e se lhe desse licença, estava tarde, precisava acordar cedo, e boa-noute. Alpoim deitou-se na rede, o delicado tecido de trançado fino pendendo sobre ele por um gancho no teto do cômodo, como uma barraca, e sorriu ao escutar o zunido frustrado da mosquitada do lado de fora.

2.

O HUMOR DE LICURGO NAQUELA MANHÃ – podia chamá-la de manhã, se nem o sol acordara ainda? – era tal que, se seu cavalo Cosme fosse dotado de fala, teria preferido ficar quieto a conversar com ele. De pé à beira da lagoa, com uma mão segurando a rédea do animal e com a outra estendendo ao pescador uma moeda, Licurgo negociava a travessia de balsa, ainda que não houvesse muito que negociar – a outra opção era andar mais ao sul e atravessar de balsa no canal que separava a lagoa do mar, ou fazê-lo ali, onde a distância entre as duas margens era mais curta, dividindo a lagoa em duas. Do outro lado, naquele estreito de terra entre o lago e o oceano, estava a vila de Laguna, outrora ponto de partida para toda expedição rumo ao sul, mas que fazia já vinte anos, diminuía de tamanho e importância dês que se abrira o Caminho dos Conventos, e a vila ficou de fora da rota de comércio.

– Cosme, suba.

Mas o cavalo negaceava, os olhos indo da água para Licurgo como que incrédulo. O rapaz insistiu, e nada. O barqueiro veio ao seu auxílio, explicou-lhe que seria melhor vender o animal antes de fazê-lo subir na barca. Emburrado, Licurgo aceitou a sugestão, e partiram.

A travessia da lagoa se deu numa paz solene. A claridade erguia-se do horizonte como batedores de algum exército áureo, mas, à sua direita, a vila ainda adormecia na sombra de um morro alto, e a lembrança da proximidade com o mar soprou em seu rosto na forma dum vento frio e salgado. Na quietude em que ressoava o cavalo, esforçava-se o pescador e agitava-se a água, ecoavam ainda os gritos dos homens, o ribombar dos canhões, o estampido da pólvora e o tilintar de aço em memórias inconvenientes que sempre vinham atormentá-lo em seus momentos de silêncio.

Ao descer da balsa para terra firme, outra vez aquela baforada fria de sal soprou-lhe o rosto – era um chamado, tinha pouco tempo –, e montou em Cosme e atiçou-o ao galope, não em direção à vila à sua direita, mas seguindo em frente em linha reta. A velocidade aumentava a impressão de força do vento, fazendo seu chapéu cair para a nuca, e o animal corria e seus corações pulsavam e seus músculos se retesavam como cordas em arcos subindo e baixando contra o solo, impulsionando-os à frente mais e mais rápido, livres do exército e dos deveres e de toda gente. Chegaram enfim a um platô de pedra à beira da praia, confrontados com a barreira instransponível do horizonte sem fim, assustador como todas as cousas infinitas o são.

Então aquele era o mar, em sua vastidão esmagadora e onipotente a separar os mundos, a esconder em suas profundezas tesouros perdidos, o grande palco onde heróis eram sepultados e abrigavam-se toda sorte de bestas colossais concebidas pela imaginação. Viram o sol erguer-se lento e imponente em sua indiferença cósmica e só então perceberam que ao seu lado, a poucos passos do platô, fazia-lhes companhia um monumento anônimo e monolítico que, embora inclinado em direção ao mar, apontava para a terra.

Licurgo apeou e tocou a gigantesca pedra fria. Tirou as botas e a casaca, amarrou os calções nos joelhos e entrou na água; uma primeira onda fraca e espumosa bateu-lhe nas canelas, o choque da água gelada o animou, e depois dela outra, de surpresa, subiu-lhe até os joelhos. Com a mão em concha, pegou da água do mar e bebeu. Olhou para o cavalo e sorriu. Chamou-o, mas Cosme, que fitava a água com nervosismo, não se distanciava da rocha, apegado a ela como a um totem protetor. Quanto tempo ficou ali, em silêncio, apenas observando a água bater-se contra as pedras e indo e vindo em seus joelhos, não saberia dizer, mas a certo momento deu-se conta de que o sol já brilhava forte contra as ondas como se por elas rolassem moedas de prata, e era hora de partir. Subiu no cavalo e olhou mais uma vez para o oceano; soube, naquele momento, que jamais o atravessaria.

A vila já havia acordado. Ao aproximar-se das casas mais marginais, vislumbrava mulheres que saíam ao pátio para estender roupas ao sol da manhã. Um espantalho crucificado de braços abertos sobre uma horta de alfaces e batatas o saudou à entrada da cidade, e Cosme o levou por ruas estreitas ladeadas de casario colorido, casas de portas abertas, gatos e poeira sendo varridos para fora, uma criança muito pequena que o observava em silêncio em uma janela enquanto comia uma maçã, um velho pescador que costurava sua rede sentado à soleira da porta enquanto ecos de uma conversa vinda de dentro escoavam para fora, uma senhora roliça e descuidada da vaidade passou por ele em sentido contrário, mui anafada, deixando para trás de si um cheiro forte de cebolas, um cachorro de rua à esquina, erguendo a pata dianteira para urinar na parede de uma casa cor-de-rosa. Procurou por algum comércio onde pudesse pedir informações.

No casarão branco de dous pisos da cadeia pública, perguntou pelo capitão-mor, mas disseram-lhe que ele não se encontrava na vila, estava em sua fazenda cuidando de uma égua que dava cria. Perguntou pelo tal Andaluz, ao que o ordenança, receoso, disse-lhe não saber por onde andava o sujeito, mas que tomasse cuidado, pois não era do tipo com o qual se meter a besta.

— Vossa mercê sabe dizer onde ele se hospeda quando fica por aqui?

— O Andaluz é assunto do capitão-mor — respondeu o ordenança. — E não faz bem à minha saúde meter-me nisso.

Licurgo seguiu seu caminho. Foi até o cais, onde abordou um peixeiro que se ocupava de limpar camarões e despejá-los em caixas de madeira, deu-lhe bom dia e perguntou-lhe se sabia onde encontrar um sujeito conhecido como Andaluz. Saber, não sabia, mas tinha uma boa história sobre o sujeito para contar: diziam que chegara à vila a bordo de um baleeiro, onde havia embarcado com a finalidade, segundo o próprio, de "praticar a observação de monstros marinhos". O capitão do navio disse-lhe que ali não se contemplava, ali se caçava, e não empregaria ninguém sem habilidade, ao que o Andaluz o convenceu de que sabia manejar muito bem um arpão. Mentia, era claro, e logo na primeira caçada, não muito longe dali da costa, ao ver o mar ao redor do navio tingir-se com o sangue da baleia recém--morta, foi tomado de tal farnesim que tacou o arpão no capitão, errando por pouco, e por seu motim foi condenado à morte, mas escapou e se atirou ao mar, chegando a Laguna a nado.

Ao cabo de tal história, uma mulher ao seu lado – a mesma senhora roliça cheirando a cebolas com que cruzara pelas ruas – respondeu que aquilo tudo era mentira, o sujeito chegou fugido do Rio de Janeiro, onde se metera com mulher alheia, e não passava de um libertino bandalho que bem merecia colgar na forca, e, não fosse parceiro de carteado do capitão-mor, já o teriam feito! A mulher exaltava-se, mas aproximou-se um homem corpulento de meia-idade e vasto bigode grisalho, que teve o efeito de fazê-la engolir em seco e chispar dali.

Licurgo, atordoado com tanta informação sem utilidade, mal o percebeu.

– É vossa mercê quem está à procura do Andaluz? – questionou o homem.

Ora que as notícias ali corriam rápido, pensou com seus botões, mas confirmou que era ele, sim. O homem se apresentou: era o capitão-mor da vila, João Rodrigues Prates. Mandara o ordenança despachá-lo com uma desculpa qualquer, pois julgara que vinha em nome do coronel Eliziário, e já não tinha mais paciência para as queixas do velho.

– Infelizmente, senhor, eu venho em nome do coronel...

– Oh, diabos. O que houve dessa vez? Não, prefiro nem saber, eles dous que se entendam.

– Mas o senhor conhece o tal Andaluz?

– Sim, claro que o conheço. Criminoso dos piores, pilantra, bargante, garrucho, ladrão de gado alheio, e bom parceiro de carteado. Sujeito gáudio, em minha opinião. Se quer encontrá-lo, ele está onde sempre fica, no alcouce de dona Joana Holandesa.

– Onde?

– No alcouce. No serralho – e como nada surtia efeito no garoto, o capitão-mor olhou em volta, certificando-se de que não havia damas à sua volta. – No *rendez-vous*, no lupanar... ora, garoto! No puteiro.

– Ah... – Licurgo baloiçou a cabeça, compreendendo. – Em que direção fica?

– Olha, se eu soubesse o caminho – olhou em volta mais uma vez –, diria para seguir por essa rua aqui umas sete casas e dobrar à esquerda. Um sobradinho de dous pisos, pintado de azul, a meio caminho entre o cais e a igreja.

Licurgo seguiu seu rumo. Encontrou o casarão – era o mais bem-cuidado das redondezas – e, uma vez tendo atravessado a porta, viu que estava praticamente vazio. Escutou as vozes de mulheres vindo dos fundos, uns ruídos do segundo piso, a casa acordava. Um velho arrastando os pés veio lhe atender, e Licurgo perguntou pela Joana Holandesa. Logo veio até ele uma mulher alta e opulenta, que mesmo em trajes de casa passava uma impressão elegante e altiva, mas que lhe disse não conhecer nenhum Andaluz, e foi preciso convencê-la de que não viera prendê-lo, apenas queria tratar dum assunto privado. A mulher primeiro o olhou desconfiada, depois sorriu, disse que lhe daria fidúcia apenas por ter uma carinha de menino que inspira confiança, e que ninguém com olhos tão bonitos seria capaz de uma maldade. Fez com que prometesse que não se tratava de nenhum engodo e teceu-lhe tantos elogios que o rapaz ruborizou. Era o tipo de mulher que, tendo os meios e chegando à idade da sabedoria, trocava um galo velho por franguinhos de mais vitalidade, e Licurgo não só conhecia bem aquele tipo como sempre conseguia tirar proveito da situação. Bata à porta do segundo quarto no piso superior, disse ela, mas o alertou para tomar cuidado, pois era ainda muito cedo e o Andaluz detestava ser tirado da cama antes do meio-dia.

Licurgo subiu as escadas com cuidado, a mão sobre o cabo do sabre pronto a desembainhar, ao que decidiu que seria muito hostil entrar no quarto do sujeito de arma em punho. Bateu com os nós dos dedos uma vez e não obteve resposta. Bateu uma segunda vez, com um pouco mais de força, e ouviu um Arre! Entra logo! Abriu a porta devagar e entrou. Não fosse por uma fresta nas gelosias das janelas, a cortar o quarto com um risco de luz do sol, estaria tudo mergulhado em breu. O que o filete de luz iluminava, entretanto, era outro assunto: pois quis o destino que Licurgo entrasse naquele quarto na hora mais precisa, pois fosse uns minutos antes ou depois, fosse outra época do ano com outra posição solar, não veria aquela linha de luz cruzar a cama e o corpo de duas belas moças nuas, mais precisamente as nádegas de uma, de traços indiáticos, a dormir de bruços, e o sexo de outra, de pelos loiros muito claros, a dormir virada para cima. Entre elas, o vulto de um homenzarrão nu, sentado sobre os lençóis com as costas apoiadas no espaldar da cama, os olhos vendados por uma viseira de coiro negro tal qual se usa para cavalos chucros, e segurava com uma mão, sob a barriga, um grosso e volumoso calhamaço, como se o estivesse lendo. Licurgo piscou incrédulo ante a visão que lhe parecia uma escultura de um tipo peculiar e exótico de representação da Justiça. O homem dormia? Olhou em volta e viu ao seu lado um baú aberto e, dentro dele, várias pequenas edições de livros diversos, encadernadas para viagem. Voltou novamente a atenção para o homem vendado com o livro em mãos e, como o nome inscrito na lombada do livro pareceu-lhe familiar, esticou o pescoço a virar um pouco de lado a cabeça na tentativa de reconhecê-lo, mas, estando o homem nu, deu a entender a intenção errada.

– Se estás gostando do que vês, então te junta à cama, que no escuro todos os gatos são pardos – disse uma voz muito grave e gutural, a ecoar como um ronco no interior de uma caverna.

Licurgo ruborizou e tentou dizer algo em resposta, mas foi logo interrompido.

– Ainda vou me acostumar com esses hábitos brasileiros de fazer visitas sem serem convidados.

Desconcertado, Licurgo gaguejou uma resposta, mas o gigante ergueu o indicador entre os lábios, virou-se para a loira à sua esquerda e murmurou algum gracejo em seu ouvido, que a fez sorrir, soltar um grunhido sonolento e virar-se de lado. Ele meteu-lhe a mão por debaixo do travesseiro e, quando a tirou dali, empunhava uma pistola de pederneira de fabricação francesa, com cabo de marfim, que nem bem Licurgo teve tempo de compreender o que acontecia e já ouviu o som do cão da arma sendo engatilhado. As meninas continuaram dormindo. O grandalhão virou o rosto de olhos encobertos na direção dele, largou o livro sobre as costas da índia e cobriu um bocejo.

— É realmente muito cedo. Não sou partidário deste hábito de acordar com as galinhas, sabe? Dou-te o tempo do meu bocejo para dizeres a que vieste, guri.

— É difícil levar a sério a ameaça de um homem de olhos vendados.

— Bom epitáfio.

Licurgo se empertigou. Falou muito rápido, apresentando-se como alferes de dragões a serviço do sargento-mor José Fernandes Pinto Alpoim, e tentou explicar-lhe o mais rápido possível o assunto que lhe levava ali — o desaparecimento de escravos dentro de uma mina nas redondezas — sem citar o nome do coronel Eliziário, mas mencionando um bom pagamento em troca — e chacoalhou a bolsa de moedas para que tilintassem. O Andaluz permaneceu imóvel, em silêncio. Grunhiu algo, acordou as meninas com tapinhas nas coxas e disse ao garoto que o esperasse no andar de baixo, que ia se vestir e logo falaria com ele.

Licurgo desceu para o saguão, ainda tentando entender exatamente o que havia acontecido. Ficou de pé no meio do salão, um tanto perdido, próximo ao balcão vazio do bar. Algumas moças passaram por ele em direção à cozinha nos fundos, dando risinhos ao percebê-lo, até que uma aproximou-se e perguntou se estava à espera de alguém.

— Estou esperando pelo Andaluz.

— Ah, este se detarda a descer. Tem esse hábito estranho de tomar banhos todo dia, se não lhe preparamos a tina, daqui a pouco vai

para a lagoa. Vai levar tempo – e, após analisá-lo de cima a baixo:
– Não quer subir e fazer o tempo da espera passar mais rápido?

Licurgo sorriu. Era uma mulata chamada Adele Fátima, fazia questão de ser chamada pelo nome composto, pois dizia que, com ela, a noute valia por duas. Licurgo pensou que não era de todo uma má ideia, mas o único dinheiro que tinha consigo eram as moedas holandesas e, além do mais, estava sob ordens e precisava se apressar, e toda sorte de argumento que o deixariam com um remorso de oportunidade perdida pelo resto da manhã. Ela insistiu, para um moço tão formoso e linheiro como ele, e tão novo!, tinha quantos anos, dezesseis? Tenho dezoito, respondeu. Mas ora, espantou-se ela, dezoito com essa cara de menino?, e, metendo a mão entre as pernas do rapaz, deu-lhe uma boa apalpada e repetiu, ora, ora, já tão crescido e tão taludinho, não sabe o que está perdendo, venha que lhe faço um desconto.

Licurgo, que no susto assumiu uma rigidez tão vertical quanto horizontal, sorriu e mordeu o lábio. Sentiu-se atrair pelas profundezas daquele decote de seios negros que pareciam prestes a saltar do vestido direto para sua boca, como quando se olha para o abismo e sente-se atraído pela queda, mas nisso o Andaluz já estava a descer o lanço de escadas, e tendo acordado de ovo virado, já interrompeu:

– O guri está com pressa. Ou é bom que esteja, para me tirar da cama tão cedo. Que horas são? – e se pôs atrás do balcão do bar, revirando potes e jarros.

O homem era imenso, um colosso. E para surpresa de Licurgo, trajava um surrado uniforme de oficial de dragões, sem divisas ou dragonas que identificassem um posto, o tom azul-claro já acinzentando de tão gasto. E como era alto! Somente agora, que estava de pé, percebeu o seu tamanho – provavelmente, chegava a cinco côvados de altura, quase tão largo nos ombros quanto uma porta, e musculoso como um touro. Moreno e de pele mais bronzeada do que os alvos padrões estéticos europeus talvez tolerassem, de cabelos curtos, deixava as suíças unirem-se à barba rala do queixo, mas raspava o bigode, ficando à moda de imperador romano, de forma que seu crânio compacto parecia emoldurado por um elmo. Na orelha esquerda, trazia um brinco de argola. O mais peculiar, porém, era que mantinha os olhos tapados, mas agia como se enxergasse perfeitamente através das viseiras.

– Devem ser quase dez – respondeu-lhe Licurgo.

– Dez! Dez da madrugada! Não se tem mais respeito pelo sono dos justos – virou um grande jarro de cerâmica sobre o balcão, sem que nada saísse dele. – Onde estão as amêndoas confeitadas? Preciso adoçar a boca. Não me digas que se acabaram as amêndoas confeitadas?

– Acabaram-se ontem à noute, meu querido – disse Adele Fátima. – Comeram-nas todas.

– É oferecer-se algo ao povo, que se jogam feito uns mortos de fome – bateu com as duas mãos na mesa e voltou o rosto vendado na direção de Licurgo. – E tu, que me dizes?

– Vossa mercê é cego? – questionou o rapaz.

– Ah! Sempre essa pergunta. Tenho olhos sensíveis, mas enxergo muito bem – desconversou, e olhando-o de cima a baixo, em particular abaixo da cintura, completou: – Isso aí aponta para o norte magnético ou é o magnetismo das donzelas da casa?

Adele Fátima soltou um risinho enquanto Licurgo, constrangido, tapou a cintura com o chapéu tricorne.

– São mui faceiras e coquetes as moças daqui, não?

– São cortesãs do mais alto nível, ou seja, não para o teu. Adele, minha querida, podes ir lá cuidar dos teus afazeres, que eu tomo conta do menino. E quanto a ti, muito bem, vamos ao que te traz. Se bem entendi, o velho Eliziário precisa agora da minha ajuda? E promete pagar pelos meus serviços? Essa é nova.

– Não falei em nenhum Eliziário.

– E por acaso existe outro doidivanas nas redondezas achando que vai encontrar oiro nos morros? Me julgas idiota, decerto. Não te preocupes, é comum, o meu tamanho passa essa impressão. Deixa-me ver o que tem nessa bolsa.

Licurgo a abriu e jogou-lhe uma das moedas. O Andaluz a revirou entre os dedos: eram peças de oiro toscas e quadradas, de um lado com a inscrição Anno Brasil 1646 e do outro a indefectível marca de G.W.C.

– Como todo homem vulgar – disse o Andaluz, olhando a moeda –, o velho crê que sua ignorância sobre algo anule o conhecimento alheio. É a esperteza dos parvos. Mas tenho utilidade para essas daqui, nisso admito.

– Vai aceitar o serviço então?

O Andaluz confirmou com a cabeça. Até porque, disse ele, estava entediado. Não havia muito mais que se fazer por ali, exceto pecar com as mulheres, xingar os padres, e mesmo isso já lhe cansava. Até a vinda do próximo navio, que sabe-se lá quando chegaria, trazendo-lhe de contrabando, oculto das vistas da Censura Régia a sua tão aguardada letra "D", não seria nada mal se completasse sua coleção resolvendo os problemas que o corno coronel lhe trazia.

– A letra "D"? – questionou Licurgo.

– De desavergonhada dama decaída? De desonesto desordeiro desbriado? De donzela dadeira danada de doida? "D" de Diderot e D'Alembert. A Enciclopédia, guri. Ah, deixa para lá. Tu não deves nem saber ler.

– Meu senhor, eu sou um oficial de dragões. Eu sei ler.

– Pois azar o teu. Ignorância é uma bênção. Os padres que o digam, já que eles reinam onde ela floresce. Como é mesmo a frase... o último rei, o último padre, e as tripas de alguém? – bocejou. – Do que estamos falando mesmo?

– O coronel. Os negros – chacoalhou a bolsa com moedas. – Dinheiro.

– Ah, sim, verdade.

O brutamontas ergueu os dous braços e se espreguiçou, disse que então o acompanharia até a fazenda de Eliziário, pois a curiosidade em saber que nova confusão o velho lhe arranjaria era sempre maior do que a prudência. Entrementes, precisava tomar seu banho matutino, pois a rotina é uma dama dominadora que não vê com bons olhos as exceções. Licurgo perguntou-lhe se iria demorar muito para esquentarem água e encherem uma cuba, mas qual cuba o quê?, o Andaluz se referia a banho de mar – que ficava do outro lado da vila.

Licurgo protestou, não tinha tanto tempo sobrando, logo chegaria o sargento-mor Alpoim e havia preparativos a fazer para a viagem.

– Arre! – resmungou o Andaluz. – Pois bem, sorte tua que hoje o dia está meio frio e ventoso. Espera-me mais um pouco que vou subir, lavar o rosto e pegar minhas cousas.

– De que cousas mais vossa mercê precisa?

– Apenas o básico. Pistola, sabre, bolsa de pólvora e um livro para viagem, que, se a tua conversa me entediar, ao menos tenho algo com que me entreter.

Subiu as escadas e se demorou. Ao descer, com a bolsa a tiracolo e um chapéu de penacho na cabeça, o alferes perguntou-lhe se podiam, afinal, partir. O Andaluz reclamou que estava com fome, acordara tarde demais para o desjejum e já estava quase na hora do almoço. Licurgo protestou que ainda deviam faltar umas duas horas para o almoço, mas o Andaluz insistiu que não podiam sair sem forrar o estômago.

Licurgo resmungou que o tempo estava passando e tinha que levá-lo logo à fazenda. Mas, ora, para que a pressa?, insistiu o ocioso, se os negros fugidos do rengo coronel continuariam fugidos, poderiam ao menos dar-lhes mais algumas horas de vantagem, e se os dous trabalhariam juntos, não havia motivos para não confraternizarem antes num rápido alboroque. Me acompanhas?, convidou ele; antes que o garoto respondesse, o Andaluz já estava saindo e atravessando a rua até uma casa de pasto, e Licurgo foi correndo atrás, sem ter escolha.

– Afinal, como vossa mercê enxerga estando de olhos vendados? – perguntou o rapaz.

O Andaluz apontou para a venda de coiro negra na face e explicou-lhe que, à noute ou em dias nublados, não a usava, mas em dias como aquele, o sol forte lhe feria as vistas, que eram muito sensíveis. A venda era feita de pele de coelho tingida, muito fina. Na claridade, era como ver tudo através de uma janela de vidro muito suja. Caminharam pela rua de volta ao cais, passando em frente a uma sucessão de quatro pequenos sobrados de madeira de dous pisos. Entraram no terceiro, que tinha acima da porta uma tabuleta com o nome Panela

Doirada sobre o desenho esculpido de um peixe a sorrir com uma faca atravessada no corpo.

Exceto por dous homens jogando dados num canto, todas as demais mesas estavam vazias, e sentaram-se numa grande, para quatro pessoas, que ficava próxima ao balcão e às grandes janelas abertas na frente da casa. Quase de imediato, um homem calvo, baixo e atarracado, com um pano sujo no braço marcado por cicatrizes de queimaduras, surgiu atrás da cadeira do Andaluz.

– Ora, aqui está nosso bom João Flamante – apresentou o Andaluz –, que, queira Deus, já parou de fazer jus ao nome. O que há na panela hoje, meu bom homem?

– Os senhores são os primeiros a chegar, e a despensa está bem abastecida. Recebi peixes e camarões frescos agora há pouco. Digam o que querem, e eu providencio.

– Não sei quanto a ti, garoto, mas eu estou com fome. Não como nada desde ontem e, ora, nunca se sabe quando uma refeição pode ser a última, não? – sorriu para Licurgo. – Adquiri este gosto peculiar por um bom peixe mourisco, que poderia vir acompanhando aquele teu excelente caril, que pensa?

– O que é um peixe mourisco? – perguntou Licurgo.

– Ah, é muito simples – Flamante, como todo bom conhecedor de seu ofício, animou-se em explicar. – Mete-se numa panela duas postas de qualquer peixe com meio arrátel de manteiga, um quartilho de vinho branco, duas cabeças de alho e os adubos pretos de praxe (vossa mercê sabe, cravo, canela e pimenta). Coze-se em lume brando, barrando a panela com uma fita para que não saia o bafo, e, quando cozido, deita-se as postas num prato, com limão por cima, e leva-se à mesa. Já para o caril, afoga-se duas cebolas bem picadas com uma quarta de manteiga de vaca, deita-lhe uns camarões com o leite de uma quarta de amêndoas e coze-se tudo até ficar um tantinho grosso, quando tempera-se com os adubos. Feito isso, cobre-se sobre meio arrátel de arroz cozido.

– Bem, o homem sabe o que faz. Parece-me bom, traga para dous – consentiu Licurgo.

– E uma garrafa daquele vinho verde do Minho! – completou o Andaluz.

Flamante foi-se à cozinha. Sentados de frente um para o outro em lados opostos da mesa, o Andaluz o encarava com um sorriso estranho, era difícil para Licurgo dizer para onde olhava ou se estava ocupado com seus próprios botões. Flamante trouxe o vinho, serviu aos dous em copos de latão e beberam. Licurgo achou por bem quebrar o silêncio perguntando a primeira coisa que lhe chamara a atenção sobre aquele homem:

– Aqueles livros no baú em seu quarto, são todos seus?

– Hm, sim e não – disse o Andaluz, bebendo mais um gole do vinho. – Por quê? Algum te interessa?

– Bem, aquele livro que vossa mercê estava lendo. Impressão minha ou era o *Gil Blás*?

– Estou relendo, na verdade – e tirando-o da bolsa, colocou-o sobre a mesa.

– A sério? – Licurgo empolgou-se. – E em que parte vossa mercê está?

– Na terceira, quando o patrão de Gil Blás morre naquele duelo e ele vai trabalhar na casa de dona Arsênia, a da trupe de comediantes.

– Ah... não cheguei até essa parte, eu... perdi meu exemplar. Posso? – esticou a mão para o livro e, enquanto o folheava à procura das ilustrações, comentou, sem tato: – É espantoso encontrar um... seja lá o que vossa mercê faça da vida... que seja letrado.

– Não mais do que encontrar um soldado que leia – retrucou o Andaluz.

– Ora, não é verdade. Todo oficial sabe ler e escrever, é claro.

– Certamente *sabem* ler. Mas leem?

Licurgo ergueu o rosto. Tinha razão; exceto por relatórios e uns poucos manuais, poucos dos oficiais eram dados a leituras. Voltou sua atenção para o livro.

– Que língua é esta? Francês?

– *Oui*. Sempre que possível, tento ler na língua original.

– Pensei que a edição original fosse em espanhol... espere. Vossa mercê sabe francês?

– Conheci muitas francesas – sorriu, gaiato. – Especialmente no Rio de Janeiro. Posso te indicar o endereço, garanto que vais adorar a língua francesa... Mas me dou melhor com o inglês e o português, que me são mais naturais. E o espanhol, claro. E o latim. E mais uma ou outra língua que não vem ao caso.

Chegaram ao fim do vinho, e o Andaluz mandou vir outro; a essas alturas, os dous já estavam se tornando amigos de se tutearem, e Licurgo, meio ébrio, perguntou de onde um ladrão de gado tirava meios para viver assim, feito um nababo. Ora, indignou-se o Andaluz, que só roubara gado uma vez, era uma injustiça que ganhasse a pecha por uma situação tão pontual, ainda mais que o gado, que na ocasião estava em posse do velho Eliziário, já havia sido previamente roubado da fazenda do capitão-mor Henriques Prates, não estava o Andaluz fazendo mais que se colocando em boas graças com quem mandava de verdade por ali. E no mais, explicou meio vago, fazia cousas aqui e ali, algumas não muito louváveis e a maioria proibida por lei, sendo o contrabando a mais lucrativa. Já fazia algum tempo que tinha se fixado ali por Laguna, parte a convite e parte de favor, dês que a Joana Holandesa ofereceu-lhe um quarto, pois era útil às damas da casa ter quem colocasse ordem no puteiro quando os ânimos se exaltavam. Além do mais, as moças gostavam dele em específico e ele das moças em geral, o que era de se esperar visto que, sendo soldado, e elas prostitutas, eram as duas profissões mais antigas do mundo dês que a primeira dama em perigo abriu as pernas em troca da proteção dum cavalheiro.

— Mas chega de falarmos de mim, mudemos de assunto — pediu o Andaluz. — Afinal, estamos entre iguais aqui, nós, os poucos leitores destas terras. Vamos charlar das atualidades! Diga-me, qual tua teoria sobre o terramoto?

— O terramoto? — Licurgo ouvira sobre o ocorrido em Lisboa no ano anterior, mas a corte era uma realidade tão distante da sua, dous mundos distintos separados pelo oceano, que nunca se dera ao trabalho de ocupar seus pensamentos com o que mais estivesse por acontecer por lá.

— Minha irmã manda-me cartas — continuou o Andaluz. — É sempre curioso como esses grandes acontecimentos dão origem às discussões mais variadas, e a maioria não vale um saco de esterco, com o perdão da metáfora, seja o assunto o terramoto, a enciclopédia ou esses fanáticos jesuítas a aterrorizar os reis – parou de falar, serviu-se outra vez de vinho, bebeu o copo inteiro, serviu-se de mais um pouco e continuou: – Pois então, parece haver um consenso, entre os outros países da Europa, de que o terramoto foi uma punição de Deus contra a beatice galega, que a título de qualquer cousa queimam alguém na fogueira ou jogam-no numa masmorra e dizem adeus. Sem falar nessa guerra contra os índios. Tu estiveste em Caiboaté? É verdade o que ouvi, que foram mil e quinhentos índios mortos? Pois então, em Lisboa, foram trinta mil no terramoto. Claro, o terramoto veio antes da batalha, mas digamos que foi uma compensação prévia. O resto da Europa crê que, afinal de contas, foi merecido. Muita gente falou em punição divina, é o que dá tanta carolice inquisitória. Mas, então... conheces Voltaire?

– Não fomos apresentados – Licurgo, atordoado.

– Enfim, ele escreveu um poema. Como era mesmo... "Eis das Eternas leis o cumprimento, que de um Deus livre e bom requer o discernimento? Que crime, que falta cometeram estes infantes, sobre o seio materno esmagados e sangrantes?". Em livre tradução minha, é claro. Ou seja, se estamos no melhor dos mundos concebido por Ele, onde se encaixa, na bondade divina, a punição aos inocentes? Como é possível que tamanho Mal tenha partido do autor de todo Bem?

– Não entendo. Está sugerindo que Deus não se importa?

– Talvez Ele tenha abandonado seus filhos. Talvez tenha nos deixado sozinhos em sua criação. Ou talvez sempre estivéssemos sozinhos, e só agora percebamos. E essa comida que não vem, hein?

– Está dizendo que Deus não existe?

Como em resposta, a comida chegou. Flamante serviu-lhes sobre a mesa uma travessa com o peixe mourisco, outra com arroz cozido e outra com o caril, onde abundavam os camarões. O Andaluz olhou para a mesa à procura de algo e, não o encontrando, por fim meteu a mão em sua bolsa e dali tirou um garfo de três dentes, com o qual fisgou uma posta do peixe. Ficou imóvel ao perceber o olhar espantado de Licurgo.

– Tu não pretendes comer com as mãos, não é?

– Oh, não, não – Licurgo enrubesceu. – Eu tenho minha própria faca e, ahn... – correu os olhos pela mesa até encontrar a colher de madeira que havia sido posta junto com os pratos – minha colher. Onde estávamos?

– Bem, não estou a sugerir que Deus não exista, a não ser que tu estejas. Tu estás? É uma ideia inconveniente e atrai problemas. Não, só estou sugerindo que interpretam o que se convém, com base em cousas que não significam nada. A terra se abre e o mar se revolta, eis os fatos. Que lição se tira disto, varia de acordo com a necessidade de cada um – recostou-se na cadeira, serviu-se de mais um pouco de vinho. – Nem ao menos cheguei a conhecer a Ópera do Tejo. Não ficou nem sete meses de pé, que desgraça.

– Já eu nunca saí da colônia... – Licurgo estranhou a própria franqueza, talvez fosse o vinho, mas também estava sob o efeito narcótico da personalidade do Andaluz, que, além de se fazer íntimo sem maiores cerimônias, parecia capaz de sentir-se à vontade em qualquer circunstância. Não deixava de ser curioso que, em tantos anos, a companhia mais interessante que já encontrara para uma conversa de almoço fosse um aldrabão como aquele.

Separou um pedaço do peixe e o provou. A carne estava levemente adocicada pelos temperos, a textura aveludada pela manteiga, cujo suave aroma tostado equilibrava-se ao do caril, com seus camarões graúdos e crocantes. O vinho, de leve sabor cítrico e muito refrescante, acompanhava o prato à perfeição. Os dous comeram absortos por algum tempo, até o Andaluz começar outra vez a falar e não parar mais: jogasse-lhe um tópico, discursaria a tarde inteira. Agora voltava ao tema dos terramotos, e pôs-se a explicar uma interessante tese sobre sua origem, uma releitura das teorias de Aristóteles feitas por um jovem alemão de Königsberg sobre ventos no interior da Terra que, quando aprisionados, provocavam sismos, enquanto que um espanhol, Miguel Cabrera (o terramoto fora sentido em toda a Europa), estava defendendo que eram câmaras com exalações que faziam fender a Terra. Na França, fez-se uma experiência: mandaram os guardas de Versalhes darem-se as mãos em fila e produziram uma carga elétrica numa ponta. Conforme a carga passava, o respectivo guarda dava um salto ao ser eletrificado e assim, enquanto se davam choques aos guardas, era provado que as correntes elétricas se propagavam e podiam muito bem ser a origem dos sismos, já que provavelmente provocavam trovões e relâmpagos debaixo da terra. Já houve quem sugerisse fincar barras de metal ao chão para se criar para-sismos. Mas nenhum superava em inventividade o bispo Sherlock, que creditava os terramotos ao descontento divino pela publicação de certos livros obscenos.

– São tempos interessantes, estes em que vivemos – concluiu o Andaluz. – Em que outra época se poderia imaginar que tamanha tragédia pudesse ocorrer no coração do mais devoto dos impérios? Ou que todo o conhecimento do mundo possa ser reunido num único espaço, no caso, um livro? As cousas estão sempre em transição, mas, em algumas épocas, parecem mudar mais rápido do que em outras.

Licurgo não conseguia prestar atenção na maior parte da conversa, pois notara que, depois de um certo tempo, a prosa do Andaluz ficava sempre meio abilolada. Mas algo em seu modo de falar, a ausência de um sotaque definível, o levou a perguntar se, afinal, seria espanhol ou português.

– Isso depende do que for mais conveniente. Em geral, os portugueses me acusam de ser espanhol, e os espanhóis, de ser português. Grande ofensa um para o outro, me parece.

– Mas vossa mercê não é nenhum dos dous?

– Uma pergunta tão pouco interessante que sequer me animo a responder.

– Ora, é uma cousa importante de se saber.

– É? E por quê?

– Porque sim... é o que define quem somos, não?

– Se a terra em que nasceste pertence agora à Espanha, isso faz de ti um espanhol, garoto de Sacramento? E se teu rei não reconhecesse a ti e aos teus como súditos, a que terra tu pertencerias?

– Como sabe que sou de Sacramento?

Ir de um reino a outro a disfarçar-se de nativo era-lhe cousa tão comum que desenvolvera excelente ouvido para sotaques. Havia o tom rápido e abafado dos reinóis, o ritmo ansioso dos paulistas, o modo enrolado e cantado dos açorianos, e a entoação aberta dos que viviam na fronteira a misturar o português e o espanhol. Pela idade de Licurgo, só poderia ter nascido em Sacramento ou Rio Grande, todos os demais povoados eram muito recentes. Tinha educação superior à que se pode esperar de um filho de um fazendeiro, seu pai, portanto, devia ser um comerciante e, para ter o filho como oficial de cavalaria, devia ser razoavelmente afortunado, o que só seria possível num povoado com comércio mais desenvolvido. No caso, Sacramento. Tão simples quanto elementar.

– Ainda assim, se o chamam de Andaluz, deve ser por algum motivo – insistiu Licurgo.

– Deve ser por este meu nariz. Dizem que cavalos andaluzes têm focinho maior – apontou para a própria cara. – Já as moças dirão que é porque tenho uma vara de cavalo, mas isso já viste com teus próprios olhos! Rá! – gargalhou de boca cheia e deu um tapa amigável, mas um pouco forte demais, nas costas do garoto, comentando para si mesmo o quanto adorava quando lhe faziam perguntas idiotas.

A refeição chegava ao fim – excelentes os camarões!, excelente o peixe!, mas será que já podiam ir...?, insistiu Licurgo. Afinal, precisava levá-lo até a fazenda do coronel e ainda tinha que voltar para Laguna e se juntar à comitiva do sargento-mor, que, por sinal, chegaria a qualquer momento.

– Mas o quê, sem sobremesa? – protestou o Andaluz. – Faço questão. Tenho uma queda por doces, que posso fazer? Deveria ter virado frade. Aliás, a esposa do Flamante ali já foi freira, sabia? Tiveram de fugir, trocar de nome, longa história, mas o que importa é que há aqui dos melhores doces que se pode fazer com ovos e leite. Ô Flamante, o que tu tens a nos oferecer?

A Licurgo não era comum servir-se de doces, mas já que era o outro que estava pagando, que mal poderia haver? Vieram à mesa alfitetes de Santa Clara estufados em doce de ovos, argolinhas crocantes de amêndoas e doces de aletrias. Esbaldaram-se. Ao final, o Andaluz limpou os cantos da boca com um lenço, terminou de esvaziar a garrafa do Minho branco e pediu a Licurgo que fizesse a mercê de descontar o valor daquele pequeno banquete de seu pagamento futuro.

— Eh, que é isto? — resmungou o bodegueiro, ao ver a moeda de cerco. — Nunca vi destas, estão a me enganar...?

— Não são portuguesas, mas são de oiro, Flamante — retrucou o Andaluz. — Derreta e faça um lindo dente para sua senhora.

— Não, não, me paguem em dinheiro de cristão, não sei o que é isto.

O Andaluz ergueu os ombros e abriu os braços, sorrindo para Licurgo.

— Ouviu o homem, ele quer dinheiro português, alferes.

Licurgo silenciou. Pensou rápido. Explicou ao bodegueiro que fazia parte da comitiva do sargento-mor Alpoim, que a qualquer momento chegaria com outros quinze soldados para aguardar pelo bragantim que o levaria até o Rio de Janeiro. Era sua tarefa conseguir quartos para todos e mandar que já preparassem refeição digna de um herói de guerra como o sargento-mor, portanto não somente o bodegueiro deveria cobrar aquele almoço do intendente, como era bom já ir colocando mais peixe e camarão na panela, pois os homens chegariam com fome.

Flamante coçou o queixo e perguntou ao Andaluz se era verdade aquela história.

— E quem sou eu para duvidar da palavra de um oficial de dragões? — ergueu os ombros, teatral. — A propósito, se ainda tiveres aí daquelas amêndoas confeitadas, peço-te que me faças a mercê de embrulhar um arrátel para viagem, sim?

Ao saírem da casa de pasto de volta para o sobrado da Holandesa, em busca de Cosme, o Andaluz deu-lhe outro amigável tapa nas costas, sempre um pouco mais forte que o necessário.

— Tu te saíste bem com esta, guri. Gostei de ti, tens espírito folgazão.

— Aquelas moedas só valem algo se derretidas — concluiu Licurgo, o ignorando — e assim não seriam mais oiro que qualquer outro oiro. O que elas têm de especial?

Aquelas moedas, explicou-lhe o Andaluz, foram cunhadas cem anos antes em Recife para suprir a falta de moeda corrente nos territórios ocupados pela G.W.C – a *Geoctroyeerde Westindiche Compagnie*, mais conhecida por aquelas bandas como Companhia Holandesa das Índias Ocidentais. Por muitos anos, a simples posse daquelas moedas foi considerada traição e punida com a forca, em verdade, talvez a lei ainda fosse válida, mas não tinha certeza. Com o fim da ocupação, a maioria foi derretida, e o valor daquelas ali era mais simbólico que qualquer outra cousa. E não era todo valor, disse ele, de alguma forma, simbólico? Talvez um dia algum rei decida escrever números aleatórios em folhas de papel e dar a isso mais valor que ao oiro, e o que será das moedas? O valor daquelas peças quadradas era o de serem resquícios de um reino que nunca existiu, e tinha apreço por todos os mementos de países imaginados. Era um colecionador de hipóteses.

– Não é pelo coronel que aceitei fazer-lhe uma visita – disse o Andaluz. – Se tenho algo de que possa me gabar, e só o diabo sabe o quanto eu gosto de me gabar, é que consigo sentir o cheiro da forca a distância. Conheço bem o caráter do coronel Eliziário, e te garanto que a única cousa que se recebe em troca de um favor para aquele velhaco é a oportunidade de se comer capim pela raiz.

– Então, por que aceitou?

– Porque já não tenho mais o que ler e estou entediado. E curioso. É a curiosidade que sempre mata o gato, não?

Em frente à casa da Holandesa, as moças estavam em alvoroço, o coche selado num par de cavalos negros e a vistosa cafetina num vestido garboso e chapelão, pedindo pressa às demais.

– Que aconteceu? – perguntou o Andaluz.

– Disseram que um bragantim cruzou o canal por um lado – respondeu Adele Fátima, de passagem, quando subia no coche – e há uma porção de soldados vindo de balsa pelo outro.

Era a comitiva de Alpoim, a chegar quase ao mesmo tempo em que o bragantim, que estava adiantado em um dia. Licurgo montou em Cosme e encontrou o sargento-mor em frente ao cais, o Andaluz vindo logo atrás, a pé. Pudesse Alpoim matar com o olhar, o teria feito ao ver o uniforme roto de oficial de dragões que o Andaluz vestia.

— É esse o homem? — perguntou, com um aceno de cabeça, e Licurgo confirmou. — Pois bem, o coronel Eliziário está à espera que o leve até ele. Deus me livre de precisar passar mais uma hora na presença de um sujeito tão desagradável. Ó, é nosso aquele que vem lá?

Apontou por cima do ombro de Licurgo, que se virou no cavalo para olhar a embarcação a deslizar sobre a lagoa vindo devagar na direção deles.

— Creio que sim, senhor.

— Ótimo. Leve o patife para dar uma olhada na mina do coronel e volte antes do anoutecer. Não se demore, partiremos pela manhã sem falta. Homessa, e o que vem ali?

Era a coche da Holandesa que chegava, com Adele Fátima a abanar para os rapazes.

— A propósito, senhor — lembrou Licurgo —, creio que estejam todos com fome, então tomei a liberdade de mandar preparar refeição para nossos homens naquela casa de pasto ali, na esquina...

— Hein? — Alpoim não lhe dava atenção. — O que há na esquina?

— Comida de qualidade, senhor. E um bom vinho também, que recomendo...

— Alferes?

— Senhor?

— Pare de falar e vá logo.

— Sim, senhor.

Licurgo e o Andaluz cavalgaram rumo ao pontão de terra onde a balsa os aguardava. O Andaluz perguntou-lhe qual era o nome do cavalo de Licurgo, pois tinha que dar um nome ao seu e estava sem ideias.

— Se for veloz, vou chamá-lo de Clavilenho, mas penso também em Rinconete. Que acha?

— O cavalo ainda não tem um nome?

— Ora, deve ter, mas sabe-se lá quem é o dono.

3.

Enquanto atravessavam a lagoa de balsa, sem conseguir esconder a curiosidade, Licurgo perguntou ao Andaluz quais eram, afinal, os crimes que havia cometido para que dele circulassem tantas histórias distintas.

— Ah, meu único crime é ser livre onde todos têm dono — respondeu, todo pomposo.

— Um modo floreado de dizer que não segue a lei, como qualquer criminoso comum...

O Andaluz sorriu meio torto, sem virar o rosto, talvez o observasse de esguelha — impossível saber, com aqueles olhos vendados.

— Chama-me de criminoso, mas não me chames de comum! E eu sigo a lei, guri. A lei da razão. Hierarquias existem por um motivo. São necessárias para organizar homens e mantê-los no mesmo caminho, para que alcancem um bem maior que não alçariam por si só, mas não fazem alguém ser melhor ou maior que o outro. Não os nobres, nem mesmo os reis, muito menos o Papa.

Licurgo acariciou o focinho de Cosme, murmurando palavras que o acalmassem durante a travessia, e olhou para o sol refletido na água da lagoa, comentando, como quem explica o óbvio a uma criança particularmente obtusa, que reis são reis porque a Providência assim determinou o mundo, da mesma forma como se escolhe o Papa.

– Ah, que tolice, tu és mais esperto do que isso – refutou o Andaluz. – Se eu fosse rei e não quisesse que me questionassem, diria isso tantas vezes até que esquecessem quem o disse, e todos acreditassem que fosse a ordem natural das cousas, um círculo vicioso onde tu és o que és porque dizes que és, e tu dizes que és porque és o que és!

– Essa conversa está muito excêntrica para o meu entendimento.

O Andaluz baloiçou a cabeça e estralou a língua num muxoxo.

– Mas, então, Licurgo... posso te chamar de Lico?

– Não.

– Vou-te chamar então de "aquele soldado irritado", pois é como vou me lembrar afetuosamente de ti.

– Eu não... eu não sou irritado. Eu só estou cansado.

– Ora, é cedo ainda.

– Quis dizer que estou cansado disso tudo. De ir para lá e para cá a mando dos outros. A vida deve ser mais que trabalhar e obedecer até morrer, e depois talvez esperar o paraíso por ter sido obediente. Não faz sentido ganhar-se a vida para se abdicar dela e... vossa mercê é a última pessoa com quem imaginei falar disso. Deve ser o vinho. E estou cansado. Ia me perguntar algo?

– Ia, mas já tive a resposta.

– Qual a sua história, afinal de contas? De onde vossa mercê tirou todas essas ideias?

– Ah – sorriu, satisfeito em ver que, afinal, tinha uma plateia. – Essa é uma história longa que vale a pena ser contada!

Explicou-lhe que sua criação era o fruto da combinação alquímica entre uma infância adoentada e os zelos maternos excessivos, que o rodeavam de leituras para que o tempo acamado passasse mais rápido e, entre uma enfermidade e outra, bastou-lhe um pequeno número de volumes para ter vivido várias vidas e já entrar no mundo com a experiência dos anciões. Tinha também a sorte de seu pai exercer o ofício de livreiro, com contatos nas maiores oficinas tipográficas da Europa, de modo que desde muito pequeno tinha acesso a quase tudo que passou pela loja de sua família. E para quem, desde o seio materno, fora acostumado a falar uma língua em casa e outra à rua, aprender novos idiomas não era nenhuma dificuldade. Porém, um dia um primo de seu pai metido a dramaturgo foi denunciado à Inquisição por uma escrava, e acabou garroteado e queimado. Aqui não fico mais, disse o pai, e lá vamos nós outra vez, disse a mãe, acostumada que estava a ir passando de um reino ao outro, em êxodo, sempre tentando enfrentar a situação com seu peculiar conformismo otimista. Aos sete anos de idade, familiarizava-se já com seu terceiro país. Ali, por força do ofício de seu pai, vieram-lhe às mãos obras das mais diversas; aos dezesseis anos, já podia se gabar de conhecer o espanhol, o português, o inglês, o francês e o latim, e de ter sofrido a sorte de Crusoé, navegado com Singleton e Sinbad, viajado com Gil Blás e vadiado com Guzmán de Alfarache. Se ao menos os zelosos excessos de sua mãe garantiram-lhe uma saúde forte ("às vezes, tenho pesadelos em que mamãe volta do túmulo com um prato de sopa nas mãos"), ele já não podia mais limitar-se apenas ao mundo que conhecia em papel. As pessoas o entediavam, e o modo bovino com que se resignavam à tacanhice de suas rotinas era-lhe cada vez mais venenoso. Quando nada mais o prendia, lançou-se em viagem.

– Há aqueles que partem a conhecer o mundo sem nada que os guie, e de nada serve ser um yahoo perdido em meio aos houyhnhms, mas eu já tinha o conhecimento dos sentimentos humanos que vivem por detrás das máscaras, as cousas que os relatos verídicos escondem por pudor de ofender a outros, mas que as ficções desmascaram sem medo por meio de metáforas e trocadilhos, e para o bem ou para o mal, tal conhecimento foi o que fez de mim um pária. Espinoza disse que quem vive pela razão precisa trabalhar em dobro para compensar o ódio e o desprezo que os outros têm dele. Mas ora, há mais na vida do que colocá-la ao serviço dos interesses de outros, e eu sabia que estaria condenado no momento em que pus os pés aqui. Um rapaz do meu tamanho, chegando ao porto sem autorizações? Taca-lhe um uniforme, já para o sul defender a fronteira! Não que o alistamento em si tenha sido uma lástima, ainda que fosse por conscrição, mas enfim... como dizia minha mãe, *siempre mos vaygamos para adelántre, nunka para trás.*

– Foi então que vossa mercê desertou?

– Ah, desertar foi só o começo da história.

– Afinal – insistiu Licurgo –, que tantos crimes foram?

O Andaluz suspirou, a fingir irritação. Pois muito bem, disse, vamos aos que me lembro, e abriu a mão enorme e começou a contar nos dedos. Quando era ainda soldado, mostrou a um tenente-coronel arrogante que o reconhecimento à autoridade não era um direito adquirido, mas uma concessão – ou seja, o colocou em seu devido lugar. Para que não fosse enforcado por motim, fugiu do exército e foi para o clero: fez-se passar por padre, onde se ocupou de ensinar os fatos da vida às moças de boas famílias. Depois, voltou à Europa, onde viveu de aplicar golpes em fidalgos de bolsos cheios e cabeças ocas, mas, por fim, largou dessa vida a tempo para trabalhar como mercenário, e o lado bom disto é que sempre há guerra d'algures, mas então, já de volta à América, descobriu-se hábil no rentável ramo do contrabando de um certo tipo de mercadoria rara, onde fez contatos proveitosos com pessoas de considerável importância na colônia. Fora isso, eventualmente metia-se em apuros: certa feita, matara um conde ou visconde – nunca se lembrava com precisão dos títulos, pois se os militares ao menos possuem dragonas que lhes identificassem os postos, os nobres e ricos vestiam-se todos iguais, com suas perucas e saltos de última moda. Mas, garantiu, tal morte foi feita conforme as regras, batendo-se em armas num mui honrado duelo, onde o falecido pretendia compensar seu posto de corno limpando o bom nome de sua esposa e das duas filhas que, convencidas pelo Andaluz de que este era um famoso pintor francês, *le Andalou*, aceitaram posar para uma pintura intitulada *As sacerdotisas de Safo*, que nunca era concluída pois o artista insistia em meter-se no meio da obra.

– Há mais cousa, mas não é a ocasião de lembrar tudo neste momento. No mais, são infortúnios que a qualquer um podem ocorrer, e que posso fazer quanto a isso? Mas agora chega de falar de mim, que já me secou a boca. Falemos de ti. Estiveste em Caiboaté? Ouvi dizerem que mataram mil e quinhentos índios. Não lembro de já ter contado mil e quinhentos de alguma cousa na vida. Como fazem para saber disso? Alguém fica encarregado de contar os mortos?

– Não quero tratar disso – resmungou Licurgo.

– E por que não? Não me importo de enumerar meus crimes. A ti envergonham os teus?

– Eu estava em uma guerra! – justificou-se Licurgo.

– Que diferença faz o nome que se dá? A mão na espada era a sua.

Licurgo levou a mão ao sabre, comprimindo os lábios em irritação e pronto a dizer-lhe a excelente resposta que, como sempre, só lhe viria quando o assunto já estivesse esquecido. Andaluz ergueu os ombros e as mãos para o alto.

– Muito bem, falemos de outra cousa então. *Se te plaze meldar*, o que tem lido de interessante?

Emburrado, Licurgo não disse nada, e os dous mantiveram silêncio até descer da balsa. Já estavam a meio caminho das terras do coronel Eliziário quando o garoto, com a pergunta coçando na garganta dês que vira a caixa de livros no quarto do Andaluz, quebrou a mudez: se gostava tanto de ler, como fazia para ter sempre tantos livros consigo? Da última vez que Licurgo tentara conseguir algum, pediu algo ao capelão do regimento, e este lhe veio com um exemplar das Recreações filosóficas de padre Almeida, que acabou descobrindo muito útil para suas ocasiões de insônia, quando nem duas páginas o faziam cabecear entorpecido.

– Deus me livre! – retrucou o Andaluz. – Antes arder no inferno que ter que ler tal cousa. Se queres uma leitura de aventuras, então vá ler algum folheto d'*O tesoiro dos sóis doirados*. Creio que ainda tenho os dous primeiros lá nas minhas cousas. Quando voltarmos, te empresto.

– E de onde vossa mercê tira tanto livro?

O Andaluz sorriu. Pois, como dissera antes, tinha um apreço especial pelas cousas raras, exóticas ou de difícil aquisição, um gosto pelos impossíveis. Além disso, vindo de uma família de livreiros, livros eram seu ramo de negócios havia pelo menos três gerações.

– Bem, supõe que queiras ler a história de Carlos Magno e os doze pares de França, ou que estejas à procura, digamos, da edição de

Galland d'As mil e uma noutes. É preciso que se peça a alguém em Portugal que apresente um pedido, justificando a necessidade do livro e para onde ele será enviado. Então, a Mesa de Desembargo do Paço analisará o teu pedido e, a depender da boa vontade de quem analisa, será ou não aprovado. Mas e se tu não souberes quem é o autor de Viagens de Enrico Walton, ou o nome do tradutor, ou da casa editora? Então, segue a papelada para o tribunal, o que demora ainda mais. Se, depois de tudo isso, o requerimento for aprovado, paga-se uma taxa, embarca-se o livro nas naus e, quando chegar ao Brasil, se o navio não afundar no caminho ou for incendiado por piratas, é mais uma vez conferida toda a papelada para ver se nenhuma obra não autorizada foi metida no meio. Canso-me só de falar. E se tu quiseres alguma obra, digamos, inconveniente, perigosa, licenciosa ou indecorosa? E ainda por cima, se fores um cura, padre, coronel ou esposa de coronel, a quem não faz bem ser visto a remeter pedidos de tais livros perigosos? Se tiveres os meios e souber onde me encontrar, posso facilitar as cousas.

– Vossa mercê faz contrabando de livros! – Licurgo declarou empolgado, disfarçando com um falso tom de escândalo. E a óbvia pergunta que se seguiu: – Isso dá dinheiro?

Ora, naquela terra inculta, onde se tinha tão pouca curiosidade pelas cousas e a maioria do povo contentava-se em vegetar em apatia e indolência enervantes, os letrados ansiosos por mais leituras eram poucos, mas abastados e, em geral, pagavam muito bem. Para isso, o Andaluz valia-se dos muitos contatos acumulados em suas andanças: seu irmão mais velho ficou a tomar conta da livraria da família, em contato com as principais tipografias da Europa continental, mas a gozar da relativa liberdade que as terras inglesas davam aos seus livros. E o Andaluz mantinha boas relações com os capitães das naus de fama mais duvidosa a circular impunemente na costa brasileira, como também sabia muito bem onde estavam os funcionários públicos insatisfeitos com seus salários. Na verdade, contrabandear livros era das cousas mais fáceis. Com tanto mais para ser roubado naquelas terras, os fiscais tinham assuntos melhores com o que se preocupar.

— É irônico que eu esteja a vender os livros de ideias mais liberais para aqueles que menos desejam mudar algo no mundo. Acho que ninguém sobrevive sem uma dose de hipocrisia, não? De qualquer forma, não importa o quanto esperneie o coronel Eliziário, provavelmente tenho muito mais amigos em posições altas do que ele. E se tu quiseres livros, basta me encontrar. Se deres sorte, capaz de eu ter algo comigo ainda, da última remessa. Mandaram-me algumas cousas de Voltaire. Já leste *Micromégas*? É sobre este homem, Micrômegas, que tem vinte mil pés de altura e pode cruzar a Europa num dia de caminhada...

— Tal homem é impossível.

— Sim, claro, se estivéssemos falando de cousas possíveis, não estaríamos falando de romances, e a conversa seria um tédio. Convenhamos que não é ofício de poeta narrar o que aconteceu, e sim o que poderia ter acontecido, segundo a necessidade. Aristóteles disse isso, não? Ou foi Platão? O historiador escreve sobre o que se sucedeu, e o poeta, sobre o que pode se suceder. Mas, de qualquer modo, voltando ao Voltaire, este homem, o Micrômegas, não nasceu na Terra, e sim no planeta Sirius, e vem ao nosso mundo acompanhado de um amigo de Saturno para conhecer nossos costumes e...

— Como se pode levar a sério tal cousa?

— Ora, tanto me dá, que são só firulas para divertir. O que importa é tentar ver nossos costumes do ponto de vista de outrem, como nós vemos aos estrangeiros. Um estrangeiro que fosse de outro mundo veria a todas as nações como donas e prisioneiras dos mesmos hábitos viciados, e nisso está o mérito de uma história assim. Aliás, essas narrativas estão na moda, ainda mais depois que dona Altina e Enrico Wanton publicaram as suas.

Licurgo encolheu-se nos ombros.

— Já me disseram para esgotar os clássicos antes de partir a ler os novos — lembrou o garoto. — Afinal, não há tempo para se ler tudo... ainda mais que os tais romances não distinguem os fatos da ficção, não é o que dizem? Inventando geografias falsas e seres que não existem?

– Ah, agora tudo se explica! Quem te meteu um dislate desses na cabeça!? – o Andaluz exaltou-se, erguendo os braços dum modo intimidante, particularmente todo seu, de tenor de ópera. – Se queres conhecer o passado, busca os clássicos, se queres prever o futuro, vá a uma cartomante... mas para interpretar os dias em que vivemos, só vais encontrar as respostas lendo a ficção do nosso tempo. E algumas das mais fabulosas e distantes histórias do que se considera a Verdade e a Realidade são, por consequência, as que mais próximas chegam da essência das cousas. Todo homem anseia por ver cousas impossíveis, inimagináveis, não apenas para divertir e entreter seus sentidos, mas para ser deslumbrado ao confrontar o que antes julgava inconcebível.

– Mas ainda assim é uma mentira. Como pode a Verdade nascer de uma mentira?

– Decerto que conheces o Tratado de Tordesilhas? Teu antigo rei assinou com o de Espanha um documento dividindo a América entre os dous. Consegues ver Laguna daqui? – apontou para trás, para a vila, já distante deles mas ainda visível no horizonte. – Laguna era o limite do tratado. Por um acaso vês alguma linha traçada na terra ou no céu, a dividir o mundo em dous? Por um acaso algo muda no ar, nas árvores ou nos rios, ao serem separados entre dous reinos? O que é um mapa, senão uma mentira na qual todos consentem em acreditar? Mas uma fantasia, uma sátira, é justamente o contrário: uma verdade que todos julgam ser uma mentira, o único modo de se criticar e acusar as mentiras que nos são impostas como verdadeiras. Dar-te-ei um exemplo.

Imagina, disse ele, uma terra onde há homens com cabeças de cavalos. A essa terra dá-se o nome de Equínia, e seus habitantes, que descendem dos cavalos de Abdera, são chamados de equinocéfalos. Acreditam que Deus, a quem chamam Equus, os fez à sua imagem e semelhança, mas orgulham-se de há muito terem expulsado os reis e sacerdotes que os oprimiam. Ali, os representantes, como se fazia na antiga Grécia, são escolhidos dentre o povo para representá-los numa câmara. Porém, um dia, um equino da plebe entra na câmara escondido, quando os representantes julgavam-se sozinhos consigo mesmos, e testemunha algo que o horroriza: descobre que os representantes não apenas são trapaceiros da pior espécie como traem o povo frente a qualquer possibilidade de obter vantagens, mesmo migalhas, não sem antes legislarem por leis que os protejam de seus próprios crimes, a tal ponto que existem apenas para si próprios, e o povo que vive do lado de fora da câmara resolve-se do jeito que pode.

Logo a notícia se espalha por toda a cidade, e surge dentre eles um líder, a que chamam de Agro, o Grande, que todos consideram quem mais representa sua vontade. O que dizem os antigos representantes? Que a lei proíbe a liderança de ser exercida por um único equino, como forma de impedir o surgimento de outro rei. Então, Agro, o Grande, diz-lhes que os representantes têm razão e ao mesmo tempo não: se as leis são criadas por consenso como forma de regular a vida, só representam algo enquanto aqueles que as fizeram mantiverem seus valores. Pois se há respeito do filho pelo pai, do empregado pelo patrão, do súdito pelo rei, esse respeito surge somente enquanto, aos olhos de quem vê, aquele que é alvo de tal estima for condizente com os valores que lhes atribuem. Nenhuma autoridade é intrínseca, e da farda que se usa à cruz que se louva, só valem algo porque assim o dizemos, pois o homem não se aguenta de pé no mundo sem crer que algo maior o proteja – são cousas que precisamos criar para nos protegermos da solidão desesperadora da falta de sentido, tanto quanto, para que seu valor real nunca seja questionado, precisamos esquecer que foram criadas por nós!

– Nem sempre temos condições de agir conforme nossa consciência. Um soldado não...

– Um soldado pode desertar – interrompeu o Andaluz, com uma ponta de ferocidade. – Pode sacar da garrucha e dar um tiro bem merecido no meio dos olhos do seu superior, se aceitar as consequências, se aceitar que isso fará dele um pária. Eu aceitei. E vivo bem com minha consciência. Agora, me responde, quantos índios tu mataste em Caiboaté?

Licurgo não respondeu. Desviou do assunto perguntando como terminava sua história.

– Como vou saber? Não terminei de escrever ainda – riu o Andaluz. – Mas acredito que Agro, o Grande, se tornará rei, e será tão terrível quanto qualquer outro rei, até que o povo o tire do trono e tudo recomece. Não é sempre assim? Penso em encenar com atores usando grandes máscaras de cavalos. E alguém nu. Nada choca mais um burguês que ver um caralhete.

O Andaluz por vezes parecia conversar mais consigo próprio, e entre um devaneio e outro, ocorreu a Licurgo perguntar-lhe: já que estava no ramo do contrabando de livros, talvez pudesse ajudá-lo a encontrar uma obra em especial.

– Como se chama?
– Não lembro o título.
– E quem é o autor?
– Também não lembro.
– Assim, fica difícil. Sobre o que era a história?
– Eu não a li inteira...
– Meu Deus.

Licurgo citou de memória o único trecho de que se lembrava: "Morrer, dormir, dormir, sonhar talvez...", dizia-lhe algo? O Andaluz reconheceu de imediato: era Shakespeare. Poderia consegui-lo em edições inglesas ou pela tradução ao francês de La Place. Mas Licurgo não conhecia nenhuma dessas línguas e garantiu que o livro que lera estava em bom português, e mesmo que o Andaluz não soubesse de nenhuma tradução nessa língua – e considerava-se bem-informado –, prometeu-lhe averiguar com seus contatos. Licurgo agradeceu, prometendo-lhe em troca uma boa soma pelo livro, caso o conseguisse.

———

Chegavam já à fazenda do coronel no fim da tarde. Apearam dos cavalos e mandaram chamar Eliziário, que foi mancando até eles acompanhado de seus dous capatazes, um calvo e de rosto encovado, o outro de face completamente hirsuta.

– Vossas mercês se demoraram demais – disse o coronel. – Mandei o Ezequiel esperá-los na mina. Estes são os senhores Teodósio e Bertoldo, trabalham para mim. Irão acompanhá-los até a entrada da mina e lá ficarão à sua espera para segurança do senhor alferes.

– Dous para um? Não sabia que me tinhas em tanta estima, coronel – replicou o Andaluz. – Aliás, como vai tua senhora? Manda minhas lembranças.

Eliziário o ignorou, voltando para dentro da casa. Os quatro cavalgaram até a mina, Licurgo e o Andaluz à frente, os dous capatazes atrás, e ficou latente a sensação de que estavam ali menos pela segurança de Licurgo do que para servir-lhes como verdugos. Chegando à mina, encontraram dous cavalos já pastando à entrada, de modo que o engenheiro Ezequiel devia estar acompanhado. Apearam e amarraram os animais. Os dous capatazes não quiseram entrar.

– Pensei que os senhores estavam aqui para minha segurança – disse Licurgo.

– Se ele fizer algo ao senhor, não passará daqui – disse o careca.

– E se "ele" não fizer nada? – retrucou o Andaluz.

– Estamos aqui para a segurança do senhor alferes – desviou o hirsuto.

– Muito bem – Licurgo tomou para si a lanterna a óleo que pendia na entrada e a acendeu. – Caso eu não volte, digam ao coronel que vá para o inferno. Com os cumprimentos do regimento de dragões.

4.

Quando a escuridão do interior da mina os envolveu, o Andaluz desamarrou a viseira de coiro que lhe cobria os olhos e a guardou num bolso da casaca. Sob a luz da lanterna, seus olhos brilhavam como os dos animais à noute, prateados.

— Vossa mercê é zaori!? — disse Licurgo, empolgado, e agora muita cousa fazia-lhe sentido, em especial a insistência do coronel para que levasse o Andaluz até ali. A crendice popular ditava que um zaori poderia enxergar atrás das paredes e até mesmo encontrar oiro com mais facilidade. — Aposto que vossa mercê nasceu numa sexta-feira santa.

— Não, nasci em agosto — resmungou em resposta, impaciente. — Tampouco enxergo atrás de paredes, se é o que estás pensando. Não acredites em superstições. No máximo, enxergo à noute como se fosse dia claro e, durante o dia, a claridade me arde como se me queimassem as órbitas, de pouco adiantando fechar as pálpebras. Quando era garoto, isso era o diabo. Por isso, as viseiras.

— O coronel certamente acredita em superstições.

— Eliziário se finge de azêmola quando lhe convém — a essas alturas, já tinham feito a curva à esquerda e chegavam ao fim do túnel, próximos à parede de pedra-pomes e onde o trilho se encerrava. – Não oiço nenhum daqueles ruídos de que falaste.

Licurgo ergueu a lanterna e olhou em volta – a certo momento, a colocou muito próxima do rosto do Andaluz e este resmungou, afastando-a com um tapa. O que para o rapaz era um beco sem saída, para seu colega bastou uma olhadela à parede direita e começou a xingar o coronel, dizendo que o velho safado sabia muito bem onde começava e onde terminava seu túnel. Agachou-se e mostrou a Licurgo as marcas no chão, de onde os trilhos haviam sido retirados. O caminho seguia para além da parede de pedra-pomes. Bateu na rocha com os nós dos dedos produzindo um som oco, e foi necessário somente um empurrão para que parte da parede afundasse dentro dum corte retangular de quase uma braça de altura e um passo de largura. O Andaluz fez sinal para que Licurgo o seguisse e, por três passos, empurrou aquela falsa porta de pedra até saírem num outro túnel. Ali o teto era alto o bastante para que o Andaluz precisasse erguer os braços para tocá-lo com as pontas dos dedos, e largo o bastante para que dous cavalos de frente um ao outro não tocassem as paredes com seus rabos.

– Este túnel não foi escavado pelos escravos – comentou o Andaluz. – É cousa mais antiga. Deve ter sido esculpido sabe-se lá quando, talvez pelos índios, antes mesmo da colonização.

Licurgo aproximou-se da parede e a tocou. Era formada por rochas que, apesar de cortadas em ângulos irregulares, encaixavam-se à perfeição. Parecia-se cousa muito antiga, e imaginou que tipo de técnica ou ferramenta produziria aquele trabalho. Encontrou barris e uma mesa de madeira, sobre a qual largou sua lanterna. Velas de sebo pendiam de chifres de boi, pendurados em pregos nas paredes, e ele as acendeu iluminando um pouco o espaço. O túnel continuava a perder-se na escuridão, mas por ora não avançaram. O Andaluz interessou-se por um estojo de madeira sobre a mesa, que abriu com cautela: dentro, havia três fitas, de cores azul, vermelha e amarela, junto dum pedaço de espelho e um pente de casco de tartaruga. Espalhou os objetos sobre a mesa e os observou por algum tempo.

– Para que serve isso? – perguntou Licurgo.

O Andaluz explicou que era uma superstição dos negros, que servia para invocar a mãe do oiro, ser luminoso que diziam proteger as grandes jazidas. Uma crença tola, mas que levava a uma conclusão: se o coronel tinha a mais absoluta certeza de encontrar oiro naquele morro, que motivo levaria seus escravos a recorrerem a crendices que evocassem riquezas, senão por não estarem encontrando nada? Decerto que o coronel os acusava de roubo e os açoitava pelo próprio insucesso.

– Eliziário é um aleijado – resmungou o Andaluz. – Extirparam-lhe o caráter e serraram qualquer resquício duma boa índole. Roubaria comida dos próprios filhos, se tivesse algum. Estás percebendo isso?

Ficaram imóveis e em silêncio, e Licurgo não entendeu do que ele falava até perceber que suas sombras bruxuleavam de leve e, virando-se para as velas, viu as chamas baloiçando inclinadas frente a uma leve brisa. Com a porta de pedra-pomes aberta, formara-se uma corrente de ar dentro do túnel. O Andaluz guardou os objetos de volta dentro da caixa e a colocou em sua bolsa. Havia uma cadeira rudimentar ao lado da mesa; sentou-se nela e apoiou o cotovelo no tampo e o queixo na mão e assim ficou por algum tempo. Licurgo receava interrompê-lo. Por fim, bateu com o punho fechado sobre a mesa e anunciou que a resposta, ainda que sendo só uma teoria, era bastante óbvia.

Sabiam que o coronel obcecara-se com oiro após ter uma "visão", mas que tipo de visão? Nalguma noute, o velho deve ter visto um fogo de santelmo! Era um fenômeno natural de origem elétrica, muito comum nos barcos. E ora, barcos subiam e desciam o Rio Tubarão com frequência, o coronel devia ter visto de um ponto que o levasse a crer que a luz vinha não do mastro de uma nau, mas do morro, e de resto sua obsessão estava explicada: pensou ter visto a mãe do oiro e colocou os escravos a cavar. Isso resolvia parte do mistério, mas a razão do sumiço dos escravos se mantinha.

– E sabe-se lá o que podem ter encontrado cavando nesta mina, morro adentro – disse o Andaluz, apontando para a escuridão na qual o túnel se prolongava. – Teriam caído numa outra caverna, ainda mais profunda? Podem ter despencado até o centro oco do mundo. Pois se disse o bardo que há mais cousas entre céu e terra do que cremos, isso é bobagem, mas debaixo da terra, porém, há cousas que estão neste mundo há mais tempo do que Eva e Lilith na cama com Adão.

Como que em resposta, os dous ouviram o som de passos vindo do fundo do túnel, e ambos sacaram das garruchas e se puseram, cada qual de costas para uma parede, à espera. O som era muito baixo, só audível devido ao silêncio absoluto que os cercava. Mas logo o Andaluz baixou a arma e a guardou. Licurgo perguntou-lhe o que enxergava, e como resposta recebeu apenas um pedido para que baixasse também sua arma. Por mais algum tempo, escutou apenas aqueles passos que se aproximavam até verem surgir à luz da lanterna os contornos de um menino. Era Sabiá, tão pálido quanto um garoto negro poderia ficar, vestindo seu libré roto sujo de sangue. Passou por eles em silêncio; na face, estampava-se um horror absoluto.

Caminhou até a passagem de pedra-pomes, parou em frente a ela e virou-se para eles:

– Nossa Senhora me salvou. Mas não vai salvar mais ninguém.

Disse isso, passou pela porta e foi embora.

Licurgo e o Andaluz se entreolharam. Avançaram na direção de onde o menino viera, com cautela – o Andaluz à frente, mais à vontade na escuridão, e Licurgo, que via pouco, logo atrás. Já não era mais possível ver o teto daquele túnel, nem as paredes, mas o chão era liso, úmido e escorregadio, levemente inclinado para baixo. Não era mais um túnel, era já uma caverna. Por pouco Licurgo não se chocou de frente com o que, num primeiro momento, julgou ser uma coluna ou um pilar, logo se revelando uma enorme estalagmite, cercada por outras menores a erguerem-se do chão como se fossem os dentes da mandíbula de alguma fera colossal, e a todo momento era preciso desviar de imensas rochas disformes que surgiam no meio do caminho.

– Devo supor que vossa mercê não está tão impressionado com isto quanto eu estou? – perguntou Licurgo.

— Ah, estou impressionado, podes ter certeza. Mas eu já tinha lido a obra de Tyssot de Patot, sabes? Aquela sobre padre Pierre. E também o livro de Holberg, claro. Não é que eu não esteja surpreso, é a confirmação de uma dúvida.

— Pois bem, e o que devemos esperar então?

— Não faço ideia, estamos muito longe da África ou da Europa. Quem pode saber o que há aqui embaixo do Novo Mundo? Por via das dúvidas, não subas em nenhuma árvore, caso encontres alguma.

Licurgo não conseguia ver onde o outro estava, mas sentia que se afastavam pela distância entre suas vozes. O Andaluz falou-lhe de grandes aberturas circulares nas paredes, contou pelo menos sete, provavelmente levando a outros túneis sabe-se lá para onde. Depois, disse ter encontrado pegadas, marcas de patas que se pareciam com as de uma ave, com três dedos, mas era pouco provável que houvesse galinhas por ali.

— Ai, com mil caralhos! – resmungou Andaluz.

— O que foi?

— Nada importante. Creio que era um lagarto. Pareceu-me um, ao menos. Mas fugiu. Mal o vi.

A corrente de ar fazia a chama da lanterna tremer, a voz do Andaluz soou baixa e distante e Licurgo não gostou de sentir-se deixado para trás. Chamou-o de volta, julgando que estivesse muito adiantado, e então o chão desapareceu à sua frente. Uma mão puxou-o para trás pela gola da casaca, a tempo de evitar que despencasse num negrume infinito. Estabanado de costas no chão, Licurgo viu que o Andaluz se inclinava sobre ele, dizendo-lhe para ter mais cuidado. Em seguida, ele próprio se inclinava na beira e olhava para baixo.

— Diga o que vê – pediu Licurgo.

— Não tenho certeza do que vejo – respondeu. – É um abismo. Há uma parede de rocha do outro lado, mui lisa, como se cortada rente. A algumas braças de distância daqui de onde estamos, há uma grã--rampa de pedra, também lisa, mas levemente côncava, que liga este patamar nosso a uma abertura no paredão do outro lado. Não parece uma cousa natural, como as rochas que são esculpidas pelo vento, mas também não parece algo feito pelo homem. Não sei dizer o que seja. Vê, vou te mostrar.

Abriu sua bolsa, pegou o pente de casco de tartaruga, enrolou-o num lenço e o embebeu no óleo da lanterna. Largou o objeto flamante no abismo e, no rápido instante em que desceu, Licurgo teve um vislumbre do que o Andaluz via: uma rocha enorme, projetando-se do patamar em que estavam e descendo em espiral pelo abismo até atingir o paredão no lado oposto, num ponto vários metros abaixo. O pente em chamas continuou caindo até seu brilho estar longe demais para ser visto.

— *There are more things* — repetiu o Andaluz. — Sabes o que é irônico? O Tratado de Tordesilhas estabelecia o fim do mundo conhecido bem aqui, sob nossas cabeças, e tudo o mais que houvesse além era uma incógnita. E aqui estamos agora, à beira do fim do mundo, não é curioso? Esta é a nossa Tordesilhas. E então? Vamos descer?

Licurgo levantou-se do chão, bateu com as mãos na casaca, espanando a poeira, e consentiu com um aceno do rosto. Com cautela — a rocha era escorregadia, e era difícil para Licurgo ver onde terminava a pedra e começava a treva —, os dous desceram aquela formidável e atroz escada espiral, deixando para trás a segurança duma realidade conhecida para se aventurarem no incógnito.

5.

A ESCADA – melhor seria chamá-la de rampa – no início projetava-se reta e escorregadia, e Licurgo estava particularmente assustado com a falta de pontos onde se apoiar, embora o chão côncavo fizesse com que as bordas ficassem mais elevadas, dando-lhe a segurança de que, se escorregasse, ao menos não seria impelido para fora de imediato. Mas tão logo a rampa começou a descer em curva, viu que o caminho que seguia era como se andasse nas largas ranhuras de um colossal parafuso, a curvar-se de um paredão ao outro em linha serpentina. O Andaluz disse que, olhando melhor, a escada que também era rampa parecia-lhe agora ter a forma de uma clave de sol rudimentar, e que a lisura de sua pedra parecia com a de algo moldado por muito uso. Licurgo escorregou e caiu sentado, sem maior gravidade.

– Calma lá, não vás morrer antes da hora.

– Não se preocupe, eu já passei da minha – respondeu, espanando o pó das calças e verificando a lanterna. – Agora já não morro mais.

– Mas hein? Como é isso?

– Digo, certamente uma hora vou morrer como todo mundo, mas não vai ser aqui e agora, no meio de lugar nenhum e antes de chegar a algum lugar. Se fosse para ser assim, já teria morrido anos atrás, quando tentei.

– Tentaste o quê? Morrer?

– É. Dei um tiro no coração.

– Minha nossa! E como não morreste?

– É que meu coração é direito.

– Quer dizer que ele fica no lado direito?

– Também.

O Andaluz ficou em silêncio por mais alguns metros de cuidosas voltas e decidas.

– Mas então, isso significa o quê? Tu acreditas que sejas incapaz de errar?

– Não, claro que não. Eu só acho que... no fundo, eu sei o que é a cousa correta a ser feita, mesmo quando eu não faço. Sabe, a cousa decente a ser feita, que é tratar os outros como se gostaria de ser tratado. Como vossa mercê disse lá no barco, mesmo quando temos ordens para fazer o contrário. Não tem o que fazer, mas sabemos que está errado.

– Como em Caiboaté?

Licurgo não respondeu. A rampa voltou a se endireitar, e indo de frente ao paredão do outro lado do penhasco, terminava numa ampla abertura circular – seis côvados de largura, estimou o Andaluz –, que os dous atravessaram.

Lá dentro, abria-se noutra caverna, cujas estalagmites uniam-se às estalactites no teto a formar enormes colunas, e era como se houvessem entrado em um misto de palácio ancestral com uma floresta de pedra. A essas alturas, não só os olhos de Licurgo estavam tão acostumados à pouca luz que já enxergava melhor, como as ralas vinhas e esparsos cogumelos que envolviam as colunas pareciam reter a luz da lanterna um pouco em si – tão fracas que quase imperceptíveis, mas estavam lá. Licurgo ficou tão distraído a andar entre as colunas com a lanterna erguida à altura do rosto, a olhar para cima deslumbrado, que não viu por onde andava, tropeçou numa pá e quase caiu.

– Arre! – chamou o Andaluz. – Viste no que tu pisaste?

Licurgo baixou a lanterna e observou a pá caída no chão. Conforme baloiçava a lanterna, movia as sombras. Num primeiro relance, pareceu-lhe uma pilha de galhos partidos, amontoados e ordenados por algum jardineiro diligente, que, ao contato com a luz, começara a se desmanchar e se espalhar para longe dela. Numa segunda olhada, quando todos aqueles insetos já haviam se escafedido, percebeu as formas familiares de ossos humanos, e por tanto tempo Licurgo as encarou em silêncio e imóvel que o Andaluz perguntou-lhe se estava bem.

Não, não estava bem. Nunca estivera, e talvez nunca mais estivesse. Quando pensava nisso, disse, pensava no quanto sabia que a batalha fora vencida já nos primeiros disparos da artilharia. O Andaluz perguntou de que se referia. Licurgo não lhe deu explicações, apenas continuou a falar de como os índios podiam estar em vantagem numérica, mas raramente há vantagem quando se enfrenta um exército profissional sem dispor do devido treinamento. Um exército entrando em formação é uma coisa assustadora de se ver, linda e terrível; a infantaria recuando ao centro, as cavalarias avançando nos flancos, formas geométricas movendo-se pelos campos de Caiboaté a envolver as tropas missioneiras num abraço mortal. E depois a infantaria correndo como se quisesse igualar os cavalos em velocidade, chegando às trincheiras. O primeiro homem que matara na vida foi um guarani que golpeou com um de seus sabres, e mal teve tempo de perceber o que fizera, seu cavalo corria, e já golpeava outro. Havia uma loucura assassina em si, uma agressividade latente que, quando pensava em retrospecto, o envergonhava. Na primeira incursão quatrocentos índios já tombavam. Mais tarde, tentou em vão procurar pelo corpo daquele primeiro, uma vaga sensação de dever com o morto, havia algo de imoral em se matar um homem cuja face mal se viu. A batalha estava ganha, os índios se rendiam e pediam quartel, e tudo deveria ter terminado nisto. Mas havia os *blandengues*.

Pois se os portugueses e os espanhóis de Buenos Aires davam quartel a quem lhes pedia, o mesmo não houve por parte de correntinos e santafecinos, que em sua maioria eram tropas de mercenários, ansiosos em fazer valer seu direito aos despojos da guerra. Logo estava claro que os comandantes espanhóis perdiam o controle sobre seus soldados. A loucura doentia, a indiferença cruel e o prazer da maldade – que esperança havia para o Homem num mundo onde se permitiam tais cousas? A lembrança do menino que um dia fora agarrava-se à certeza crua e pueril de que o que era certo era certo, mas até o fim daquele dia, aquela lembrança teria esvanecido tal qual a vida de outro menino, um índio que vira de estômago aberto por um espadada e as tripas a escorrerem-lhe viscosas entre as mãos, enquanto tentava empurrá-las de volta para dentro da própria barriga num último esforço de vida. A esperança haveria de escapar dele como a pasta cinzenta que se desprendia da cabeça rachada de um outro índio, e mais tarde alguém lhe diria que aquilo era o cérebro. Encontraram um soldado português que, separado dos seus, acabou emboscado por um grupo de índios em fuga e terminou tendo no corpo mais de cem lançadas e o coração arrancado do próprio peito. Um oficial, vagando entre o mar de mortos à procura de feridos, ao encontrá-los enfiava-lhes uma lança no peito, e fosse por raiva ou por misericórdia, seu rosto permanecia impassível como se a própria Morte tivesse baixado à terra. A Verdade do Mundo se revelava aos olhos de Licurgo como uma grande cortina feita de palavras que agora era recolhida para mostrar o mundo real por trás, e esse mundo era um cadáver podre.

    Apoiou-se na coluna de pedra e vomitou. Limpou os cantos da boca com a manga da casaca, mas o sabor amargo da bile permaneceu em sua garganta.

    – Tu estás bem? – repetiu o Andaluz.

    Licurgo buscou o cantil, lavou a boca com água e depois a cuspiu. Bebeu mais alguns goles e, então, escutaram um gemido fraco. Olharam-se em surpresa e sacaram das pistolas ao mesmo tempo, ficando de costas um para o outro, Licurgo a segurar a lanterna à altura do rosto.

    – Quem está aí?

    O gemido se repetiu. O Andaluz viu que, em frente à rocha oval com o tamanho de um barco pequeno, havia um homem sentado ao chão, as costas apoiadas contra a pedra. Ao aproximarem-se, viram que era menos um homem e mais o que sobrara dele: o engenheiro Ezequiel tivera as pernas arrancadas à altura dos joelhos, o sangue espalhando-se largamente pelo chão. Fizera um garrote em cada coxa na tentativa vã de evitar esvaziar-se de seu sangue, mas apenas prolongava seu sofrimento. Pálido como marfim, murmurava palavras ininteligíveis e seu olhar se perdia no vazio, como em transe. Licurgo baloiçou a lanterna de um lado a outro frente a seu rosto, mas, embora seus olhos acompanhassem a luz, a face não expressava nenhuma reação.

Escutaram baques abafados e distantes, como seixos atirados contra um telhado, seguidos de uma leve vibração no solo, deixando-os alertas. A forte luminescência que vinha da abertura circular na parede avisou-lhes de que algo se arrastava, opulento e opressivo, pela escada espiral.

– Não era um fogo de santelmo, não é mesmo? – disse Licurgo.

– Não. Nem a mãe do oiro – disse o Andaluz. – Acima dos fenômenos físicos ou das superstições, há cousas muito, muito mais antigas neste mundo, tão admiravelmente incompreensíveis que mesmo os autores dos bestiários mais fantasiosos duvidariam dos próprios olhos. Creio que veremos em breve o que poucos viram e sobreviveram para descrever, mas confia em mim, faz o que eu digo, e podemos sair daqui vivos. Fica quieto e não te mexas. E aconteça o que acontecer, não abras teus olhos.

– Do que está falando? Por que não posso abrir os olhos?

– "A luz dos olhos, ao buscar a luz, engana com luz a luz verdadeira." Não há tempo para explicações agora. Apenas confia em mim – e dizendo isso, cobriu novamente a fronte com a venda de coiro negra, e os dous se esconderam atrás duma coluna de pedra. – Dá cá a lanterna – sussurrou ao rapaz e esticou o pescoço para observar detrás da coluna.

A luz a entrar pela abertura era pálida e mortiça, não servindo para iluminar o interior da caverna mais do que iluminava a criatura que a emitia, mas serviu, isso sim, para criar inúmeras sombras das colunas de estalagmites. Parada à entrada da abertura, imóvel e hesitante, a lamber o ar com sua língua fina e bifurcada, a indiferença cruel dos predadores refletida em seus olhos de riscos verticais, a cabeça do monstro baloiçou de um lado a outro até convencer-se de que nada do que encontraria ali dentro ser-lhe-ia uma ameaça; então, entrou.

Como descrever o horror e o maravilhamento inspirados por seu imenso corpo colubreado e luminoso? Pode-se dizer que aquela formidável criatura antecrônica estava para a terra o que o leviatã está para o mar, sendo fácil de imaginar que um boi caberia inteiro em suas compridas entranhas e ainda sobraria espaço para, que dirá um homem, ou dous ou dez.

Arrastou-se, serpenteou por entre as colunas, aproximando-se do corpo moribundo do engenheiro Ezequiel, que tão logo percebeu, mesmo em sua catatonia, o retorno daquela luz contra ele, pôs-se a gritar com toda a força que restava em seus pulmões, mas bastou um bote rápido e o capataz já estava entre seus dentes, e a criatura fez o que serpente nenhuma conseguiria fazer, ergueu metade do corpo no ar e virou a cabeça para trás, fazendo o engenheiro, aos gritos, descer por sua goela num único bocado. Seu imenso corpanzil então se iluminou com muito mais intensidade, lançando sombras naquela floresta de rocha, e, absorvendo sua luz, iluminaram-se também as vinhas e os cogumelos nas pedras mais próximas.

O Andaluz aproveitou o momento para sair detrás da proteção de sua coluna e, com uma lanterna na mão e o sabre desembainhado na outra, gritou para chamar a atenção do animal. O monstro virou o rosto quase de imediato; o Andaluz baloiçou a lanterna devagar, primeiro para a esquerda, depois para a direita, esticando-se ao máximo possível para que não precisasse dar um passo. O animal acompanhou os movimentos da chama com a cabeça, e o Andaluz, sorrindo com a confirmação de sua teoria – de que a besta atraía-se pelo brilho que sua luz provocava nos olhos – atirou a lanterna para longe. O animal deu o bote na direção da luz.

Correu, espada em punho, silencioso e preciso, passando o fio da lâmina pela carne abaixo do maxilar da besta, a pele rasgando como tecido velho e escorrendo uma pasta amarelada e luminescente. O imenso corpo do animal ondulou e chicoteou, um rápido virar de sua cabeça acertou o Andaluz com o impacto de um aríete e o arremessou de costas contra uma coluna de pedra. Derribado ao chão, era presa fácil para aquela imensa cobra, que lhe abocanhou pelas pernas na altura das coxas, e, por nada menos que pura sorte, ficou o Andaluz preso no exato espaço entre três dentes inferiores do maxilar. Trazendo-o pendurado de ponta-cabeça, a criatura ergueu-se no ar pronta a fazê-lo descer goela abaixo.

– Agora! – chamou aos gritos. – Atira!

Licurgo saiu detrás da proteção da coluna, mas, primeiro, é preciso dizer que em nenhum momento chegara a fechar os olhos e, dês que a imensa criatura entrou na caverna até o instante em que fora chamado, jamais deixou de observá-la. Pois todo homem confronta-se, em alguma parte de sua vida, com a natureza do barro de que fora moldado. Bastou aquele ensejo para que Licurgo descobrisse a sua: uma longa e complexa série de formas que sempre lhe pareceram abstratas e incertas, mas que agora se alinhavam num único padrão. Era como a descoberta do significado de uma palavra que já se julgava conhecer mas que, frente a uma nova verdade, dá novo sentido a toda a frase da qual faz parte, quiçá toda a página à qual pertence. Frente àquela terrível criatura, onde um naturalista veria um espécime formidável de animal, onde um religioso veria a encarnação dos seus demônios pessoais e coletivos, Licurgo viu um símbolo, bastante real e ao alcance de sua espada, de tudo o que havia de errado não em sua vida, mas no mundo que o cercava e do qual desgostava, a absorver e engordar debaixo da terra como um parasita a aproveitar-se da miséria humana sob a qual vivia oculto. A indignação tornou-se raiva que se tornou ódio que se tornou fúria, em seu coração apenas o fervor da busca de uma justa compensação pelos males da existência, não somente pelos injustos infligidos a outros, mas sobretudo por aqueles que precisou testemunhar.

E agora, leitor, rufem tambores e trovões e cantem os corais, que se fosse dito que tal gana percorreu o braço de Licurgo até converter-se num tiro de pistola perfeitamente preciso, a atravessar a garganta do animal e sair pela nuca, fazendo a besta-fera tombar morta no mesmo instante e caindo a cabeça para um lado e o Andaluz são e salvo para o outro, há de se concordar que tal resultado, ainda que bastante realista, não condiz nem com a tua expectativa tampouco com a minha. Ainda que esta tenha sido a versão dos fatos conforme foram descritos pelo próprio Licurgo em sua modéstia, não era ele a única testemunha presente, e há que se concordar que a versão narrada posteriormente pelo Andaluz não apenas soa muito melhor aos ouvidos como acrescenta certo vigor a esta narrativa, portanto é nela que me prendo e é ela que aqui descrevo.

Pois saiu Licurgo detrás da coluna de pedra onde se escondia. Com a garrucha em mãos, não mirou na garganta do animal, mas no longo corpo que se mantinha ereto no ar e disparou. O projétil estourou na barriga da fera, que largou sua presa – e o Andaluz caiu rodopiando no ar até estabacar-se no chão, bastante fora de combate. Agora Licurgo tinha a inteira atenção da criatura, e onde muitos homens feitos borrariam as calças, aquele garoto – aquele menino extraordinário em suas certezas ingênuas e loucas de que tinha o coração no lado direito e portanto não poderia morrer – desembainhou os dous sabres que trazia à cinta, fiel e verdadeiro, e sorriu para a morte à espera de seu bote. Quando este veio, ergueu os braços, apontando suas lâminas para frente, cortando os lábios viperinos do monstro enquanto era derrubado para trás, e a besta ferida recuou o pescoço de imediato, batendo-se contra as rochas. Licurgo correu à sua direita, escondendo-se detrás de uma coluna, e o animal passou a procurar por ele – em sua agitação, iluminava a caverna inteira. Licurgo percebia sua aproximação conforme as vinhas entre as pedras absorviam-lhe a luz por um lado enquanto desvaneciam de outro, e de resto sua respiração era pesada, seguida de sibilos contínuos. Quando o rosto serpentino surgiu-lhe do lado, sem hesitar fincou a espada no olho amarelo e bulboso que o encarou, o risco vertical da íris a pedir-lhe por aquele corte, e o monstro recuou outra vez, num grito agudo. Era o momento que Licurgo precisava: correu até a cauda, sabendo que o animal vinha logo atrás de si ao ver que a luz o perseguia; chegando a ela, aguardou o instante preciso de jogar-se ao chão à esquerda e deixar que a fera mordesse o próprio rabo para, na confusão criada pela dor em sua mente primitiva, começar a devorar a si mesma. Licurgo pôs-se de pé em seu lado cego, embainhou as espadas e recarregou a garrucha, preparando-se para dar-lhe o último tiro, mas esta ou pressentiu o cheiro da pólvora ou possuía sentidos que se desconhece, pois soltou o próprio rabo e bateu com seu lado ferido do rosto contra Licurgo, derrubando-o e fazendo a pistola cair de suas mãos.

O rapaz rolou no chão, pôs-se rápido de pé e sacou um sabre, atirando-se contra a serpente para enfiar-lhe a lâmina no crânio, torcendo-a na esperança de rasgar-lhe o cérebro. Na agonia de sua dor, o animal girou a cabeça, mas Licurgo não soltou o cabo da espada e acabou sendo erguido no ar, arremessado para a nuca do monstro. Tão perto estava do animal que viu que, em sua pele luminosa, as escamas formavam sequências geométricas e espirais, um código ancestral gravado em seu corpo como as linhas internas num tronco de árvore serrado, algo cujo significado nunca saberia e tampouco lhe importava, pois buscava a adaga na cinta e aplicava uma sequência de golpes contra os desenhos, rasgando em tiras a pele dura e escamosa do monstro, enchendo o braço com o sangue negro como óleo que, para sua surpresa, era quente e não frio como o da maioria das serpentes. Esta ergueu a cabeça no ar e chacoalhou-se na esperança de derrubá-lo, o que por fim aconteceu. Licurgo bateu de costas contra o chão. A serpente virou o rosto para ele, abriu a boca pronta ao bote, sibilou em ódio e, então, sua garganta estourou com um projétil que saiu pela nuca, e a cabeça caiu com um baque pesado contra o chão.

O Andaluz, de pé em meio à nuvem da pólvora, o lado direito do rosto coberto de sangue, segurava na mão a pistola que Licurgo deixara cair.

– Isto é que é viver a vida, não achas? – gargalhou.

Licurgo riu também. Ergueu-se, bateu nas roupas, espanando a poeira, e arrancou sua espada do corpo morto, limpando o sangue escuro e oleoso nas botas.

Passado o confronto, suas mãos tremiam. O longo corpo da fera parecia espalhar-se por toda a caverna, iluminando-a, e ainda serpenteava em espasmos irregulares. O Andaluz deu-se ao trabalho de retalhar-lhe os restos, espalhando postas de sua carne luminosa e fedorenta para iluminar o caminho pela escada espiral. Ao abrir-lhe o ventre, escorreram para fora não apenas os restos do engenheiro, mas as ossadas de uma que outra vaca ou cavalo, e arrepiava-lhe a ideia de que aquela cousa tivesse passagem pela superfície.

– Essa fera tinha um apetite e tanto – disse Licurgo, as mãos aos joelhos, ainda recuperando o fôlego. – Mas não entendo como poderia dar cabo dos escravos de uma vez só. Mesmo na maior das serpentes, a digestão costuma ser lenta

– E quem disse que ela o fez sozinha?

Licurgo olhou ao redor, apreensivo. Não tivera tempo antes de perceber as inúmeras aberturas ovais que havia espalhadas pela caverna, túneis que levavam a outros túneis.

– Ah, meu Deus... precisamos sair daqui imediatamente. O que estamos esperando?

O Andaluz, porém, queria fazer uma última experiência enquanto o corpo da serpente ainda conservava sua intensa luminosidade: cortou-lhe um grande pedaço do rabo, arrastou-o até a abertura circular da escada espiral e o jogou no abismo. Durante os instantes de sua queda, os dous viram iluminarem-se inúmeras outras escadas e pontes, espirais ou não, ligando outras passagens e outros túneis muitas léguas e léguas abaixo deles e talvez, mas não se podia ter certeza, tenham visto em rápido relance algum movimento nas profundezas – cousas a moverem-se no escuro cruzando o abismo de um lado a outro, no que em alguns sugeria-se um lento arrastar-se, mas noutros talvez o bater de asas...? – uma ligeira sugestão de maravilhas e horrores que não conseguiam nem pretendiam imaginar.

Os dous subiram de volta pela escada espiral, Licurgo tendo espetada na ponta de seu sabre uma grande posta daquela carne para iluminar-lhe o caminho.

– Tinhas razão, no fim das contas – disse o Andaluz. – Não morreste hoje.

– Ainda não, pelo menos. Mas foi apenas por sorte.

– Ora, hoje eu vi cousas de me fazer questionar outras. Talvez Deus sorria para alguns mais do que para outros.

– Não acho que Ele se importe tanto assim comigo, na verdade – disse Licurgo. – Ou com vossa mercê. Ou talvez até se importe, mas só observe. Acho que o mundo tem sua própria consciência, que é a soma da consciência de cada homem, e ela vai se transformando aos poucos com cada ato de maldade e cada ato de bondade. Quando a mudança é muito grande, o mundo muda junto. Talvez seja isso que cause os terramotos, não?

– Sabe o que minha mãe diria?

– Não. O quê?

– Que o mundo é sustentado por trinta e seis pessoas justas, espalhadas por todo canto e que não se conhecem. Cada uma delas possui um propósito especial que só vai descobrir quando já o tiver cumprido e, então, ela será esmagada pelo peso do mundo e, no mesmo instante, substituída por outra. Talvez isso que cause os terramotos.

– A senhora sua mãe sabia contar uma história.

– É de família.

Chegando ao topo, já atravessavam agora a primeira grande caverna quando perceberam, vindo em sua direção, as pequenas luzes de duas lanternas. O Andaluz colocou-lhe a mão no ombro, dizendo que alguém se aproximava, talvez os capatazes, e era melhor que lhe dessem por morto ou desaparecido. Licurgo concordou, e o outro afastou-se, desaparecendo no escuro.

– Quem vem lá? – gritou Licurgo.

Para sua surpresa, foi a voz rouca do próprio coronel Eliziário quem respondeu.

– Os senhores se demoram demais! Já encontraram meus negros?

Viu surgir o velho coronel acompanhado de um de seus capatazes, Teodósio, o careca.

– Eh, vossa mercê está sozinho? – perguntou. – Onde está aquele farsante?

– Ele caiu – foi sua resposta. – Um buraco tão fundo que não se pode ver o fim. Lá.

Apontou para trás. Morreu, explicou ele, como estavam mortos também os escravos, pois no escuro era impossível de se ver o abismo antes que fosse tarde demais, e não fosse a queda do Andaluz, que ia à sua frente, teria sido ele a despencar.

Eliziário olhou-o desconfiado, disse que lá fora já era noute, e que tanto fizera ali dentro que justificasse a demora? O menino Sabiá contara-lhe uma história estapafúrdia e sem sentido, e onde estava o engenheiro Ezequiel?

Os túneis, explicou-lhe Licurgo, explorava os túneis para certificar-se de que não era ali que se escondiam os escravos, mas estavam vazios, e era certeza de que todos haviam morrido. E aquela cousa fedorenta e luminosa que levava na espada? O pedaço de um enorme cogumelo, destes aqui em volta que absorvem e retêm a luz por algum tempo.

– E o oiro? – perguntou, enfim, Eliziário.
– Não há oiro aqui, coronel. Só pedras.

Eliziário ficou em silêncio. Olhou à volta, para o pouco que conseguia ver daquela imensidão escura, e fez um aceno de cabeça para seu capataz, que sacou a garrucha e a entregou ao coronel.

– Está mentindo – disse Eliziário. – Há oiro sim. Eu tenho certeza.
– O que vossa mercê viu ou foi fogo-fátuo, coronel, ou o fogo de santelmo nos mastros dalgum barco. Estou lhe dizendo: não há nenhum oiro aqui. O próprio Andaluz me disse.
– Vossa mercê não sabe o que eu vi, rapaz.
– Acredite, coronel. Eu sei.

O coronel ergueu o braço, apontando-lhe a arma.

– Eu sei o que está pensando – disse Eliziário. – Que vai me convencer de que não há nada aqui para depois contar aos seus superiores nos dragões, e logo vou me ver cercado de fiscais e coletores da Coroa, cada um tirando uma parte do que é meu, destas terras que me foram dadas a fazer valer meu mérito!
– Está louco? – disse-lhe Licurgo. – Acha que não darão pela minha falta em Laguna?

Mas Licurgo não era mais esperado em Laguna, explicou-lhe Eliziário. Demorara-se tanto ali dentro que, no fim da tarde, o coronel despachara o capataz Bertoldo até a vila para levar a nova de que o alferes não retornaria a tempo da partida. Alpoim então lhe deixara ordens para regressar ao forte em Rio Pardo e voltar ao seu antigo regimento de dragões. Mas tampouco alguém no regimento estava à sua espera, já que julgavam que tivesse partido rumo ao Rio de Janeiro. Levaria muito tempo até darem-lhe pela falta.

Licurgo precisou controlar o impulso de sair correndo e cavalgar até a vila antes do amanhecer, atirar-se no bragantim antes que zarpasse, mas precisava lidar com aqueles dous antes. Pensou em algo que pudesse prolongar a conversa.

— Ezequiel está morto também — lembrou Licurgo.

— Nós sabemos. Encontramos o menino.

— E o que mais ele lhes disse?

Eliziário puxou o cão da pistola com o polegar.

— Que brilhava. Como oiro sob a luz da lua.

A pistola não chegou a ser disparada — o Andaluz surgiu-lhe às costas e, erguendo a perna, deu-lhe tal coice na coluna que rivalizaria com um cavalo, o velho caindo de cara no chão de onde nunca mais voltaria a se erguer sozinho. O capataz Teodósio, assustado, afastou-se dos três devagar. Licurgo, que já pegara do chão a pistola derrubada pelo coronel, apontou-lhe a arma e disse-lhe para não ir longe, mas o capataz continuou afastando-se, caminhando de costas.

— Fiquem longe de mim, os dous... — resmungou.

— Pare de se mover — ordenou Licurgo, a voz calma. — Nem sabe para onde está indo.

— Fiquem longe — repetia, mas não completou a frase, no instante seguinte caiu para trás e desapareceu na escuridão. Sua voz sumiu rapidamente.

— Bem, isso facilita as coisas um bocado — concluiu o Andaluz.

— Andaluz?

— Estou aqui.

— Creio que já posso lhe chamar de amigo?

— Tu salvaste minha vida, guri. A essas alturas, podes me chamar de irmão.

— É preciso que eu fale com a viúva antes do amanhecer.

— Então, é preciso que ela esteja viúva antes do amanhecer.

Licurgo voltou para onde o velho Eliziário grunhia caído. Entregou a pistola ao Andaluz, pegou a lanterna do chão e encaminhou-se sozinho para o túnel menor, onde os tocos de velas pendurados nos chifres já haviam se esgotado fazia horas, e seguiu em direção à porta de pedra-pomes. Subiu a mina, onde as lanternas a óleo ainda ardiam fracas. Ao sair para a superfície, o ar frio da noute e o vento salgado e cheio de maresia vieram-lhe à face. Era um alívio incomensurável estar de volta, ainda que não se sentisse mais o mesmo.

Bertoldo, o outro capataz, estava distraído com os cavalos e não o percebeu. Foi Sabiá, sentado a um canto, que se ergueu ao vê-lo sair da caverna. O capataz, de imediato, sacou a pistola.

– Ora, pare com isso – resmungou Licurgo. – E abaixe essa arma.

O capataz disparou, mas errou o tiro. Licurgo continuou caminhando na sua direção, sem paciência ou tempo para um duelo, andou como se o outro não existisse, sacou de um de seus sabres apenas a tempo de bloquear o primeiro golpe e fazer seu oponente recuar. Não morreria hoje. Os cavalos ficaram agitados ao escutarem o tilintar do aço. O homem golpeou outra vez, mais com força do que com habilidade, e Licurgo aparou o golpe no ato de sacar seu segundo sabre, empurrou os braços do outro para cima e atravessou-lhe o peito com a lâmina. Bertoldo caiu morto, Licurgo limpou a espada na barra de sua calça e a embainhou. Voltou-se para Sabiá.

– Vossa mercê está bem?

O menino baloiçou a cabeça em sinal positivo.

Procurou por Cosme, acalmou-o acariciando seu pescoço. Algum tempo depois, o Andaluz saiu da mina.

– E então? – perguntou Licurgo.

– Já podes dar os pêsames à viúva.

– Certo.

– Quer saber como foi?

– Não.

O Andaluz respeitou-lhe o desejo. Nunca chegou a contar-lhe sobre o velho Eliziário arrastando-se no chão e praguejando todas as obscenidades que lhe ensinaram na vida – e eram poucas, vejam só que lástima é ter um vocabulário limitado nessas horas –, enquanto o Andaluz o observava consciente de que nada do que lhe dissesse naquela hora faria alguma diferença. Pois assim como Licurgo vira na serpente seu nêmesis, o Andaluz via no velho tudo o que horrorizava neste mundo: a reunião de vícios sem nenhuma virtude, a riqueza sem méritos, a velhice sem sabedoria, a religião sem caridade, tudo o que sufocava o espírito do inocente por ver nele o que em si era ausente, todo o ressentimento que crescia em silêncio no coração do covarde, e oxalá apagando aquele homem do mundo apagasse todos os que eram como ele. Mas não lhe falou nada disso, que ficasse o velho a gritar – sevandija, mariola, pulha! Só esperara ali tempo o suficiente para certificar-se de que aquele alvoroço todo atraísse a atenção daquela conhecida luminescência mortiça. Como atraiu. Contudo, não uma, mas, dessa vez, várias. Andaluz não contou a Licurgo como se afastou dali sem olhar para trás, deixando o velho ainda vivo, a gritar, até que os gritos tornaram-se mais horríveis e abstratos e, então, veio o silêncio.

Disse-lhe somente o seguinte: ao passar pela pedra-pomes, não apenas a fechou, como a trancou com achas de madeira e, na subida pela mina de volta à superfície, foi arrancando aqui e ali algumas vigas que, já na próxima chuva, a fariam desabar e selaria aquela entrada para sempre. Agora, não pensava noutra cousa que não um bom banho e, se não estivesse tão cansado, bem poderia atravessar a lagoa a nado, só pelo prazer do desafio.

– Temos que falar com a viúva antes – lembrou Licurgo.

Cavalgaram madrugada adentro até a fazenda. O Andaluz preferiu esperar do lado de fora junto dos cavalos, enquanto Licurgo batia à porta da cozinha, acordando a escrava que ali dormia perto das brasas do fogão. Perguntou se a senhora já havia se recolhido, disse que precisava que a acordassem pois trazia notícias importantes. A ama pediu-lhe que esperasse na sala de visitas enquanto acordava sua senhora. Consentiu com um aceno.

A esposa do coronel veio, e ele se empertigou. Segurou o chapéu ao peito, deu-lhe a triste notícia: o coronel estava morto, como mortos estavam todos os demais, pois o túnel terminava num grande abismo tão escuro que era impossível percebê-lo. A mulher, pouco mais que uma adolescente, e que vinha acompanhada da irmã mais nova, ficou muda. As escravas da casa se entreolhavam, nervosas. Estão todos mortos?, questionou ela, ao que sim, repetiu, todos, o coronel, os dous capatazes, os escravos... e o engenheiro Ezequiel. Primeiro a dor veio à viúva na forma de soluços, esticou o braço em busca de apoio, correram-lhe as escravas, um grito silencioso de desespero. Licurgo ruborizou, constrangido pelo testemunho da dor alheia, pensou em sair da sala, mas havia algo que ainda precisava dizer. Sob o risco de parecer-lhe indiferente ao seu sofrimento, exortou-a: não havia sentido para uma viúva jovem em ficar sozinha naquele fim de mundo, que vendesse aquelas terras e fosse para uma cidade grande, onde poderia encontrar um novo marido e... mas a menina não o escutava. Licurgo saiu da casa.

Veio-lhe a irmã mais nova da viúva, perguntando se precisava de algo, e sim, precisava, pediu-lhe uma cuba com água onde pudesse lavar o rosto e as mãos, e se encaminharam os dous até a cozinha. Lá, a menina – talvez não tivesse nem treze anos, mas já com a maturidade dada àquelas a quem a vida não poupa sofrimentos – disse-lhe que não se preocupasse com elas ou com aquela casa, pois mesmo que a irmã não admitisse agora por mera formalidade, a morte do coronel era a melhor cousa que ocorria em suas vidas em muito tempo, pois ali não apenas os negros eram escravos.

– Sim, foi o que sempre me pareceu – concordou Licurgo. – Vossas mercês possuem agora o bastante para não precisarem de maridos a não ser que queiram. Contudo, se o coronel está morto e a senhorita e sua irmã conseguiram sua alforria, a cousa decente a ser feita é resolver a dos outros. Olhe para mim. Se está realmente grata em seu coração por essa reviravolta, então sabe que não há outro modo de agradecer que não seja distribuindo o mesmo aos negros que lhe restaram. Não é correto que se possua outra pessoa, exceto pelo coração.

A menina levou a mão ao peito, encarando em silêncio e com olhos úmidos o outro par de olhos que, doirados, a observavam, e baloiçou a cabeça de imediato, dizendo que sim, sim, sim, as palavras dele eram lindas e não podiam ser mais corretas.

– Traga-me também papel e pena então – pediu Licurgo.

Escreveu de próprio punho três variações do mesmo texto, três cartas de alforria, uma para Sabiá e as outras para as duas escravas domésticas, e insistiu para que a viúva as assinasse em sua presença e as entregou para seus respectivos destinatários. A jovem viúva recolheu-se a seu quarto, mas as demais mulheres da casa o rodearam, serviram-lhe vinho e pão, queriam-lhe ser cordiais de alguma forma, viam-no não apenas como o mensageiro da mudança em suas vidas, mas, de alguma forma, como o responsável pela mudança em si.

Então, escutou um galo cantar, lembrou-se do bragantim, lembrou-se do Andaluz, que ainda o esperava lá fora, se já não tivesse ido embora ou lhe roubado o cavalo. Agradeceu a hospitalidade da casa, despediu-se de todas e saiu. O Andaluz continuava ali, junto dos dous cavalos.

– Como foi lá, conquistador? Pelo que escutei, já poderias ter saído da casa noivo.

Licurgo olhou para trás. A moça ficou parada à porta da cozinha, observando-os partirem em silêncio até que desaparecessem nos resquícios daquela noute.

– Não era para isso que eu estava ali.

– Sim, mas se as donzelas em geral gostam de ti...

– Não preciso que elas gostem de mim em geral. Apenas uma, em particular.

– Opa, que essa é uma história que tu não me contaste.

– Essa é uma história que guardo só para mim. Outra hora, talvez.

– Minha nossa, tu és algo que já não se faz mais. Preciso escrever sobre ti alguma hora.

Os dous fizeram companhia silenciosa um ao outro durante a maior parte da cavalgada, mas, chegando à beira da lagoa, a claridade da manhã já despontando no horizonte, aceleraram o passo. O pescador que cuidava da balsa da travessia não estava à vista, e longa e ansiosa foi a espera para que aparecesse. Licurgo pagou-lhe duas moedas e cruzaram a lagoa. A claridade já era maior agora, estavam a poucos minutos do nascer do sol, e o Andaluz, que ainda não cobrira os olhos e dos dous era o que tinha a melhor visão, apontou a vila no horizonte e perguntou-lhe: aquele que lá vai não é o teu bragantim?

Licurgo se desesperou. Exortou o barqueiro para que fossem mais rápido, mas havia pouco vento favorável e, quando chegaram à outra margem, o bragantim já havia sumido de vista, cruzando o canal entre a lagoa e o mar rumo ao Rio de Janeiro. Os dous, montados em seus cavalos, ficaram parados, o Andaluz à espera de que o garoto dissesse algo.

– Então, o que tu vais fazer agora? – perguntou enfim.

Licurgo não fazia ideia. Suas ordens eram, afinal, de voltar para Rio Pardo, mas a última cousa que desejava no momento era continuar naquelas terras.

– Tenho minhas ordens. Tenho minhas obrigações – resmungou, desgostoso.

– Ora, o velho disse uma verdade, ninguém te espera por lá.

– Ainda assim, são minhas ordens.

O Andaluz cutucou-lhe para chamar sua atenção.

– Ouve, que isso não digo a muitos: não faltarão aqueles que tentarão te esmagar debaixo das botas pelo simples prazer de eliminar em ti a virtude que neles falta. Para sobreviver, a virtude precisa ser dissimulada. Sê o cordeiro em pele de lobo, se for o caso. Mas não te tornes algo que detestas para depois dizeres que não houve escolha. Sempre há escolhas – e dito isto, cobriu os olhos com as viseiras de coiro negro, pois agora o sol estava prestes a se erguer e a claridade já lhe feria a visão. – Bem, vou-me embora. Escreve-me. Nem sempre estou onde julgam que vou estar, mas, de um modo ou outro, tudo sempre chega até mim ou aos meus ouvidos. Manda-me um endereço, que te envio o livro que mo pediste. E sempre que precisares de algo difícil de encontrar, já sabes como conseguir. *Adiyo*.

Cumprimentaram-se com um aperto de mão, e o Andaluz partiu.

Licurgo o observou distanciar-se ao sul, rumo à vila, sem se dar conta de que, se fosse voltar para Rio Pardo, deveria seguir na mesma direção, cruzar o canal, subir pelo Caminho dos Conventos de volta até o forte. Estava exausto, e a ideia de retornar todo o caminho já percorrido o deixava ainda mais cansado. Cosme virou a cabeça e o encarou, como que o exortando a se decidir de uma vez, mas, por fim, desistiu de esperar e baixou o pescoço, arrancando capim do chão com os dentes. Licurgo olhava aquele mundo sob uma nova lente agora. Sentiu fome, procurou nos alforjes por comida e percebeu que havia algo estranho entre suas cousas, que não lhe pertencia: um grosso livro encadernado em capa de coiro, que logo reconheceu. Abriu-o no frontispício: *Histoire de Gil Blas de Santillane*. No verso da folha, uma anotação a tinta indicava o nome e o endereço de uma francesa em São Sebastião do Rio de Janeiro. Sorriu. A noute ainda se recolhia na terra atrás de si, mas, à sua frente, o sol já lançava faixas luminosas sobre o capim doirado, pontuado por ilhas de sombra a moverem-se junto das nuvens que as geravam. Era bonito, era vivo, era novo, da forma como ele sentia agora, mais do que jamais até então. Impaciente, Cosme começou a patear o chão.

– Sim, sim, eu sei – concordou Licurgo, virando-se para o norte. – Ao diabo com tudo isso.

[ENTRA O CORO.]

CORO – Lancem suas pás neste solo macio, escavem as covas para este crime vil. A batalha acabou, mas cabe à nossa memória manter vivo aquilo que omite a História. Co'as asas da imaginação, nosso cenário voa no tempo e no espaço com a rapidez do pensamento. Imaginai, cavalheiros e damas, que o espaço deste parágrafo encerra em si a planície aos pés de Caiboaté, suas cinzas e chamas. Que nesta página negra mistura-se sobre o verde da relva o sangue urucum, ainda fresco sobre os corpos, e se cada letra simboliza um, pois mil duzentos e oitenta e nove estão mortos. De nada serve cobrir com pás de branca cal este oceano de mortes rudes, como se assim pudesse apagar o mal, e não apenas espantar os abutres. Cavem, cavem para esconder a vergonha! Porém, alto lá! Quem é aquele capitão de dra-